新中国 70 年 70 部
长篇小说典藏

新中国70年70部
长篇小说典藏

浴血罗霄

萧　克——著

人民文学出版社

图书在版编目（CIP）数据

浴血罗霄／萧克著. —北京：人民文学出版社，2019
（新中国70年70部长篇小说典藏）
ISBN 978-7-02-015429-6

Ⅰ. ①浴… Ⅱ. ①萧… Ⅲ. ①长篇小说—中国—当代 Ⅳ. ①I247.5

中国版本图书馆CIP数据核字（2019）第150216号

责任编辑 王永洪
装帧设计 刘 静
责任印制 任 祎

出版发行 人民文学出版社
社 址 北京市朝内大街166号
邮政编码 100705
网 址 http：//www.rw-cn.com

印 刷 北京中科印刷有限公司
经 销 全国新华书店等

字 数 244千字
开 本 680毫米×960毫米 1/16
印 张 22.25 插页3
印 数 1—5000
版 次 2012年2月北京第1版
印 次 2019年9月第1次印刷

书 号 978-7-02-015429-6
定 价 36.00元

出版说明

为庆祝中华人民共和国成立70周年，全面展现中华民族的文化创造能力和文学发展水平，深入揭示新中国70年来的伟大历程、辉煌成就和宝贵经验，激励人们为实现“两个一百年”奋斗目标、中华民族伟大复兴的中国梦而不懈奋斗，我们策划出版了这套“新中国70年70部长篇小说典藏”丛书。为将该丛书打造成思想精深、艺术精湛、制作精良的精品丛书，我们成立了丛书评审专家委员会，成员均为密切关注和深刻了解我国长篇小说创作动态的资深评论家。委员会从历史评价、专家意见和读者喜好等方面对新中国成立70年来众多优秀长篇小说进行综合评定，从中选出70部描写我国人民生活图景、展现我国社会全方位变革、反映社会现实和人民主体地位、弘扬社会主义核心价值观和讴歌中华民族伟大复兴中国梦的精品力作。这些作品，大多为曾获中宣部“五个一工程”奖、“茅盾文学奖”等重大国家级奖项的长篇小说，政治性、思想性和艺术性高度统一，代表了中国文坛70年间长篇小说创作发展的最高成就。

我们致力于“把提高作品的精神高度、文化内涵、艺术价值作为追求”的使命任务，通过这套丛书的出版，在讲好中国故事、传播中国声音、阐释中国精神、展现中国风貌的同时，倡导精品阅读，引领和推动未来的中国文学原创出版。

“新中国70年70部长篇小说典藏”
评审专家委员会名单

评审专家委员会主任：李敬泽

评审专家委员会委员（按姓氏笔画排序）：

丁　帆	白　烨	朱向前	吴义勤	何向阳
应　红	张　柠	张清华	陆文虎	陈思和
孟繁华	胡　平	南　帆	贺绍俊	梁鸿鹰
董保生	董俊山	谢有顺	臧永清	潘凯雄

项目统筹：吴保平　宋　强

人　物　表

郭楚松　　罗霄纵队司令。

杜崇惠　　罗霄纵队政委，后私自离队。

黎　苏　　罗霄纵队参谋长。

黄晔春　　罗霄纵队政治部主任，后为政委。

冯进文　　罗霄纵队司令部参谋。

李云俊　　罗霄纵队司令部参谋。

朱　彪　　罗霄纵队一团团长。

罗铁生　　罗霄纵队一团政委。

陈瑞云　　罗霄纵队一团参谋长，后为团长。

洪再畴　　罗霄纵队一团三营营长。

朱理容　　罗霄纵队一团一营营长。

孙德胜　　罗霄纵队连长。

何宗周　　罗霄纵队司令部书记。

何　观　　罗霄纵队司令部电台队长。

周生华　　罗霄纵队司令部司号长。

陈　廉　　罗霄纵队宣传队长。

张山狗　　罗霄纵队侦察员。

顾安华　　罗霄纵队医务主任。

朱福德　　罗霄纵队司令部炊事班长。

何云生　　罗霄纵队司令部理发员。

张生泰　　罗霄纵队机枪连连长。

张洪海　　罗霄纵队连指导员。

丁友山　　罗霄纵队警卫连排长,后为一团一营连长。

桂　森　　罗霄纵队机枪连排长。

余贵秀　　苏区乡妇女会指导员,冯进文的未婚妻。

刘玉樱　　苏区干部,黄晔春前妻。

李桂荣　　杜崇惠之妻。

鄱湖婆婆　陈廉之母。

曾士虎　　国民党西路进剿军司令。

段栋梁　　国民党师长。

孙威震　　国民党师长。

厉　鼎　　国民党师长。

江向柔　　国民党旅长。

陈再修　　国民党旅长。

第一章

这几天的雾好重。白茫茫、灰蒙蒙，吞没了村镇，吞没了山岭。就连镇子西边小山包上的三个碉堡，也被浓雾淹没了。

等到云开雾散，碉堡里的国民党军官兵吃了一惊——村里飘起了红旗。一面、两面、三面……红旗迎风飘扬，分外的鲜艳，分外的骄傲。

这里处于赣江中游以西百十里，是国民党战区防御体系的纵深地带。守碉堡的敌军在先一天已经知道红军游击部队离这里不远，也想到他们可能会来这个地区，但没有想到会在拂晓时，雾影朦胧中来到在这几个碉堡直接控制下的大村镇。他们虽然弹药充足，但与外界联系的电话线早被红军截断，几座孤立的碉堡，不敢贸然行动，只好躲在碉堡里往外观察：发现有许多衣服褴褛的农民、工人、小孩、老头、妇女和小贩，夹杂着三三五五的军人，时来时往，时聚时散。他们有的在开会、演说和呼口号，有的在分地主家里的物品，有的凑在一起闲谈。小小的街上，成了热闹的市场。还有个小队伍，到附近村庄去贴标语、开大会，打土豪、分东西……

这叫他们好生奇怪，红军到这里来干什么呢？他们若长期来此驻扎，为什么不打碉堡；他们若不准备长住，为什么又顶到碉堡底下，难道不怕碉堡朝外打枪？

国民党士兵还看到，来这里的红军人数不少，起码有几千人。

这么多的人，就住在村镇和附近几个小村庄，一枪不放，这叫他们大惑不解。

这些红军到底要干什么呢？

国民党军队被蒙在鼓里，红军战士也被蒙在鼓里。他们接到通知，要做好出发的准备。然而，要到什么地方去，去做什么，没有任何消息。

白昼很快地过去，夜很快地来了，红军战士三三五五地围着灯光忙活，有的用破旧衣服撕成两指宽的长条，有的用苎麻搓成筷子粗的绳子，有的打草鞋，有的做面套、手套和袜套，有的补衣裳……庄严的兵营，成了工作紧张的工厂；威武的军人，成了勤劳耐苦的工人。

"……谁的功，谁的力，劳动的结果……"歌声悠然从一两个人低音开始，随即此唱彼和，越唱越多，越唱越高。"全世界工农们，团结起来啊！"

歌声到了高峰后，不要好久，又不知不觉地越唱越低，越唱越低，以至不知不觉地沉没于撕布条的哗哗声、剪刀不时落在桌子上的叮当声和三言两语的说话声中了。

警卫连一排长丁友山盘坐在一张草蒲团上，两腿半分弯，脚尖顶着一根木棒，木棒上穿着三根草绳链成扇面，扇端合成两根绳子，系在腰上。他已经打好两双草鞋，这是最后一双了。他在抽紧绳后对炊事班长朱福德低声说："晚饭不久，我听我村的丁长生说——他是杜政委的警卫员呢。他说这两天杜政委有时坐在屋里，拿着云帚不说不笑，也不挥舞，一坐就好久，和平常不大一样。"

朱福德哈哈一笑，慢声慢气地说："他的婆姨在后方，还不是……"

丁友山也笑了。朱福德反而严肃起来:“他是管大事的,有想头啊!”

“对。朱老大,你猜,我们会向哪里去?”

朱福德抽了口大气,停了一下,才说:“很难猜,我想走路是一定的,但是不是走远,很难说。”

“我说,一定走得很远。”司令部理发员何云生眯着他那伶俐的小眼,微笑地插嘴道,“我当了三年兵,得了条经验,凡是上级叫我们多打草鞋,冬天做帽耳、手套,夏天准备竹水壶,就一定会走远路。现在上级叫我们作好四天的准备,这不是要走远路吗?”

附近的人说:“对! 小鬼说得差不多。”

可是,朱福德没有表示,他像遇到袭击一样,一时无话可说。他不知道是否会有大的行动,就是有的话,也不好随便议论。但他很快就感觉小鬼的话是对的,就以称赞的口气说:“小何真是小状元。”

丁友山在朱福德对面打草鞋,他说:“军事上的事确实很难说……”

朱福德说:“不管怎样,这一次走路是定了的。”

“到什么地方去?”

“你去问司令、政委吧!”朱福德指着对面一间灯光明亮的房子说。

他们以为罗霄纵队的首脑机关会知道此次行动的目的和去向,其实,指挥员们也陷入了五里云雾之中……

门开了,一缕灯光射出来。纵队政委杜崇惠的身影闪了出来。他身材魁梧,只是背微微有些驼,手里依旧拿着那云帚。他的步子不大,走起路来很快。

出了院门，外面黑漆漆的。阴冷的北风，扑面而来。他不由地扣紧了风纪扣。

“政委，要不要送你回去?”参谋冯进文追出来。

“三步半路，不要送了。”杜崇惠说着，继续往前走。

走出街口，前面是个小坡，上弦月暗淡地在雾影中失色，杜崇惠心不在焉地迈着步子，不留神撞到一棵树上。他自言自语地说：“真是撞上鬼了!”

前几天，他们接到的上级电报，只客观地介绍了驻福建的国民党第十九路军在陈铭枢、李济琛、蒋光鼐、蔡廷锴的领导下，发动了抗日反蒋事变。中央红军要向北发展，但又没有明确行动的目的。中央要罗霄纵队配合中央红军，虽然指定了行动地区及任务，而罗霄纵队远在赣江以西，北上又是去另一个苏区，也看不出明确的战略目的。可是，中央红军既是向北，就会去南昌、抚州方面，客观上对十九路军是有利的。罗霄纵队北上，既然是为着配合中央红军，也就不能是不间接有利于十九路军了。但领导上又不明说，实在令人难以捉摸。在闲谈中，杜崇惠了解到，他和罗霄纵队其他领导人几乎都有同感。这天下午，他们开会研究讨论，也没有研究出任何名堂，刚才大家又做了许多猜测：有的说上级叫他们破坏南浔路，大概要攻打抚州、南昌；有的说可能是北面的蒋军东进去打十九路军，北边方向敌人空虚，可以趁机扩大苏区；还有人猜测上级有别的意图……

猜测毕竟都是猜测，军队是不能靠猜测打仗的！会议前，杜崇惠见到了刚从省委来的巡视员，问他们知不知道此次北上行动的有关情况。得到的答复更令人疑惑：省委也接到内容相同的电报，正想问问他们呢……作为罗霄山脉中段革命根据地的主力离开这里，省委却不知道是什么目的，这也太令人难以理解了。

杜崇惠想，有时上级为了一次大的战役行动，不把目的全部告诉下级，这是正常的。但作为纵队的最高指挥机关，是应该知道些内情和战略目的的。这次，无论如何也推测不出上级的真正意图，实在是不可思议。

"是政委吧？"是警卫员丁长生的声音。

杜崇惠答应一声，继续低头往前走。

"收拾好了。她很高兴！"小丁指的是杜崇惠的夫人李桂荣。她到部队的时候，杜崇惠正在离他隔院的郭楚松那里开会，他们还没有见面，是丁长生半小时前才告知他的。"她给你带了好多好吃的。"

杜崇惠心烦意乱地推开屋门，灯下妻子李桂荣正在往桌上放饭碗，在灯光照耀下，李桂荣显得更年轻、更秀丽。杜崇惠心头不由一热。警卫员走了，屋里只剩下他俩。桌上，摆了杜崇惠爱吃的菜和地方老酒，李桂荣斟满一碗端到他面前，他一连喝了几口，一阵幽香和着深情沁入心脾，一时忘乎所以。几句钟情话之后，杜崇惠几天来的矛盾心情又浮上心扉，竟找不出一句合适话对好几个月没见面的妻子说。

李桂荣倒是喜气盈盈，她对杜崇惠说："看你的样子，好像有心思，不会高兴点吗？"

是啊，妻子老远赶来，无论如何也应该热情点才是。杜崇惠说："你带了这么多好吃的，我能不高兴吗？"

"高兴你就多吃点，我要看你把桌上的东西都吃光。"

"你也吃啊。"

"不，我看你吃。"

“你不吃，我也不吃了。”杜崇惠向她逗趣，“还是一起吃吧。”

杜崇惠打心眼里感激妻子。结婚三年来，自己总是东跑西颠，家里成了“店”，一年半载不能回去一趟。回去了又说不定什么时候离开。可她从来没有抱怨过一句。她是很不容易的呀！调到苏区工作的时候，他办青年训练班，李桂荣是学生，他知道她在革命之前是高小学生，家是富农兼作小商，父亲还曾在赣南做过生意。前几年苏区加强反富农斗争的时候，她父母怕斗，就带了小兄弟去赣州了。她父母本来想把她带走，但她不愿走，她向父母说：“你们走了，难道还会斗到我头上？”她说舅舅是中农，就到舅舅家。她虽然因成分关系，只分到一份坏田，但她勤劳，跟舅舅学会农作，又跟舅母学会针线，积极参加社会文化活动，做鞋袜送红军。政府干部对她都有好感。杜崇惠在青年训练班，看上了李桂荣。她虽出身富农，但本人没有任何剥削而且又进步，就对她有意了。李桂荣看到这位离家万里而投身革命的青年，又不因为她是富农成分而不准她革命，内心佩服，是她心目中的布尔什维克。经过多次接触通信，他们互相信任，军队领导也赞成，经苏维埃政府批准，就这样成婚了。真是自由恋爱呀！想到这里，他深情地望着她，李桂荣竟被他看得不好意思了。

“我来的时候，乡妇女会指导员余贵秀也想来……”

“她来做什么？”

“你还不知道哇，她跟你们这里的一个参谋好上了！”

“是吗？冯进文？”

“她还让我给冯参谋带了点东西哩。”

“嗯。”杜崇惠答应着，把一杯酒倒进了肚里，胸口有些发热。

“还把东西缝起来不让我看，哼，我是过来人了，还能瞒得了我，明天，非得逗逗你们的参谋不可。”李桂荣说起话来滔滔不绝，特别是在多日不见的丈夫面前。

她越是热情，杜崇惠心里越难受。告不告诉她呢？怎样告诉她才不至于伤她的心呢？

李桂荣见他脸色发红，更是来了精神，把炭火慢添轻拨，还不时给杜崇惠倒酒。

“不能再喝了。”杜崇惠抬起头来，他看到了一双满含深情的眼睛。

“没事，喝完睡觉。”

杜崇惠一把抓住她的手，说：“桂荣，叫我怎么对你说呢？”

妻子看他神色不对，就说：“你心里有什么事？是我不好吗？”

“不是，等一会儿我跟你说。小丁把桌子收拾收拾。”

警卫员在厢房里应了声。

等收拾完毕，他们对坐在一盏马灯前，杜崇惠抬起头来，说：“说来挺对不住你的。”

李桂荣被他说得莫名其妙：“你有什么对不住我的？”

“我们又要走了。”

“往哪里走？”

“我也不知道。”

“干什么去？”

“我更不知道。反正我们是要去打仗。”

“打仗就打仗，这有什么不好说的？”她抿抿头发，对这司空见惯的事情她并不觉奇怪。

“哎，你不知道，我觉着，这回出去，凶多吉少。”

李桂荣往他身边坐了坐，说：“不会的。这话你说过多少回了。

你总是这么说。”她嫣然一笑，带点调笑而压低声音，“看相的人说你福星高照，不会有事的。”

杜崇惠认真地对她说：“我们要往北走，走多远，去干什么，不知道。我是兵，是兵！这一次行动，是奉军委命令，但未来如何，谁知道。我们能不能再见很难说。”

李桂荣听了，感到话中有话，喃喃地说：“是啊，你是兵嘛。”

杜崇惠说：“正是兵，兵凶战危，谁知道以后怎样？还有，这一次我们会去别的苏区，能不能调回？谁知道。”

“喔！会回来的。”

“回来，很难说，当兵的人啊！你看，有些苏区的红军调到另一个苏区，一去就好几年。红七军从广西左右江调到江西来，三年了；湘鄂赣苏区一个师，调到罗霄山脉中段，也一年了。你是明白的人啊！你如果到了那种情况，不要过于伤感，也不要等我，有合适的人，就另找一个。”

李桂荣从来没有这样想过，茫然难对，低着头，一会儿眼睛一瞪说：“看你说得多凄凉。你是老兵，比我懂得多，为什么不能往好的方面想一想?”

“不是我不往好的方面想，是你不懂事情的严重性。现在是革命战争呀，我几句话说不清，你也就不要问了。”

“你往不吉利的方面想得太多了，革命战争不一定都会不幸，调到别的苏区也不一定不回来。你以前不是向我说过，大革命失败后，有些夫妻被迫分离，虽然有永别的或久别各自重建家庭的，但更多的是会再会合的。”

“你说得很对，我过去也是这样对你说的，但究竟是革命战争啊!”

杜崇惠的这些话，等于给李桂荣泼了一盆冷水。她看看低头沉思的杜崇惠，半天才说："好，明天我就走。"

杜崇惠没说出的话，她先说出了。杜崇惠还是委婉地说："也不必那么急，我们在这里还有几天，打土豪的东西你也分享一点嘛！"

杜崇惠边说边笑起来，李桂荣也笑了。

第 二 章

隐藏了好几天的太阳,冲破阴晦的天空,照耀大地,这对于准备行动的罗霄纵队,真是得了“天时”。

队伍趁着天色晴朗,循着迂回曲折的雪道,蜿蜒向北。这天的行军序列是,三团为前卫,一团为本队,二团为后卫,纵队直属队在前卫后行进。雪后初晴,冷气刺骨。各人只露出眼鼻和口,手上戴着各种颜色的手套,包袱外边捆着几双草鞋,大踏步地前进。

这天正午,部队到了一个高山下。在平常,他们一到宿营地,除了有大的敌情外,都是随到随宿营。这一天虽然没有敌情顾虑,但除担任分配房子的人员外,都站在宿营地外一个广场上。

队列中一个背图囊和手枪的人,身材较高而结实,浓眉,双目炯炯,走到几个看热闹的农民面前,说了几句客气话,就向他们请求说:“老表,借几把秤,行吗?”

“行!”农民立即答应,又问,“要几把?”

“越多越好。”

老表们和士兵们都笑起来,他们都奇怪,觉得从来还没有看到借秤也说越多越好的。左猜右猜,谁也猜不着,只有等秤来了再看看。

借秤人名叫黎苏,是罗霄纵队的参谋长。他家在贾鲁河畔,土地不多,由兼做草药医生的父亲耕种,也只够吃。童年读私塾,后考入旧制高等小学,毕业后考入中学,才一年半,因故乡连年饥荒,便辍学投身北洋军队。大革命时代,参加了响应北伐军的战争。武汉政府叛变革命后,他以单纯的军人态度继续服役,参加蒋冯阎军阀大混战。中原战争结束后,由蒋介石统率他们在鄂豫皖地区打红军。黎苏本来在大革命时期就受过在军队中工作的共产党员的影响,知道苏维埃政府是最廉洁的政府,红军是代表工人农民利益的军队。后来更多更直接看到共产党和苏维埃政府、红军的主张和行动,就确认他们和中国其他任何政党、政府和军队不同。他当时是副营长,他那营独立驻在苏区边一个镇子里担任守备。他的团有个团副和他那营有两个连长,是秘密共产党员。他们利用国民党军队中一些士兵和军官对进攻苏区的不满,决定起义。他们在黎苏同情赞助下,做好营长的工作,派人到苏区和共产党联系,就在红军配合下起义了。半年之后,因为黎苏有较好军事知识和技术,就调到罗霄纵队工作,他仍然保持了正规军人的气质和风度,不同的是加入了共产党。在起义前他是少校军官,起义之后很快和士兵打成一片,过官兵平等和无薪饷的生活了。罗霄纵队北上的时候,他看到部队有个不好的习惯,没收土豪的东西,特别是被服、腊肉之类,总想多带。这样很多人包袱很重,影响整个部队的行动。这天早晨出发之前,接到红军总司令部的电报,要罗霄纵队赶快进到南浔铁路附近,为了加速行军,必须减轻不必要的行李。他向郭楚松建议说:“到宿营地就减行李?”

“好。”郭楚松毫不犹豫地回答。他也觉得这个问题必须解决,又补充说,“必须严厉一点,行动要真正做到‘其疾如风’。”

黎苏说:“不管是谁,一律不准带不重要的东西。”

队伍集合好了,每个人身后是自己的行李包裹,黎苏站在一个土台上，向部队说："同志们听着，大道理我不讲了，讲点小道理。当兵打仗，最要紧的是轻装上阵，如今我们是长途行军打仗，这个问题尤其重要，俗话说远路无轻担，我们都是有这方面经验的人。可是我们有的同志，行李太多，把没收土豪的东西都背上了，而不管用得着用不着，有些人甚至把女人的裤子也背起走，真不像话。背的东西多了，影响行军速度，削弱了战斗力，因此，我们决定轻装。不需要的服装、物品，一概送给老百姓，不需要的书籍文件，不能送人的，一把火烧掉。炊事员只准挑一餐的菜——就是猪肉鸡鸭，也不准多带！"

黎苏说到这里，停了一下，叫就近部队行政首长来，每人发一把秤，眼睛随即向大家扫射一下，高声而严肃地说："各人把包袱解开！"

所有的人包袱打开了，他命令大家把红红绿绿的和不必要的物品，通通清出来，集中一块，叫宣传队长陈廉给群众分掉，不需要的文件，一把火烧了。需要的东西，各伙食单位过秤。

黎苏在各部队走来走去，监督过秤。一个担架员，正和过秤的人发牢骚："我的东西不算多。"

"不管多少，都要过秤。"营长朱理容见黎苏过来，也督促说。

担架员忽然慷慨地说："过吧！"

可是，他趁着过秤的人没有注意，偷偷摸摸丢一件东西给了过秤的同伴。他身边的人，都隐笑起来，黎苏看到他们这样子，怀疑有点名堂，就问发笑的人，但他们闭口不说，只是冷笑。他更加怀疑了，于是亲手检查，一个两个，到了第三个——他是过了秤的——发觉他包袱底下，有一条绫绸女人裤子。他把裤子高高举起，挥动几下，好像要大家看把戏一样，同时大声叫道："大家看看！”

于是全队列都大笑起来。

“你好打埋伏！”他看着那个战士，斥责道。

“不是我的！不是我的！”他申辩说。

“是谁的？”他又穷追。

“是他的。”那人指着担架员说。

担架员说：“也不是我的。”

“是谁的？”

“是……”担架员见黎苏很严厉，吞吞吐吐。

“是谁的？”

担架员还是不说。

“那就是你的！”黎苏火了。

“真不是我的……”担架员申辩着。

“那到底是谁的？”

“是……”担架员说着看了看旁边的朱理容。

朱理容不看他，而是望着很远的地方。

黎苏明白了几分，说：“你过来，我要和你单独谈话。”他把担架员叫到一边问：“到底是谁的？”

“我不敢说。”

“什么不敢说？我给你做主。”

“营长的。”担架员终于说了出来。

“好吧，你回去。”

黎苏把朱理容叫过来，说：“好哇你！”又把绫绸裤子举起来，“你带着女人裤子干什么？”他这句话使大家狂笑起来。他随即改成庄严的口气说：“我们是来消灭敌人，不是搬家。你背多了东西，行军会掉队,不只害了自己,而且害了大家。”

黎苏看到他很尴尬,又想到他结婚不久,大概想给年轻小娘子穿漂亮点,口气缓和了些:“你还舍不得?革命成功了,天下都是我们的,一条裤子算什么!真是……”他的眉头皱一下,没有把话说完,心里说:“真有点农民意识。”

黎苏把裤子摔在一边,就过去了。到了另一个单位,看见一个拿秤的人,正在和朱福德论理,他们两人之间,隔着一担挑子,挑子两头各有两个敞口煤油桶。桶的两边上方挖了个铜板大的孔,穿一根横木,拴上棕绳,能挑水,也能装油盐、菜刀之类杂物,一看就知道是炊事用具。他们越说声音越大,如果没有挑子隔着,似乎要吵起来。

黎苏看到那样子,虽然没有听清楚他们说什么,但知道又出了问题,于是走近他们面前,以指责的口气,向着他们说:“怎么回事?怎么回事?”

拿秤的人转过头,向着黎苏说:“朱老大挑了四个洋油桶,要他减两个,他就不肯。”

黎苏质问朱福德:“你为什么不愿意?”

“参谋长你听我说。”朱老大理直气壮地说,“我不是不愿减轻行李,我还在劝别人减行李呢。我的工作是当炊事员,我要保证部队吃饱饭喝足水。这四个煤油桶,是我的工具。你去问我们单位的同志,他们到宿营地,不要好久,就可以喝到开水,因为我一到,不借老百姓的桶,很快挑水,很快烧开,还可以很快煮饭煮菜,这样吃饭也快了。喝足水,吃饱饭,还怕什么!”

“啊!”黎苏立即改变为和平口气,脸上微带笑容,“朱老大,我懂你的意思了——你都是为了大家好。不过,你担重了,也会妨碍大家的。”

陈廉这时在黎苏旁边，也劝朱老大说：“老大，我看还是减两个吧。”

朱老大有点生气地说：“怎么减！”他指着陈廉提的石灰桶，“我的煤油桶就像你的石灰桶一样。你做宣传工作，能不能把你的石灰桶减掉？”

黎苏接着说：“朱老大，这是上级命令，谁也不能超过重量，如果你可以超过重量，那么，别人也照你一样，那命令怎么办？”

“参谋长，”朱福德辩论说，“我同别人有些不同，我身高力大，挑重一点也比他们挑轻的走得快。”

黎苏和四周的人都笑起来。笑过一阵后，黎苏说：“朱老大，不要这样说，你说你气力大，别人也还有气力大的，如果你们气力大的都要超过重量，那可就不好办了。”

朱福德也笑起来说：“这好办，我把包袱甩掉就行了。”

“那也不行。”黎苏婉言说，“一个人换洗衣服还是要的。”

一个同朱老大同班的站起来说：“对！包袱还是要的。”他又向着黎苏，“参谋长，朱老大的包袱我代他背，煤油桶还是不减为好。”

“那么你的包袱不是重了？”

朱老大单位的上士说：“他那一点子东西，我分一点背就行了，我们都可以减一点自己的行李，绝不超过规定。这样他的包袱也不要甩，我们就又有水喝又有饭吃。”

“对！”另一个也说，“我也可以帮他分背一点。”

又有几个人接着说：“我也可以。”

黎苏看到这个情况，就不坚持了，反而转为和悦的颜色向他们说：“好！好！好！就这样办。”

朱福德立即喜悦起来，他又看了黎苏一眼，就去整理他的行头了。

黎苏他们轻装的时候，杜崇惠正朝一团团长朱彪、政委罗铁生发脾气："轻装工作是重要，可是纯洁部队更重要，我早就告诉你们要做好清洗工作，富农出身的军队不能要，'自首'的不能要，流氓习气重的不能要，喜欢发洋财的都不能要。你们就是不办！这样对待上级的指示，什么意思？"

朱彪低着头吸烟。罗铁生手里摆弄着棋子儿不吭声。

"一个'自首'分子，居然还敢讲动摇军心的话，你们还不警惕！"杜崇惠越说越气。

"他平常有缺点错误，我们都同他谈过。"朱彪嘟哝了一句，又埋头抽烟。

"这样的人谈一下就行吗？"杜崇惠气更大了，手上的云帚用劲一挥，"应该给他一个布尔什维克的打击！"

朱彪、罗铁生处在受委屈而又不好回答的地位，只轻轻"唔"了两声，杜崇惠又继续训斥："应该提高阶级觉悟，不能让阶级异己分子自由自在呀！"

杜崇惠说的是这个团的机枪连排长桂森。两年前苏区肃反时，他被别人交代出是 AB 团。那时他在师里当通信员，经过审讯，他承认了。郭楚松、黄晔春认为他出身贫农，一贯表现好，就保他，组织上准许他"自首"①，才留在这支部队的。几天前，他和几个战士发牢骚，说往哪里走，去做什么都不知道，是"打糊涂仗"。恰巧

---

① "自首"是指肃反中被迫承认参加过反动组织的行为。

被部队中的“十人团”[1]成员听见了，报告了杜崇惠政委。杜崇惠指示一团立即把这个人开除回家。谁知今天又在行军的队伍里见到了他。

朱彪、罗铁生他们没有处理桂森，是经过调查没有发现桂森有什么问题，牢骚话也不常说，同时认为像桂森这个人，出身好，打仗勇敢，对同志忠厚，怎么会去当 AB 团？他们对杜崇惠根据“十人团”的报告，就要把他洗刷出红军，总觉得窝心。他们知道，前几年苏区和红军打 AB 团，有很多他们认识的好人被杀了，他们心里都认为冤枉了，没有杀的，虽准许“自首”，但仍是怀疑对象。对“十人团”这个组织也半信半疑。不信吗？那是上级设立的搞军队内部保卫工作的秘密组织；信吗？只要讲错几句话就被怀疑甚至抓起来。这样，对这个组织就有意无意地采取敬而远之的态度。在杜崇惠根据“十人团”的报告要处理桂森的时候，他们就向老首长郭楚松、黄晔春报告，并经他们同意留下了桂森。杜崇惠也知道内情，不好朝郭楚松、黄晔春发脾气，就在下级面前出气。等杜崇惠停下来，罗铁生说：“杜政委，这样吧，我们派人监视，如果有情况马上处理。”

杜崇惠没有别的办法，只好就坡下驴，悻悻地走了。

---

① “十人团”是红军时期国家保卫局为纯洁部队、加强内部保卫设立在基层的半公开组织。

第 三 章

红军轻装了，立即向北进军，顺利渡过了袁水。这时展现在他们面前的，是一条大的碉堡防线。每隔五六里或七八里就有一个碉堡。绵延四十多里，形成了一个碉堡带。每个碉堡的周围，都挖了外壕；外壕外面又有一层削尖了的树枝，向外排成圆圈。碉堡分三层，最上一层是露天的，插着青天白日旗；第二层，有能容一人出进的小门——碉堡唯一的门——都朝着小镇，门离地面约八九尺，竖着木梯，以便进出。碉堡每层都有许多枪眼，守兵常常向小镇及其四周射击，阻击街上和各村庄的交通。

这座碉堡里的军队，是国民党军阀何键派来的。在守备期中，不断地加强工事，储藏充足的给养、弹药；除在碉堡间架设电话线外，并有好几条电线通到较远的城镇和附近的碉堡。

几天来，红军补充了一些弹药武器，都是从消灭孤立的碉堡得来的。进攻这种敌人，很有兴趣，也有了一些经验。

指挥打碉堡的，是罗霄纵队一团团长朱彪。首先，他指挥部队把碉堡包围起来。在包围的时候，朱彪特别指定张生泰，带起机关枪，上到离镇北碉堡不远的一座较高民房上，隐藏起来。同时向白军喊话："白军弟兄们！你们住在碉堡里，空气不好，想必辛苦了吧。我们到这里来，不是要和你们作对，而是要和你们谈几句心。"

"弟兄们！你们想想吧，升官发财的是谁？是蒋介石、何应钦、何键那些东西。他们在南京长沙南昌住洋房子,你们呢?在这里住碉堡;他们睡的是钢丝床,你们睡的是无脚床。还有……弟兄们!你们想想守碉堡有什么好处?”

碉堡里回答的只有枪声。

“弟兄们,你们都是穷苦人,红军是愿意和穷苦人做朋友的。你们如果愿意和我们做朋友,那么,请不要开枪。”

碉堡回答的,依然是枪声,不过子弹有些飞得高了。

红军方面依然是向他们喊话。

又经过了好久,枪声稀少了,红军趁着机会,请白军家属送入碉堡一封劝降信。

不久,碉堡顶层的凹口上传出声音来:“你们认我们是朋友,为什么朋友围朋友?”

“认了你们做朋友,为什么闩起门接朋友?”

“是你们先围我们的。”

“是你们先闩门的。”

不久,朱彪用望远镜见着一个穿大衣戴风帽的人,站在碉堡顶层,单人独马和红军进行舌战。他断定是敌军头目,就看了一下张生泰,小声说:“张生泰准备好了吗?”

“早就好了。”

“你看到戴风帽的人吗?”

“看到了。”

“那一定是当官的。”

“干吧。”

张生泰本是重机枪射手,但他有支专用步枪,经过多次打靶试验,百米左右,打头就瞄左肩角,打胸就瞄左手关节,不说百发百中，也是十有九中。他叫个战士专背着，这时候，他又用上了。他接过枪，屏住气，“叭”一下，那人就倒下了。

红军只打了一发子弹，随即又是舌战。

“弟兄们，请开门，愿干的就在我们这里，不愿干的发盘缠回家——三块大洋！”

碉堡中还是不说话，也不打枪。

经过一阵沉默，碉堡顶上忽然出现一面小白旗，左右摇动：“朋友！我们开门！”

红军方面立即发出巨大的欢呼声：“欢迎！欢迎！”

一阵欢迎号音结束了舌战。碉堡门开了，白军士兵出来了。红军士兵进去，看到戴风帽的倒在地下，原来是个少校，大家高声说：“张生泰真是神枪手！”

不到三分钟，碉堡周围和碉堡顶上站满了人——红军和老百姓——有的在说，有的在笑、在叫、在跳。

一团政委罗铁生也站在碉堡顶上，向四周看了一下，就低下头，看看碉堡底下一个小兵，叫道：“小陈，告诉第二连赶快来平碉堡。”

他走下碉堡，站在老百姓中间。“老表！”罗铁生指了一下碉堡，“你们去平碉堡，木料砖瓦，谁拆归谁。”

霎时间，碉堡上站了更多的人，有的搬家具，有的拆窗子、下门板，有的用十字镐，有的用镢头、斧头、大砍刀砍碉堡周围的电线杆，有的收电线背回家去。军队和老百姓混作一团。

“老表，你们这里砌碉堡，受苦了吧？”红军战士边干边问。

“唉！还说！开始砌碉堡的时候，说是保护老百姓的生命财产，个个要出钱，出不起钱的要出工。碉堡砌好了，又说个个要出钱养兵，天呀！我们都是穷光蛋，晚上打开门睡也不怕的。兵养起了，就该算完了，可没有完，他们一出碉堡，就作威作福，要额外花销，还不是出在我们身上，唉！真害苦了我们。”

他们都不说话了，只使劲地平毁，老百姓虽然知道平了碉堡，红军走后，国民党又会叫他们重修，由于对碉堡的仇恨，他们不愿意去想这些问题。

他们边挖边说，边说边笑，好像做游戏似的。一个老兵笑着说：“当他们的兵才倒霉，白天晒不到太阳，夜晚看不到月亮。”

“要是我，三天也过不了。”

“哼！三天！恐怕一天也够你受呢。”

“那么，他们一天又一天，一星期又一星期怎么过的？”

“怎么过？那是没有办法。不晓得你注意看过碉堡没有。碉堡的第一层，是没有门的——门是开在第二层。原来那些当官的，怕士兵守碉堡不坚决，开门投降，就把门开在第二层，一有情况，就进碉堡，梯子一抽，由官长把门，这样除了死守以外，你要走也走不了。”

“呵！是这样的。前几天在小江边，我看过烧毁了的碉堡，门开在第二层——离地一丈高，我当时想不通是什么道理。你刚才说白天晒不到太阳，夜晚看不到月光，难道说不让大家出门吗？”

“当然，平时是让大家出门的，可是，他们都是一些胆小鬼，只要听到一点风声，就叫你进碉堡，梯子一抽，随便就是三五天、七八天。”

一个刚入伍的士兵，看着张生泰，叫道：“连长，在碉堡里面晒不到一点太阳？”

“是的！晒不到太阳。”

“没有门和窗吗?”

“碉堡普通都有四层,只有第二层有个小门——我刚才说过的。窗吗?确实没有。枪眼虽然很多,但碉墙很厚,枪眼很小,太阳怎么能进来?白天进不了太阳,晚上也就看不到月亮。本来第四层是露天的,但从第三层上去,只有个小窟窿,个子大的,就很不好上了,同时又放了好多乱七八糟的东西——石头、石灰等,夏天没有顶,哪个发疯去晒太阳?冬天四面都是枪眼,哪个去喝西北风!”

“呵!”新兵很鄙视地说,“真是乌龟!”

“我告诉你,他们那里流行一个歌,听起来也有点造孽。”张生泰说完,带着伤感的情调轻声哼唱起来:

碉堡出,碉堡进。
第一层没有门,
第二层有门像个猫儿洞,
第三层无窗也无门,
第四层淋雨又吹风。
天呀!地呀!爹呀娘,
哪天才能跳出鬼门关!

“这个小曲除了官长以外,哪个兵都知道,可是,谁也没有办法,只好硬着头皮钻乌龟壳。”

新兵又看着张生泰叫道:“连长,你还知道他们的歌子……”

张生泰吞吞吐吐地说:“我……我……知道的……”

正在休息的老兵,从另一小群人中向新兵说:“连长不只看过乌龟壳,而且住过乌龟壳。”

新兵还不知道是怎么回事,有些奇怪地说:“住过?”

张生泰意会到老兵是有意为难他一下,他为了摆脱窘境,就鼓起勇气并微红着脸说:“我是打九渡冲来的。”

“噢!”新战士恍然大悟地说,“难怪连长……”

罗铁生这时也插话说:“人家是连长,是打碉堡的神枪手,又是平碉堡状元啰。”

“对！我们大家都是平碉堡状元。”

正干得起劲,纵队通信员急忙跑来,向罗铁生敬礼,边喘气边说:“参谋长说,碉堡不要拆了,今晚上有大用处。”

“有什么用处?”

“我也不清楚。参谋长还说,要你们搞十多担茅柴,放在碉堡的中层上层。晚上烧给别的碉堡看。”

当晚九点多钟,碉堡上起火了。一股股浓烟从碉堡的门窗和枪眼中冒出,浓烟中有时夹着淡红色的火舌,一会儿,一股巨大的火光冲上碉顶,熊熊伸向天空,风一来,火光跳耀着,前后左右摆动。无数的火星,不断地从火舌上溜出,迅速飞到空中,远远看去,活像无数流星在空中飞行一样。

“快看快看!”不知是谁喊了一声。人们抬起头来,看到一条火龙蜿蜒数里——这是敌人的碉堡线。此刻被红军相继点燃了,火光映照着夜空,分外壮观,敌人没有料到,他们围攻红军的堡垒,顷刻之间变成了红军庆祝胜利的焰火。

红军战士被照得满脸通红,高兴地唱起来了:

红军勇敢向前冲,
杀得敌人满地红,
帝国主义打摆子,
豪绅军阀进鬼门。
红军能守又能攻,

时而分散时集中；
打游击战是老手，
打运动战更英雄。

歌声悠然，在人流中此起彼落，在天空中回荡。

第四章

呜呜哇哇的喇叭声，由小而大，由远而近。迎面而来的人群，簇拥着一顶花轿。轿子是三尺立方形，下半截用木板，上半截是各种形状的方格。轿顶锤形，由四块锤形板组合而成，最顶端还有个葫芦顶，葫芦顶用红布包裹，全轿漆红。花轿里面不时传出尖嫩的少女哭声。轿的前面有五六个吹鼓手，吹吹打打。轿的后面有五六个十多岁至三十左右的儿童、青年跟着，有的穿学生装，还有穿农民衣服的，也有穿长袍的。他们后面，又有十几个青壮年，抬了三个抬盒，里面各有一套被子和垫被，还有的抬桌子，抬凳子和其他家具的。这一群人除了轿里的人在哭外，其余都是喜眉笑脸，高高兴兴。

"娶新媳妇的。"走在前面的便衣侦察员，很高兴地向同伴说。

"是。今天长见识了，我们家乡自革命以后，就没有见到这种怪样子了。"冯进文参谋说。

这群人没有看出从前面走过的是红军便衣侦察员，照旧吹吹打打，走自己的路。正走着，忽然有个人仓皇地叫了一声："糟了！糟了！前面来了好多老总。"

这一声马上惊动了所有的人，吹鼓手停止了吹打，花轿中的哭声也停止了，他们站在路上，茫然不知所措。

"怎么办呢！怎么办呢？"许多人都仓皇地说。

刚刚走过他们行列的便衣侦察员，急忙回头对他们说："老表，老表，不要怕，后面的队伍是共产党，是工农红军。"

这一群人中，有些曾经听说红军共产共妻，有些听说红军很好。这回亲眼见到红军，不免都在怀疑观望。

"老表，快走！不要耽搁你们的喜事。"大队红军到了他们面前，一个骑马的红军，向他们和气地说，"老表，恭喜！恭喜！你们走吧！"

他们又惊又喜，领头的小心地回答："等老总过了再走。"

"老表，"骑马的红军又说，"走吧，我们队伍多，不要耽搁你们的喜事。"

几十个惊慌的人忽然活跃起来，他们见红军真心实意让他们走，感激得大叫起来："恭喜红军得胜回朝！"

花轿在吹吹打打的欢闹声中过去了。人们又议论开了。

"你们看到新娘的脚吗？"

"怎么，你注意别人脚上去了？"

"我看到是个小脚婆。"

"我们都没有看见，怎么，只你看到了？"

"刚才村里的姑娘们给新娘喝茶，揭开门帘的时候看到的。"

"看到脸没有？"

"没有。"

"咦！美中不足。"

"看到脚就够了，如果是小脚婆，不怕她脸上怎么漂亮，也要顶一个绵羊尾巴。"

"唉！真作孽！"

"你莫说吧，在白区这样的老婆，还讨不起呢。"

“那是真的,起码百把光洋。”

“少不了,俗话说:‘高山有好水,平地有好花,人家有好女,无钱莫想她!’苏区在革命以前,还不是和这一样。”

“是呀。不过我们苏区,好久没有看到这样的了,其实我们那里,往日比今天这样还难看的也有。”

“是呀。古里古怪的事多呢。我们那里的姑娘,在出嫁前两天不吃饭——只吃一两个鸡蛋,出嫁那天,不喝水,她怕一到婆家大小便不好意思。”

“真的! 真的!”好多人都赞同地抢着说,“哈哈……你今天如果不说,我几乎忘记了。为了嫁人吃好多苦,难怪我们那里的老年妇女羡慕文明结婚呢。”

“不只女的要吃亏,男的也一样。我们湖南,结婚的第二天早晨兴拜堂,戏弄新郎新娘的人,把锅底烟煤和油搅溶,等你拜堂的时候,在新夫妇脸上糊得像个黑面菩萨,可难看呢。”

“那像什么?”

“天晓得。据说那样就吉利了。”

“什么吉利,是坏风气。现在苏区里面真自由,自己找个对象,到政府写个名字,女同志自己就去男家了。”

“自由也不容易! 我喜欢她的,她不干;她喜欢我的,我不来。”

“呵! 她喜欢你还不干,你不怕打单身?”

“打单身就打单身。”

“你打单身,等你老了,那时候就成了你喜欢她,她不来了。”

“不要紧,不要紧,找不到漂亮的老婆,找个麻子老婆就行了……”

“哈哈……”

正走着，飞机到他们头上了。这时西方响起了枪声，士兵们对于常常在耳边震动的枪声，听得太多，听得太惯，不十分注意。他们觉得也许是地主武装、民团土匪在作怪，就是正规白军，也不要紧。

担任前卫任务的朱彪一发现情况，立即意识到这是从潭上市方面来的敌人，便立即问刚刚归来的侦察员：

"是地主武装还是白军?"

"听不清楚。只听到是湖南口音。"

朱彪想：湖南口音就不像地主武装，从敌人战斗动作来看，很像正规军。便马上报告司令部。自己带了两个连赶往响枪的地点。

他带着部队离前卫尖兵排占领的阵地只有百多米远了，阵地突然被敌人夺去了。情况不好！他知道敌人还没有站稳脚。立即脱掉风衣，拿出驳壳枪，这时他身边只来了两个连，也不等展开散开，大声叫道："跟我来！"

队伍一拥而进，敌人虽然不断向他们射击，他们连头都不低一下，继续向前冲。两分钟后，红军的手榴弹打到敌人头上了，朱彪大叫一声"杀！"

他没有等手榴弹爆炸，又前进了。他后面的人，都争先赶到他前面，他离敌人只十几步，驳壳枪连响了二十发，敌人跑了，他们夺回了阵地。

朱彪不再前进了。他选择一个便于展望与指挥的地点，察看地形，把逐渐来到的部队，逐渐展开，摆成阵势。

不久，红军主力部队分左右两翼向两侧高山展开。山脚是稻田，经千百年的修整和雨水冲刷，越到山脚越陡峻，遍地黄草夹着灌木岩石，他们挂着枪，两手抓着枯草灌木，攀着岩石，身子随着两手不停地向上攀登。飞机到头顶的时候，就暂时停止，好像许多长在墙壁上的长条瓜一样。

越爬越高了，到了山腰就没有以前那样陡峻了，但飞机更加猖狂地朝他们扫射，可是，谁也没有停止，他们恨不能一气爬上山顶，加入火线。

上到高峰了，大家迅速地抢占阵地。

山的东西两端，是长不过四百步，宽不过百多步的驼形峰，右边是一座小山，连到东端的主要阵地；左边，有许多小的起伏地与双峰相连，高峰的西端是敌人。

国民党飞机集中到红军主要阵地上活动了，这里没有树木，也少灌木，利于空中观察。一阵连续的轰隆声后，红军头上立即起了无数巨大的烟球，吞没了山顶，烟球随即向天空飞散，红军阵地上出现鲜血淋淋的尸首，在山岗上许多乌黑色圈内，东斜西歪地横陈着没有手的，没有腿的，没有一个四肢五官完全的人，有些树枝上、灌木叶上，挂着带血的衣服、帽子……朱彪在红军主力开始增援以前，只一心一意巩固阵地，这时飞机向东飞去了，他认为攻击时机到了，命令第二、三营为突击队，第一营以两个连控制阵地，掩护突击队进攻，其余一连暂作团的预备队。

突击队准备好了，朱彪对部队发出了火力准备的命令。

红军主阵地上枪炮声忽然空前地猛烈起来，隐藏在反斜面的队伍像闪电一样前进了，狭长的鞍部，从鞍脊及左右斜坡只看到雪白的刺刀在闪动。

白军阵地上也响起猛烈的枪炮声，阵地前沿冒出一股股的白烟。这团烟球散了，那一团又起来，那一团散了，这一团又起来，构成了一阵烟幕。

红军一气突入烟幕中,与白军展开激战,几分钟后,云雾逐渐稀薄,突入到烟幕中的红军,又退回到烟幕危险界外,第一次攻击失败了。

这时候,东方又出现微小的飞机声音,由小而大,由远及近,随即看见飞机成三个并列的品字队形飞来。红军地上进攻没有成功,空中来的敌人又比以前强大,优劣形势,非常分明。站在朱彪左边的是郭楚松,他看到飞机到头上的时候,就坐下来,把望远镜放下,对朱彪说:"飞机怎么回来这样快?"

"离南昌只一百几十里。"

"散兵线上倒不要紧,离敌人不到三百米远。"

"是呀。"

飞机除在红军阵地纵深活动外,不断地在双方阵地之间盘旋。郭楚松这时十分注意地面上的敌人,防止敌人陆军配合行动。忽然他手指敌人阵地说:"看!快看!"

敌人都站起来,有两个人用小白旗左右摆动,旁边用白布摆着符号,仿佛是个"王"字。

这一声惊动了他附近的人,他掉过头去,向大家说:"飞机来的时候,大家站起来,但对地上的敌人,却要注意隐蔽。"

朱彪立即叫来参谋李云俊:"你准备白布,也摆成个王字形。要快!"

李云俊有点为难的样子说:"没有白布,怎么办?"

朱彪火了:"想办法,刚才过路那个新娘子,不是有好多嫁妆吗?把铺盖的裹布借用一下。"

李云俊带了两个通信员立即向山下跑去。快到山下,有片小森林，是临时战伤诊疗所，看到顾安华和医务人员，正在包裹伤员。他叫了一声："顾主任。"

顾主任转过身，他抢着说："朱团长要我来找白布，要三五丈，学敌人阵地上摆陆空联络符号，欺骗飞机。你这里有大白布没有？"

顾安华抢着说："没有！没有！只有纱布，伤兵要用。"

"那我就到前面新娘子那里去借。"

"好！带了钱吗？"

"我走得急，没有想到用钱买。"

"那不行，我马上凑十几块钱。"顾安华立即从身上拿出一块大洋，又向周围的后勤人员借钱，还说由他向供给处报销。

钱很快凑够了，李云俊向着送亲的一群人赶去。事也凑巧，送亲的人因为红军后续部队向前赶路，又因左侧方打枪，就停在路旁休息。走到抬盒前，李云俊向送亲的人说："老表，你们的新被子卖给我们，我们有急事。"

"不行！我们是送亲的，送到婆家没有被子像什么样！红军是讲理的。"

"你们有三台铺陈，我只买两床大被子。新娘子还有一床大被。"通信员拿出大洋六块、三十枚银毫子，分给两个抬抬盒的，不由分说就急忙把两床花面白里大被搭在肩上，送亲的都跺脚叹气，他们根本不看，回头上山去了。

回到战壕，朱彪把花被面和白被里子用劲向左右一扯，四面撕开，伸开两手把白布纵横一拉，高兴地说："两床被里够了！够了！"

他立即撕成三幅，按他规定的长度，叫几个通信员拿出针线包，大针大针地接好。为避免地面敌人看到，就在自己阵地的内斜面，摆个“王”字，郭楚松他们看到后，都喜形于色。

李云俊拉出一条白手巾，拔断小灌木，插在手巾边上的夹层内。飞机飞到头上的时候，他站在王字形的头上，左手摆小白旗，右手举一只明晃晃的马号，看着飞机，高声叫道：“打那边！打那边！”

飞机被地面的信号搞糊涂了，盘旋了一圈无可奈何地飞走了。

白军阵地上枪炮声咆哮起来，山头上结成一层薄薄的云雾，云雾中涌出很多人来，疯狂地向东前进，白旗迎风飞舞，雪亮的刺刀在太阳的照耀下不断地闪光。

郭楚松立即发出就地抵抗的信号。

于是红军阵地上沉寂起来，他们都伏在地下，既不打枪，也不说话，在敌人的射击下不断加固临时工事。

不过一刻工夫，红军阵地的前沿，巨大的白烟球随着爆炸声向上滚来，烟球后面，无数的人紧紧追随着。“杀！杀！”的声音，配合烟球的爆炸声和飞机的呼呼声，好像可以吞没整个宇宙。

但他们进到离红军阵地几十步的光景，就听到红军阵地上突然虎吼似的一声：“快放！”沉寂了好久的战场，又热闹起来。正在前进的敌人，接二连三地倒下了。云雾中立即钻出好多人来，他们挥着红旗，舞着刺刀，飞奔而前。这时候飞机还是呜呜呜呜地在低空盘旋，但无论红白两方，谁都没有管他。

红军冲到白军阵地的前沿。白军的胸墙上，露出明晃晃的枪刺，胸墙内有无数的手榴弹飞沙走石般地飞出。双方阵地上都停止了枪声。只在烟球的前后左右，有两方投来投去的手榴弹声。红军冲不上去，又退回来。

双方都似乎有点失望了，各死守各的阵地——他们在肉体及精神极度紧张之后，对于当前的严重局面，暂时失去敏感。这时飞机在红白两军最前阵地，成圆圈形不断盘旋，他们不仅不炸白军阵地，连红军的阵地也不炸。他们在天空看地下，相距三四百米远处，各占山头，都摆了同样的陆空联络符号，都有人站起挥小旗，谁是敌，谁是友，心中无底，只好观战。

红军当然怕飞机下弹，白军也怕他们误会。两方面的人都不约而同地看着飞机，飞机飞到白军阵地，红军希望它下弹，飞机飞到红军阵地，白军希望它下弹。于是，阵地上就在不知不觉中沉寂起来——似乎战斗已经结束了。此时无论哪方面都摆着三条路：一条是保持对抗的形势；一条是坚决进攻；一条是退出战斗。

白军方面兵力居于优势，而且在南面会有友军来配合，有很好的条件走第二条路；但经过一天的痛苦教训，已经失去信心了。退却是不愿意的，因为这和作战的决心完全相违，而且当前的情况也没有理由和必要走这条路，只有保持对抗是最好的方法。他们估计先一天到达战场东南六十里的友军，可以在当天来打击罗霄纵队的左翼，纵然当天不能赶到，第二天上午是无论如何也会到的。其他方面的友军也有可能来增援。这种祈望，他们从战斗开始就存在着，特别在经过几次攻击还不能解决战斗时，更是这样。

可是，红军是绝对不愿再对抗下去的，从当时军事环境来说，无论战略战术上，都没有必要，也不可能。放弃战斗吗？空中有成群的飞机截击退路，地上的白军会乘机追击，离他们不远还有许多追击堵截的敌人。这样就只有最后一条路了，而且也是最好的一条路。

郭楚松这时候正坐在最前线的临时散兵壕内，看了看太阳正在西南。他觉得为了便于展开以后的行动，为了保存有生力量，必须争取胜利，纵然伤亡大一点，比撤退下去遭敌人追击的损失或遭敌机扫射要好得多。他观察右翼第三团的阵地，射界较好，又得到他们报告，能抵住敌人。他命令他们稳住阵地，有机会再前进。他在太阳偏西之前，对于敌人的援军是没有多少顾虑的，但由于打得太久，敌人的援军有可能来，纵然不敢大胆来打，就是摆到侧翼，也很危险。他一方面命令第二团派出一个连，前出十里左右，如敌前进，就边打边退；如不前进，就就地监视敌人。另一方面，决心迅速解决战斗。

新的进攻号令下达了，红军第一线的火力队，很快完成了射击准备，以便突击队冲锋时掩护前进，同时防止敌人反冲锋。突击队接受了突击的命令后，完全轻装，并预定在突击时，不避飞机。

散兵壕因为土质太硬，同时是在战斗中临时掘成的，正面既小，壕内又浅，郭楚松和杜崇惠、朱彪、张生泰，还有机关枪兵步兵，密密地挤在壕内。他们手靠手地连接起来，几乎没有空隙；不过也有好处，一声口令，全壕内所有的武器，都能同时开火，使几次接近到几十米远的敌人，不仅不能前进，而且也不能后退。本来郭楚松来到这里以后，感到这里不宜于他作指挥位置，这种把最高司令部和散兵摆在一条线上，是不艺术的；但又觉得已经到了这里，这里和敌人很近，飞机很难分清红白，可以减轻空中的威胁；后退一点，虽然可以减轻地上的敌人的威胁，但又增加了空中的威胁，同时后面也没有适当的地形便于展望战场和督促部队行动。此外，为着在紧张关头鼓舞士气，也以进到最前线为宜。这在表面看来是不恰当的，但在这种情况下，高级指挥员摆在散兵线上，正是争取胜利的妙诀，不妙中的妙处。

飞机大部分向东飞去了，郭楚松和黎苏研究了一下，认为敌人的陆军在一定时间内没有空军配合，队形的纵深和后方也没有威胁——这正是攻击的最好时机。

飞机返回之前的时机，对于胜利地解决战斗，是非常有利的。郭楚松的精神在新的环境中更加紧张，好像为一种不可思议的引力所吸引，以全副精力来抓紧这一时机。他看到这种时机，在整天战斗中很短促，是会很快过去的，如果过去了，解决战斗将更困难，至少要延长到夜间。但在天黑之前，敌人也可以利用他的优势兵力，利用很快就会到来的良好时机——飞机再回来——及时地解决战斗。因此，要抓住这个一天难逢的好时机，他扼要地向就近的指挥员讲了他的看法。那些人都是战场老手，知道部队已经准备好了，于是立即决定进攻。

朱彪指挥的部队，这时正在散兵线后面百多米远的斜面休息，他们在中午奉令撤到后面休整，已经有两个钟头没有参加战斗了，朱彪在接到进攻的命令的时候，向部队说："司令刚才叫我们休息，现在就叫我们最后出一手了！"

他明白郭楚松的用意，在休息中把已经减员的班排，加以调整：擦拭武器，整理草鞋，检查了手榴弹，还吃了饭。他向部队说了两句话后，把两个营长六个连长召到身边，指示进攻路线和方法，指定他的代理人。他为取得火力部队的充分援助，又和他们商定了配合动作。

朱彪的部队隐蔽前进了，几分钟后，红军快冲到敌人面前，于是又出现了无数的白色烟球，先出现的刚刚飞散，新的又起来了，好像珠泉一般地不断地破灭，又不断地涌出。

"哒哒哒哒！"红军阵地上所有的武器都怒吼着，站起来投手榴弹的国民党士兵通通倒下了，白色的烟球也稍稍减少了。红军乘机冒入白云里面，于是白军阵地内——最高的山头上——立即涌出好多黑烟球，红军趁着黑烟弥漫的时候，电流般地冲到白军的战壕边，这样，白云世界就逐渐消散，代之而起的，是山头上新起来的黑色世界。红军掩护阵地上，停止射击了，但他们仍作预备放姿势。

双方主要阵地的枪声差不多都停止了，黑色烟幕也快消散了，代之而起的是双方的刺刀在山头上前后左右急速地飞舞。

好些戴青天白日军帽的，吃了刺刀倒下了，其余的向后跑了，白军旗倒了，红旗插上去了。

打败仗退下的军队，没有连没有排，千万条心指挥千万双腿，从荒山上争先恐后地向下面滚。没有其他动作，只有千万条腿的摆动；没有其他的声音，只有不断的喘息声；有时也夹着短促急速的“走呀！走呀！”的恐惧的叫喊声。有的不用脚走，顺着陡坡向下一滑一滚；有的丢了帽子枪支子弹，只身逃跑；有的停住缴枪，要求免死；有的蹿入灌木杂草岩石下，避免后面的急追。官长们扯掉证章，抛弃刀带，准备混在兵士中一起当俘虏。

在这没有次序向下乱滚的那群后面，又有一群也没有次序地跟着向下面滚，他们虽然也是没有整齐的连排，也是争先恐后地滚，但千万条腿却是一条心所指挥。他们虽然也有不断的喘息声，但被他们喊杀的咆哮声所吞没，分不清叫的什么，喊的什么。

那群在逃跑的人，跑得非常干脆，包袱、毯子、干粮袋、雨具等等用品，完全不要了。他们觉得只要能侥幸不当俘虏，就算是千幸万幸了。

那些在后面追逐的人，看着敌人抛弃的一堆堆的军用品，谁也不去过问，他们的希望是活捉国民党的师长、旅长。

两群人马正在奔驰的时候，大群的飞机又从东来了，这时红白两军，相距不及一箭，没有明显的界线和标志，他们都拼命地走，谁也不怕飞机，谁也不看飞机，更谈不上摆飞机符号了。飞机在他们头上无精打采地飞了几个圈子，就向东飞回南昌了。

第 五 章

仙梅失败的国民党军队，是鲁涤平系统下的褚耀汉师一个旅和何键系统下的孟当仁旅。当他们和红军激战的时候，尾随追击罗霄纵队的孙威震将军却止步不前。

孙威震将军，是湖南一个老军官，他的脚曾经受过重伤，走路有点跛，站定后胸部特别挺。几年来同红军打了不少仗，虽然没有占过上风，但忍耐力还不算坏。在罗霄纵队北进之前，他在茶州东乡集中全师进攻苏区西面的梅香山。红军利用高峻的山势，采取攻势防御的战法，在阵地构筑真伪两种工事，真工事是在便于发扬火力的地方。构筑分段的散兵壕，加以伪装；另在明显的高地构筑两座碉堡，吸引敌人的炮火。不出他们预料，孙威震在队伍展开的时候，以炮火和湖南派来支援的飞机，猛击碉堡，红军隐蔽起来，避免损失。随后白军用步兵密集进攻，炮兵怕打到友军的头上，停止射击，红军利用敌人炮火间断，从隐蔽地进入分散的散兵壕，利用工事顽强抵抗，然后突然猛烈向下反突击，孙威震的军队，哪里顶得住，纷纷由高山滚下，争相逃命。他亲自尝过的滋味，当然不会健忘。罗霄纵队北进后，他改变为曾士虎将军的作战序列，率队跟踪追击，在追击中，和罗霄纵队距离时远时近。他追击的战术，是远急近缓。就是说离红军远的时候，就大胆急追，追到红军附近，就谨慎地缓进，好像恶狗遇到生人，在离人还远的时候，就疯狂地咆哮,一下跳到人的附近;但接近人后,特别是看到人停止要对付它的时候,就不敢扑来,甚至后退了。罗霄纵队摸着他的规律,就用对付恶狗的办法来应付他。如果疲劳或看到他接近了,就停下来,装作要和他决战的模样。他也停止前进,准备和罗霄纵队决战,罗霄纵队乘着他准备决战的时机,经过短促休息,等到他快进攻的时候,又急行军甩开他了。

这天早晨,他在仙梅东南六十里的地方,快要出发,忽然接到曾士虎将军的电报:"……郭匪北渡锦江后,继续北窜,为祸赣西北。褚师及孟旅明日即由潭上市东进,占领仙梅甘堂一带,堵匪北窜,兄部须跟踪猛追,务祈与褚师孟旅夹击,将其歼灭于仙梅地区,免贻后患……"他一目十行地看了一下,向着幕僚严肃而沉重地说一声:"好!"

部队紧紧追随红军的踪迹行进。离仙梅还有二十多里,隐约听到北面有枪炮声,他立即意识到是褚、孟等部和罗霄纵队接触了。他决心乘机消灭当前的敌人。

但在继续前进中,听到枪炮声越响越清楚,越响越激烈,不由心头一颤,涌出一幅梅香山失败的阴影:他看到自己的部队,从山头上无次序地向下乱滚和争相逃命的惨景;看到红军从山头上排山倒海地向下突击和勇猛追击的雄姿。新的环境虽然并不恶劣,却引起了对过去悲痛的回忆和新的恐怖。两者互相交错,不断地刺激他,他身上虽然穿了皮衣,在太阳下也觉浑身发冷。可是,他不能因为听到枪炮声就停止,这样要见笑于部下,损失他那仅有的威信;如果被上级知道了,也有打破饭碗的危险。凑巧得很,他的前卫因为前面情况不十分明白,停止前进,准备向他请示。他大脚跨步——虽然是一跛一步——走到前卫停止的地点,胸膛向前一挺，头稍微向上一抬，睁着眼睛，问前卫团长："干吗停止了？"

前卫团长以为这个动作不合他的意，谦和而诚恳地向他解释说："前面敌情不十分明白，稍微休息一下……"

他没有责怪前卫团长，似乎对这一动作认可了，但为着在部下面前表示自己对于战争有很大决心，又严肃而大声地说了两声："干！干！"

然而他又小心翼翼地问着向导，向导告知他们响枪的大概地点和路程。他掏出手表看一下，自言自语地说："时间不大早了。"

"师长，"参谋们向他建议，"前面情况不十分清楚，最好派侦探去看看。"

"好！去看看。"他似乎不十分同意，但却有些为难似的说。可是，他心里并不是如此，他想："不管谁和老共打，应该先派侦探去察明情况，然后再决定行动。"

侦探去了不到两个钟头，就听不到枪声了。他左走两步，右走两步，有点惶惑地向参谋们说："怎么听不到枪声了？"

"大概……"参谋们也不知道。他也不再问这个问题，却"顾左右而言他"地说："现在应该前进了，侦探怎么还不回来？"

"是啊，怎么还没回来？"参谋们改变口吻，附和着说。

黄昏，侦探回来了，报告红军的胜利和白军的失败。他非常气愤，也有些仓皇，跛足在地下猛地跺了几下，随即指着侦探破口大骂："怎么不早点回来？这样好的机会被你送掉了！……"他嘴里虽然在骂，心里却比较安静，他想："好在我素来用兵谨慎，不然，又来个梅香山，谁能原谅我呢？"于是在侦探头上找了借口，命令部队宿营。

晚上，他的高级参议来找他。这位参议姓李，名宗儒，字才华，曾经在庐山军官团受过训，是曾士虎将军的同乡，在“黄浙陆一”四字中，占了头两个字。他对于军事行动，俨如军师，不仅参议，而且起些监督作用。参议很客气地向他说：“师长，今天共匪一定很疲劳，而且死伤也会很大。我们明天最好行动，并且要早点，这正是以强击弱，以锐蹈瑕……”

这位参议为人素来好胜，喜欢议论，曾经对于有些军队不敢大胆进攻红军，引经据典，进行过不留情的批评：“裹粮坐甲，固敌是求，敌至不击，将何待焉！”

梅香山作战的前夕，他对于孙威震将军的行动迟疑，也曾表现难色，战后，他的口虽然还是一样的硬，但心里却有点不同了。这一天他内心虽然和孙威震将军意见一致，但总要装点面子。他向孙威震将军建议时，孙威震也很圆滑地回答他说：“我也想到了这一层，但还要考虑一下。”

孙威震将军虽然这样说，但心里并没有想如何进攻红军，因为他也窥察到参议的心不一定和口一样，想用个心眼，叫参议自己说出自己的想法。

“明天一定有场恶战。”他很诚恳地向参议说，“前卫非常重要，如果弄得不好，就会影响整个战斗。才华，”他的眼睛向着参议，“我看明天你最好跟前卫走，坚决督队。不分官兵，只准向前，不能退后。才华，你看怎样？”

参议看到要派他跟前卫走，急忙说：“前卫当然非常重要，不过我既不是监军，也不是指挥官，去前卫督队，不免有‘代庖’之嫌，请师长考虑一下。”

孙威震看到参议已经入彀，心里非常痛快。他平常派人做事，一经说出，是非去不可的，这一天不仅希望参议不愿去，就是部下演个“六军不前”的故事，他也不会说是违犯军法。不过因为参议曾经屡次为难他，他也要报复他一下。在参议请求考虑的时候，他深深吸了口气，好像有个天大的问题不容易解决似的，随即带点责备的口气，问：“你怎么不能去？”参议本来知道孙威震根本没有行动的决心，听到他这样口气，更明显地看出是不会勉强叫他去的，但不必一语道破，只嗫嚅地说：“请师长再考虑，考虑……”

孙威震将军依然像解答没有办法解决的问题似的说：“明天太重要了，如果是今天打的话，当然没有什么，但明天就不同了，你不能去，谁能去负担这样大的任务呢？”

他尽量把军事行动的大事，推到个人问题来，同时也是继续为难参议。他觉得他太不善于处人，也不善于自处，仗着高级统帅部的后台，对他太不尊重。这时候他虽然有为难参议的目的，但问题的本身，并不在这里，而是在明天究竟前进不前进。他之所以为难他，主要是为了这点，可是，问题很难说圆，于是自怨自艾地叹息说：“唉！我的脚……”

坐在他旁边的参谋长，看到他还在为难，便为他圆场了：“刚才才华提的意见，很有考虑的必要。现在友军已经退走，我们眼前所处的环境，和今天仙梅响枪的时候大不同了。应该本着蒋委员长常常引用曾国藩说的‘打仗不慌不忙，先求稳当，次求变化’的原则，明天在这里待机。严密警戒，注意侦察，傍山为营，步步筑垒，如果共匪来了，就凭着工事坚决抵抗。这‘反客为主’的道理，曾文正公说过，‘凡出队，有宜速者，有宜迟者，宜速者，我去寻敌，先发制人者也。宜迟者，敌来寻我，以主待客者也。主气常静，客气常动，客气先盛而后衰，主气先微而后壮。故善用兵者，每喜作主，不喜作客’，这是至理名言，很合乎我们今天所处的实际环境。去年我在庐山受训，曾经把这个道理，仔细研究，虽然不能说有什么心得，但总可以当个参考，现在我们处在这种情况，请师长当机立断，迅速确定行动方针……”

孙威震将军微微地点了几次头，最后他好像是帮他们两个排难解纷地说：“海琴的话，是有见解的。去年十月我在南昌参加高级将领会议，蒋委员长多次讲话也说：‘……各位一定要记得曾国藩所讲的打仗不慌不忙，先求稳当，次求变化这句格言。无论遇着了多少土匪，我们总不要慌忙，到一个地方，先把自己的兵力靠拢，看好地形，坚筑阵地，只要我们自己脚跟站稳了，再也不怕有多少土匪来进攻，并且我们正要等他来攻……’这也正合乎他还讲过的以主待客，以静制动，以拙制巧，以实击虚的道理。我看就是照海琴这个意见。”

行动就这样确定了。孙威震颇觉自得，但他一想到曾士虎将军曾命令他在当天要赶去夹击红军，现在不仅没有赶到，而且第二天还在原地停止待机。这种处置，他虽然用了很多理由压倒了参议，但他想到参议并不一定心服，一定会利用黄埔和浙江同乡的关系，在曾士虎那里拨弄是非；同时也想到褚耀汉和孟当仁失败后，会迁怒到他头上，把他没有按时到达仙梅的情况报告曾士虎和何键。他想到这里，心里有点惶恐，头上微微发汗。

但他的决心是无论如何也不能改变的，于是一味打主意如何应付上级。他想用和参议辩论的理由向何键和曾士虎说明，但又觉得只能解释明天在原地待机的理由，不能解释当天没有到目的地的原因。他为这种沉重的思虑所苦，瞪起眼睛，很久没有吭气。忽然室内有人大声咳嗽，他睇了一眼，才意识到秘书就在身旁，他一时仓皇起来，不知所措地东张西望。秘书早已领会他的意思，向他请求说："师长，把今天的处置和明天的决心报告总司令和刘司令官吧?"

孙威震将军笑了一下，但又没有回答，好像是在说："你写的中意吧?"秘书看到他的形色，于是接着用似乎很惋惜而又带点解释性的口气说："本来我们今天是可以到目的地的，可惜，他们退得太快了。"

"好，你提笔吧。"孙威震不再犹豫地说。

不一会儿，秘书把草稿拿给他看，他小声地读出来："总司令何暨司令官曾勋鉴，职师奉令于本日向仙梅前进，至仙梅南二十余里处，闻该处有激烈枪炮声，职率部急进，而枪声渐止，未几，即遇南来友军散兵数人，当知褚、孟等部，于晨九时与匪在仙梅激战，至午后三时，向西溃退，职处此境，进退两难，遂就地停止，构筑工事。窃职本拟于本日到目的地，协同褚孟，夹击匪军，奈两部未待职部到达，先期进军，进军后又未坚持，至失良机。似此剿匪，匪何能剿？职明日决本'先求稳当，次求变化'及'以静制动，以主待客'之旨，原地待机。如匪来犯，当决一死战。"

孙威震刚刚读完，觉得措词很好，不仅可以封住参议的嘴巴，而且对褚耀汉、孟当仁也是个攻势防御的对策，就连声说"好！好！"他一个字也没有改，就命令无线电台赶快发出去。

第六章

罗霄纵队在仙梅大战胜利后继续向北挺进。走着走着，路上的景色忽然变了，村庄口插上了红旗，贴了苏维埃政府和红军的布告，道旁有个妇女，持红缨枪，检查行人。她的右边摆很多茶水，一群儿童戴起红军帽子，在茶水后面，整齐地站着，见着骑马或带手枪的，就立正敬礼。还有些青壮年，衣服五光十色，背着长枪或短枪，走来走去，问东问西，何云生高兴地说：

“呵！又到苏区了。”

“有多大?”

“听说有一万四五千人口。”

何云生大声而诙谐地说：“江西到处有苏维埃政府，到处都革命。”

“何止江西!”陈廉不同意。

“当然只有江西，你看，中央苏区在我们江西，中央政府也在江西，党中央和军委也在江西。”

“哈哈！哈哈！哈哈！你投胎投得好，投在江西人肚子里，吹起来了。”

“吹，那么你吹吹罢。”

“我不要吹，只说给你们听就对了。辛亥革命，不是从武昌发动的吗？大革命时代，湖南不是最热闹的吗？湘南暴动不是在湖南吗？长沙省城不是成立过苏维埃吗？湖南不是最出红军吗？多的是，我不啰嗦了。”

何云生理屈，一时茫然。

又走了两个多钟头，就到了小苏区中心，村庄旁边，有个小演说台，正对北面的大山，演说台前面，横系红布匾，上面写着“二七纪念大会”几个大字。布匾上面，有两面红旗，红旗上各有大红星，红星中间，斧头和镰刀，互相交叉。演说台前站着一群老百姓——男男女女，大大小小，各人拿着小红旗，红军就在他们后面和两侧集合，于是，演说台前，工人、农民、老人、小孩、小贩、红军战士、游击队员、苏维埃政府和群众团体的工作人员、俘虏兵，人山人海，混作一团。

老百姓特别注意台上的两面红旗，他们看着红旗说：

“多漂亮的旗！”

“是！”一农民说，“红旗使我们下力的人有田了。”

“我们也得了好处。”一个持着县赤色工会小旗的中年人插着嘴，“苏维埃政府颁布了好多保护工人利益的法令……”

桂森也高兴地笑着说：

“我们更加好，到队伍以后，家里还分田，缺劳动力的，有人代耕，甚至帮助挑水，打柴……合作社买东西，家属有折扣，开会看戏坐头排。至于外籍红军，苏维埃就划出红军公田，由政府代耕，秋收后以谷折价，把价钱分给外籍红军，去年我们机枪排就有三四个人分到三块大洋。”

“是！是！”司令部一个通信员抢着说，“我看到管理科长拿一把光洋，分给司令、参谋长和军械员他们，因为他们是外籍红军，也是一个人三块大洋。”

又一个人说："杜政委分了没有呀？"

"没有。"

"为什么？他不是外籍红军吗？"

"政委是外籍红军，但他婆姨是苏区的，把他的田也分到她名下了。她还在离山街上开了个小铺子，有些首长，从她门口过，还进去喝过茶哩。前几天我听丁长生说，他的婆姨李桂荣来，带了老酒和好吃的东西，他已经享受到公田的利益了。"

大家大笑一场。

这时桂森左侧后面，有个龙钟老人，向前几步，和桂森斜对着，他左手抬起来，一面摸胡须，一面高兴地说："你是排长？"

说完又上下打量桂森，以赞许的口吻说：

"喔！有出息，是个好角色。"

"不，不，不——"桂森有点害羞似的，"大伯，好大年纪了？"

"六十六了。"

"有福气，有福气。"

"搭帮同志们。"

"老伯家到这里有好远？"

"十三里。"

"你还能走这样远！"

"算什么！我今天正午听到你们要来，特意来看看你们。"

"伯伯，你真好！"

"我刚到这里，站在你们后面，又听到你们说红旗长，红旗短，这件事我比你们年轻人清楚一点。我今年六十六岁了，看见很多样子的旗。在清朝是龙旗，龙旗是用黄布，裁成三角形，上面画着一条龙，龙是皇帝。我小时候在私塾念书，每逢初一、十五要焚香烧纸，先生学生都要向那条龙三拜九叩，膝头跪烂了，我也没有得到龙旗的好处。后来革命党撕破了龙旗，换了五色国旗，换旗的时候，百姓也很欢喜，以为天下真太平了。呵呵……”老人突然鼓起眼睛，失望地把颈子一缩，“天晓得！不到几年，百姓更苦了，我们上年纪的人，就想起了龙旗来，想出个真命天子。但想来想去，总是受苦。到民国十五年，广东来了国民革命军，赶走省长蔡成勋和五省联军总司令孙传芳，扯了五色旗，换了青天白日满地红的旗。这面旗开始的时候，也和五色旗一样，确实不坏，成立农民协会，减租减息……可是，只有几个月，就翻脸了，这一下非同小可，比五色旗还坏得多，坏得多！这样，我们上年纪的人，就更加想龙旗，可真命天子还是不来，还是受苦。直到五年以前，天下才变，出了共产党，扯下青天白日旗。我开始对红旗也不大相信，以为又是五色旗代龙旗，青天白日旗代五色旗那样，后来，他们告诉我们不要靠天靠地，不要想真命天子，要靠自己救自己，号召我们农民成立农民协会，成立工农兵苏维埃政府，打土豪，分田地，打衙门关卡，我才真信红旗。这面旗和龙旗、五色旗、青天白日旗都不同，看样子就好，它是红的，是吉利的意思，上面画的是镰刀、斧头交叉，是工人和农民拉手的意思，镰刀斧头放在五星上，是天下的工农都是一家，也是共产党领导革命的意思。我盼着这面旗永远红，不像那些旗，过不了多久就变。”

“是！”桂森更兴奋地说，“大伯说得对。”

好几个老百姓都说：

“大伯可有些文才。”

台上一声哨响，宣布开会。会场的台子很简单：一张桌子、一把椅子。郭楚松、杜崇惠、黄晔春等人都和战士们一样，坐在台下。

主席报告开会意义，他详细地说了一下“二七”流血斗争的历史，他说完了，接着是共产党代表讲话……

共产党代表是这个小苏区党委书记，他穿一身粗布短棉袄，戴帽，肩上挂手枪和图囊，虽然不像正规红军，但却是十足的游击战争的领导者。他站在台中央，亲切地看着大家说：

“老表们，红军同志们，游击队员们，”他手指着还穿着白军制服的一群人，“新来的弟兄们。去年我们在这里开过‘二七’纪念大会，今年又在这里开，明年虽然不一定在这里，但开会是定了的。为什么我们每逢今天，要开大会来纪念？就是因为中国工人阶级的政党，从建立那天起，就做了中国革命的领导者，也领导了这一次大罢工。刚才我在台下，听到几个同志说，红旗子救了我们工农兵，你们知道，这红旗是谁开始打起来的？就是‘二七’大罢工时的工人阶级。从那时到现在已十多年，中国经过了‘五卅运动’、大革命、北伐战争，大革命失败后，又领导土地革命。这都是工人阶级和他的先锋队——共产党领导的，十多年来革命的经验证明，只有工人阶级和他的政党——共产党，才能领导革命。没有共产党，就不会有苏维埃和红军，也就更不会使革命走向胜利。千百年来，中国农民，暴动了多少次，但从来没有成功。原因很多，主要是那时候没有工人阶级和共产党。我要讲两个故事，头一个故事结束的地方，你们掉转头看看，”他指着北面，“前面老远老远那个大山，叫作九宫山，二百九十年前，死了一个大英雄，这就是历史上鼎鼎大名的李自成。李自成本来是陕西人，小时候放牛。长大了，恰巧陕西、甘肃、河南、河北一带地方，连年灾荒，老百姓没有饭吃，饿死很多，李自成领导农民暴动，打开北京，做了皇帝，叫大顺皇帝。可是，他坐了北京后，很多领导人骄傲起来，脱离群众。那时明朝驻山海关的总兵是吴三桂，勾结满清军队向他们进攻。正处在困难的时候，内部又互相残杀起来。以后东走西走，越打越少，退到这个山上。”他说到这里，又指着北面的九宫山，“就在那个山的牛积岭被乡勇杀害了。我讲的第二个故事，离现在不过六七十年，有些寿高的人，还亲眼见过的，就是太平王造反。太平王也是英雄，他从广西金田起义，不过两三年，打到南京。到南京后，又和李自成一样，骄傲起来，脱离群众，他的内部也互相残杀，后来满清军队进攻南京，他在围城的时候自杀了。同志们，这两个故事，一个是李自成，一个是太平王，一个坐了北京，一个坐了南京。按理他们是可以成功的，为什么失败了？原因很多，我觉得最大的原因，是那时候没有先进阶级，不懂革命的道理。在胜利的时候，被胜利冲昏头脑，骄傲、腐化，内部不团结，给敌人好机会。在困难的时候，不坚持到底，走的走，死的死，所以一开始虽然闹得轰轰烈烈，也不能成功……”

“喂，老黄，那不是刘玉樱吗?”坐在主席台右侧的郭楚松用胳膊肘碰了一下黄晔春，悄声说。

其实，黄晔春在进会场前就已经听人谈到刘玉樱在这地区工作。他到会场的时候，就注意妇女队伍中有没有她，虽然不一定想见到她，但总想了解他们分离后的情况。经郭楚松一指，他眼光飞到一群妇女那边，立即认出刘玉樱，他盯住她，刘玉樱的眼睛也正看他，他忙回避，不再看她。

两个月之前，黄晔春收到刘玉樱一封信，信中提出，她决定和黄晔春解除婚约，并且说她已请求组织分配她到别的地区去工作。黄晔春当时很恼火，因为相隔较远，无法同刘玉樱面谈，就把这问题放到一边了，没想到竟在这儿碰到她了。他想，一会儿得找她谈谈。

主席台上演讲的人换了一个又一个，黄晔春都没有听进去，他的心已经飞回到家乡，回想着他同刘玉樱的一幕幕往事。

他们俩是被父母指腹为婚的。刘玉樱和黄晔春同年生的。两家住得近，只隔一山坳。小时候，只要他俩碰到一起，就有人开玩笑，说他们小两口如何般配，如何亲密什么的，他俩倒觉得很有趣。稍长，他进了小学，小学生有时羞他，嘲笑他的小媳妇，惹恼了，黄晔春就和小同学们对打一阵，常常鼻青脸肿地回到家，就朝刘玉樱撒气，弄得刘玉樱也是一肚子不高兴。日久天长，两人就有点不对劲，见面躲着走。后来，黄晔春中学毕业，刘玉樱也上过高小，两家父母见他们都已长大，就按过去的约定，为他俩完婚。婚后不久，黄晔春受聘到离家三四十里的一个县小学当教员，一连三年，他们只寒暑假见面。黄晔春又去广州参加广州的农民运动讲习所，毕业后，又搞农民运动，他为那时青年学生恋爱自由和婚姻自主的思潮所激荡。一过两年，偶尔写封家信，也很少提到刘玉樱。她感到黄晔春对她太冷淡，常自叹命薄。黄晔春参加南昌起义失败后，回到家乡，在家住了一段时间，他发现刘玉樱不但越发长得漂亮，而且思想也很进步，讲起话来，一套一套的，有板有眼，黄晔春倒真有点爱她了。但是，刘玉樱却不喜欢这个家了，黄晔春回家个把月，她只来过两次，没有夫妻久别之后的情意。那些天，正赶上湘南暴动，黄晔春没有时间去仔细思索就随军上了井冈山。戎马倥偬，他们难得有见面的机会。有一次他们的队伍路过家乡，刘玉樱成了农会的妇女部长，郭楚松、黎苏开黄晔春的玩笑，说他和当地的妇女部长“搞关系”。黄晔春只能苦笑一下。他不愿意告诉战友，自己婚姻是包办婚姻，他的夫人虽然是妇女运动的积极分子，却和他没有感情，特别在出发前的那封信，很使他难堪，他只是把郁闷埋藏在心底。没想到会在这里碰上她。

散会了，郭楚松要去喊刘玉樱，黄晔春一把拉住他，说：“到住地我再和你说。”

到了住地，听黄晔春说完，郭楚松火了：“不行，这太没道理！我把她找来！”

“别去。”黄晔春拦住他说，“让小陈先去探探虚实，比你去要好。”

郭楚松转念一想，也对。就喊来陈廉，交代说：“你到区委去找黄主任的妻子，你认识，见过面的。”

陈廉转身要跑，又被郭楚松喊住了：“就说我和黄主任在这里等她。”

陈廉答应一声跑了。

屋里只剩下郭楚松和黄晔春。郭楚松点起一支烟问：“你是不是伤了她的心？”

“没有哇。就是离也得离个明白呀。”

“这里肯定有别的原因。”

“我想不出别的原因来。”黄晔春沉默了。

这时，黄晔春和刘玉樱的关系在司令部政治部一部分人中很快传开了，冯进文、何宗周都是平常爱说笑话喜欢逗些小是非的人，他们有的认识刘玉樱，有的不认识，都在议论这个新奇的事。有的说刘玉樱对，有的说不对，何宗周走出大门看天色，忽然大声叫道：

“黄主任，黄主任，来了！来了！刘玉樱来了。”

原来刘玉樱和这里的区长，带了七八个人，提着花生干菜，来慰劳红军了,她走前头,突然听到有人喊叫,以为是叫黄晔春来难为她的。她一时茫然,回头便跑,插入大队中间。人们都停住了,问她为什么跑,她根本说不出话。

这时郭楚松、黄晔春被何宗周一声叫,也出来了。区长继续带着他的队伍,来到大门口,高高兴兴地见面。刘玉樱跟在大队里,一起进门,她脸色有点苍白,心神未定,郭楚松看到她,也不大自然地叫她的名字,黄晔春也以他素日的和气眼色看着她,她心定了。那几个恶作剧的人,站得远远的,仍在窃窃私语。管理科接受了慰劳品,话不多,他们告辞了。陈廉随即回来,他同郭楚松、黄晔春说,刚才到区政府请刘玉樱来。她开始不愿来,她说,要说的话在两个多月前给主任的信中都说了。这时区长在旁要她来慰劳红军,刘玉樱才答应一起到这里来的。陈廉还说刘玉樱已经和别人结婚了。

“什么?”郭楚松很惊诧。

“她和这里的区委书记结婚了。”

郭楚松把手里的烟往地上一摔,说:“岂有此理!我没有想到她这样,我要问问她!”

黄晔春叹口气,说:“她给我的信已经明确提出来了,算了吧,强扭的瓜不甜……”

第七章

修河中游有个不大的城市，年代虽久，但很坚固。城的近郊，有许多新建筑的碉堡，像星点一样的散布起来，成为城墙外围的防御地带。这里经常有强大的军队守备，此刻，又成为国民党湘鄂赣闽粤西路军第二纵队的指挥中心。

城中有个小高地，有几座新的半中半西的大房子，俯视全城。房子四周，有椭圆形的粉白的围墙围绕，围墙只有一个大门，一个小门。这里就是曾士虎将军的行营。大门外两旁，各有两个穿深黄色军装和挂宪兵肩章的兵士，肩着手提机关枪，不分昼夜，威风凛凛地站着。

围墙上面，有好些斗大的红红绿绿的标语。

“剿灭赤匪！”

“抗日必先剿匪，攘外必先安内！”

围墙里面的三座院子，相距各约一丈，成一条线排列着，左右两院的后面，各有一间小房子，中间那个院子前面七八步处，是一口用坚硬的石块筑成的半圆形小池，池的四周，围着石凳，凳上摆着花盆，花盆内只余下枯枝残叶。

房门常常是闭着的，有时也可看到单个的或三两个军人，从这个院子走到那个院子，有时也可以看到他们在晒太阳。

中间那个院子的正厅是办公室，两旁一边是会客室和餐室，一边是寝室和储藏室。办公室中，四壁都悬挂着湖南湖北江西福建广东各省军用地图，有五万分之一的，有十万分之一的。中间有一张长约一丈，宽约六尺的大办公桌，桌上铺着精致的黄色绒毯，上面堆满报纸和文件、笔墨和纸张。桌子周围，摆着精致的凳子和靠几。正厅的右下角，靠着一张三角小桌，桌上摆一部新电话机，左上角是西式铁炉，烟筒通到室外，在那寒冷的大天地中，这是块温暖的小天地。

曾士虎将军虽然刚进入中年，就蓄了短须。他的头发乌黑而光彩，整齐地倒梳着。胸部挺出，两眼平视，有旁若无人之态。微宽的口，说起话来有声有色。他穿着黄呢军官服，两肩挂着陆军上将的肩章，三八刀带从来没有离开过腰身。他时而坐在办公桌上批阅书报，时而离开办公桌，面向四周墙壁看地图，有时两手反扣，低着头在办公桌周围徐徐打圈子。有时甚至看了地图之后，头稍微向左向右转动，垂下他那英雄的眼帘，斜视挂在肩上的辉煌肩章。有时看得得意，就自言自语地说：

“大丈夫居宜如是！”

曾士虎是浙江人，曾毕业于保定军官学校和日本陆军大学，从国民党军阀的派系来说，属于蒋介石嫡系。三年以前，蒋介石为了控制和瓦解地方实力派，就以中央名义，派他到何键的第四路军当参谋长。何键虽然不大欢迎他，也不好拒绝。他也在行，自觉地以客卿的地位工作，何键对他，除人事和经理权以外，在作战指挥调动上，都照他的。一九三三年夏，国民党设湘鄂赣闽粤五省东、西、南、北四路进攻红军的总司令部，蒋介石就委任他为西路军参谋长。不久，又兼任西路军第二纵队司令官。红军北上后，他除了指挥第二纵队外，蒋介石又临时指定两个师和三个独立旅给他指挥。

两礼拜前，去南昌见蒋介石，回来以后，和红军作战的信心更加强了。他每天清早起来，看电报看地图，接电话，吩咐幕僚办理大小事务，忙个不休。有时甚至在吃饭的一点时间，也不安静。假如哪天事务没有处理清楚，就挑灯夜战。他常常在疲劳或兴致来了时摇头摆尾，用他那有节奏的语气，读他的座右铭，鼓励自己的情绪和勇气。

“成败利钝，非所逆睹；鞠躬尽瘁，死而后已！”

不久以前，他听到外界对于他的军事指挥有很多异议，同时又接到蒋介石指责他督剿不力的通报。他对于外来的责难，虽然更加警惕，但又觉得已尽最大努力，问心无愧，因而颇为不满和苦闷，但又觉得事业重大非破釜沉舟干下去不可。他为解除内心矛盾，就去寻找多年来最崇拜的老师——曾国藩的遗言来安慰自己。

“成败听之于天，毁誉听之于人……”

“国藩昔在江西湖南，几于通国不能相容……唯以造端过大，本以不顾死生自命，宁当更问毁誉。”

夜深了，勤务兵给他一杯咖啡，他喝了几口，无意中又有声有色的，念他生平最崇拜的一句话：

“大丈夫生不能流芳百世，死亦当遗臭万年！”

这时候他非常自得和自负，忽然听到门外叫了一声：“报告！”

是译电员的声音。

“进来！”

译电员进了门，对他鞠躬后，把译出来的三份电报双手放在他的面前。他看了一眼，是孙威震发来的。又举杯向唇边，在芬芳浓郁的气味中，显出得意的微笑，在他那眼色里面，好像是说：

“今天的消息，不错吧？”

但没有说出来。

他一面喝,一面默读电报:

司令官钧鉴:吻戊电奉悉,伪罗霄纵队北渡修水后,有窜扰南浔路企图,职师(缺一旅)奉令于日午抵九江西南山岳地带,协同九江正西两个独立旅,南浔路中段之独立旅,枕戈以待。如匪东窜,则遵委座本早电喻,竭力堵截。请饬友军,勿分昼夜,衔枚疾追,务期歼匪于南浔路西及修河以北。谨闻。孙威震阮亥。

他又看了一份,虽然来自另一个部队,但内容差不多,他一连点了三次头,把看过的电报放在一边,又举杯深深地喝了一口,得意地吐了一口大气,随即把头向左低下,垂着眼帘,看一下肩章,摇头摆尾地哼起来:

"善守者藏于九地之下,善攻者动于九天之上。"

译电员依然在他旁边,提醒他看完最后的一份电报,但他却不大在乎,有点忘形地说:

"差不多吧?"

"那一份不是我译的,我不知道内容。"

译电员刚刚回话,他的眼睛已经向着电报了,他一面看一面小声念出来:

司令官钧鉴:匪军正由修河中游以北向东猛窜,职师连日与匪激战,斩获颇众,据俘匪称,匪弹尽粮缺,千里奔走,极为疲惫,恳饬追剿各军,昼夜兼程,堵剿各军,严守要点,务祈灭此朝食,免贻后患,谨闻。柯云吻午。

他读到这里,微笑了一下,把电报顺手交回译电员,似乎胜局已定，小小斩获，很不足道似的。他又顺手从热水壶中倒出一杯开水，移开凳站起来，喝了一口，口里念念有词道：

“运筹帷幄之中，决胜千里之外！”

他打算睡了，译电员又送来电报，又是孙威震将军从原地发来的。孙威震在两周之前，跟踪追击红军到仙梅附近，他“反客为主”地等了几天，由于客人不仅不来，反而继续北去，于是进到仙梅，也准备继续追击，正巧接到蒋介石的命令，说红军继续向北，有侵扰南浔铁路企图。南浔路是国民党北路军在江西进攻红军的交通动脉，一定要保障安全，叫他率领主力，走直路到南昌，乘车北上，进到南浔路中段布防。红军进到武兴以北，蒋介石叫他到九江西南地带，到达目的地那天晚上，南昌行营判断红军主力在秦山地区，就命令秦山周围的国民党军队，准备围攻。孙威震的部队是向西。他在接到命令后，觉得他的左右都有友军，他的驻地合乎军事上的要求，他的后方，设在主力的左后面，也很安全。可是，在到目的地的第一、二天晚上，红军却从小路袭击南浔路，正打到他的后方，这一失利，出乎他的意外。他为了面子，不想把这次失利的情况对上报告，但又有溃兵是向南浔路跑的，他知道隐瞒既不可能，伪报更加不好，只好比较老实地向曾士虎报告。

> 司令官钧鉴：职部昨日抵九江西南山区后，即协左右友军堵匪东窜，正期大举迎战，将匪歼灭之际，而匪由间道东窜，一部直抵铁路，昨夜南浔各站，烽火连天，本早虽无炮声，但战况不详。另一部出职部之左后方，我辎重行李医院及警卫部队，全部损失，职闻变之下，欲率主力向南截击，奈时机已失，功亏一篑，殊为痛心！

他看完这封电报，脸色严肃了，心跳加剧了。随即又看下一封电报，这时他的手微微有点颤抖，生怕再有类似的事出来，但只好硬着头皮读下去。

顷探报，进窜铁路之匪，已于本早西窜，职正激励士卒，准备再战；务祈歼彼丑类，保障南浔路之安全。特闻。

他再也不能忍耐了，他拿着电稿，向桌上用力一掷，随即踢开凳子站起来，皱着眉头，怒气冲冲地说：

“出鬼了！”

这时候他回忆先看的几个电报说什么“与匪激战斩获颇众”，什么“匪弹尽粮缺”，“极为疲惫”及其他“务祈灭此朝食”等等。他又回想起两年来的剿共战争中，他的部下有时以真报假，以假报真，弄得他有时真假难分。特别对于孙威震，更加不满。他最近从好几方面的报告，认定仙梅战役，孙威震本来可以按照他的命令，按时赶到目的地和褚耀汉、孟当仁配合夹击红军，他却站在二十里外观战。这也罢了，而在他给他的报告中反而把没有消灭敌人的责任，完全推到别人头上。同时他还怀疑孙威震刚才的报告是不是完全真实。他不由得跳起来，把孙威震大骂一顿，然后在地图上看来看去，看了一会儿，又反背两手，围着办公桌，慢慢打圈子，军靴轻轻地落在地板上，发出有节奏的响声。

门口“吱呀”一声，进来一个挂着中校肩章的青年军官，向他报告说：

“行营转武兴来的电话，伪幕阜山独立师进到秦山以西地区，现在离武兴城不过四十里了。”

“有鬼！”他感叹地说，“他们钻了我们的空子，他看到我们在修河中游和其他部队向东，他就来个向西”，他停了一下又说，“这明明是牵制我们向东的追击部队。”

“看样子就是这样的。”

“他们都有无线电吗?”

“听说有一架。”

“那就奇怪了,他们一个走东,一个走西,相隔几百里,中间又是我们的军队,如果没有无线电,怎么能……”

“他们……”中校说到这里,拉长声音,似乎很佩服地说,“他们行动很灵活,又没有保存实力的观念,能协同动作。”

“还有,”青年军官又说,“行营说飞机报告,赤匪从铁道回头,现在离秦山地区不过二三十里了。”

他再不说话了,虽然觉得红军有值得佩服的地方,但从来不表示出来,而且也不愿意服。可一时想不出对付红军的办法,同时又怕蒋介石再来一次申斥,何键更可能利用这件事挤掉他的饭碗。特别使他怀恨的,段栋梁在一个月之前占领罗霄山中段赤区西面的屏障七谷岭之后,有电文给他讨论赣西北的军事形势。他说一年以来,赣西北大军云集,碉堡林立,理应迅速消灭红军和赣西北赤区,但结果适得其反,表示非常遗憾;可是,他又没有提出具体的有效办法,而在末尾却有“吾兄总参营幕,怀济世才,鸿猷嘉谟,走笔立就……”的话,这隐隐约约讥讽他是纸上谈兵。他恨死了,急于有所作为,同时也特别注意到段栋梁此后的军事行动是否也有错误,以便一有机会,就抓住报复一下。但天不由人,两周之后,降级记过,现在他指挥的队伍,又吃了些亏。这时他左也不是,右也不是,无头无脑地走到寝室,躺在靠几上,好久没有动一下。

“唉……”他终于无可奈何地叹了一声。

他低头看到肩章,觉得肩章上的光辉,几乎完全暗淡了,他再不向左或向右低头了,这时候他十分焦急,又找不到好办法,觉得对不起蒋介石，对不起肩章，也对不起自己。不觉张开两掌，抚着他那素来爱好面子的脸。

“我是个将军呵……”他沉痛地想，“假如赤匪胜利了，那就真会像蒋委员长在上前年春天的训词中说的：‘生无立足之地，死无葬身之所’，那时候，谁还看上我的肩章……我就任西路军剿匪总司令部参谋长的时候，不是当着政府和国人宣誓过一定要剿灭赤匪吗？今天……”

他想到这里，出了一阵冷汗，心怦怦地跳动，用力咬着牙关，好像防止心从口里跳出来似的。他想消灭红军，又没有信心，也想不出方法。想来想去，忽然想到两周之前，到南昌去请示，蒋介石和他亲口说过的话：“我们剿匪无论如何要胜利，我们根据什么可以相信一定剿灭土匪？我的《剿匪手本》就是我们剿灭土匪的证据……所以随便在什么时候，无论在作战的时候，行军的时候，或者危险艰难的时候，就拿这《剿匪手本》出来看看，一定可以有方法，来解决我们当前的危险和困难。”他想到这里，突然吸了一口大气，好像在黑暗中遇到光明一样。随即从书匣中捡出《剿匪手本》来，看了一下墙上的蒋介石像，就打开书本，虔诚地翻阅。读到“成败利钝，非所逆睹，鞠躬尽瘁，死而后已”和“讨寇之志，不以一眚而自挠……”和“眼前只见一义，不见有生死求，只从义利辩得清，认得真，有何生死可言”这些警句的时候，牙关一咬，好像发疯一样，双脚跳起，拍案大叫：

“有我无匪，有匪无我！”

他的幕僚，在另一个院子里，听到他雷霆一声，以为在指责什么人。

“老总发谁的脾气？”

“不知道。”

他们问站在他门口的卫士，卫士回答说：

“没有人进房子。”

但他们大体上都了解他的个性，所以也不十分惊奇。

这时候他已经走到地图面前，头和眼珠转来转去，对于红军现在活动的地区和幕阜山东端，看得非常仔细。眼睛不断地被千千万万条曲线和字迹所吸引，他看到红军一定要到幕阜山东端，于是用红铅笔画个大圈，同时拿米达尺在地图上比来比去，从南到北，从北到南，量上量下，一分一厘都不粗心，于是又用绿铅笔从红圈的西南向秦山划个矢标，又转到东南方和东方各向秦山画个矢标，几根绿的矢标从红圈外面越过红线指着红圈中心诸村落，又在北面和西面，在有些复圈的符号上，用绿铅笔画个较大的圆圈，于是回到办公桌前，在桌上沉重地击一掌，随即放低声音默念着《曾胡治兵语录》中的话：

“天下事只在人力作为，到水尽山穷之时，自有路走，只要切实去办。”

夜不知不觉过去大半，鸡声喔喔，冲破了静寂的夜。曾士虎将军更加兴奋，把门一推，大声对卫士说：

“叫李参谋处长来。”

参谋处长已睡着了，但为长期紧张的军事生活所养成的习惯，一闻呼声，就坐起来。他急速走到曾士虎将军房子里。正在看地图的曾士虎头也不抬，严肃地说：

“孙师的飞机报告，罗霄纵队今下午可到秦山。我看他们这几天，天天走路，天天打仗，一定会到秦山休息，我们应乘机把敌人歼灭于修水以北。秦山地区很小，从南到北，从东到西，不过百多里，山地很穷，粮食不多，到处有剿共义勇团队、靖卫团打击他们，这一带地方，对于我们有利，对于土匪，是非常困难的……”他说到这里，看了参谋处长一眼，用米达尺指着铅笔所画的绿矢标和记号说，“褚师柯师及乔师一个旅从大小坳余霞桥向秦山中心进攻，由褚耀汉师长统一指挥。孙师主力从岷山向秦山，独立第四旅及独立三十六旅，由瑞安向秦山，修河中游一带，由柯师堵防；南浔路中段，由独七旅堵防；鄂南方面，通知第三纵队丁继明司令注意，各军限后天进至攻击准备位置和堵截位置，大后天向秦山总攻，中心目标是九固源——秦山地区的中心，你马上根据这个意思和这个图的标示，发出命令。”

参谋处长把这段话记在心里，好像很有把握似的说：

“好！”

他回到办公室，急速拟好电稿，亲自送给曾士虎审查。曾士虎一面详细看，一面顺手删改。看毕，就在电稿头上批几个字：

“万万火急！”

第八章

曾士虎行营东面约一天行程的石霖镇，离苏维埃区域较远，红军从来没有到过。镇中有镇公所，设有食盐公卖处，还有四五十个靖卫团丁，但没有多少和红军游击队作斗争的经验。

镇长是个法政专门学校毕业的中年人，浓眉深眼，鼻尖微勾。他除了法政专业知识外，对国内政局尤其是对国民党进攻红军动态，常加分析。对所属地区及其附近的事，从不放过。他有个背驳壳枪的警卫，不仅老百姓怕他，就是全县的大绅士，也马首是瞻。他在壮年时期，曾害脚病，走路一步一颠，身子随着一上一下，人们给他起个绰号：跛子老虎。

跛子老虎就是镇里人，两年前曾在皖南山区当了一届县长，虽然费力搜刮，可地皮不多，就告辞回家。他早看中石霖镇是修河下游大码头，就以降职身份充任镇长。他一上任，就修理镇门，门宽而高，加以油漆。门的左右，各挂油漆的长方牌，一面写着“公所重地”，一面写着“闲人免进”。牌的下面，倒悬着粗大的军棍。卫兵寸步不离。

这天上午，他正在镇公所办公，忽然接到南昌来的电话，说秦山地区的红军，在昨天被国民党军队三个师包围，准备明天总攻击，离秦山百里左右的纵深地带的党政军警，加强戒备，堵截溃散的红军云云。他作了判断，据说红军只三四千人，国民党的三个师另加两个独立旅的包围,优劣之势,了如指掌。他在这次大战中,不仅愿卖气力,还想立点功。那时,人们就是当面叫他一声“跛子老虎”,他不仅不会生气,而且觉得富有新意,成了光辉的称号了。

跛子老虎立即叫靖卫队长和有关人员来,他讲了南昌来电话的内容,命令他们,随时准备行动,并对北面加强戒备。又叫保甲长把修河上下十余里的船只,集中在镇的南岸,来往船舶,没有他的命令,不准通行。

布置之后,他除电话通知友邻军政机关外,又报告县政府。县长觉得他布置有方,就夸奖说:

“你有胆有识,布置周密,好,很好!”

他放下电话,又处理了一些事,就午餐了。他有些倦意,本来可以回家,他没回去,就坐在办公室休息。

半下午,一个哨兵急急忙忙地走到镇公所,在镇长办公室门口,大声叫道:

“镇长,镇长!大兵来了。”

镇长听到这突如其来的叫声,立即站起来,问道:

“哪里的大兵?”

“是湖南军队,他们说是孙威震师长的。”

“真是国军吗?”

“他们说是湖南的,我看也是,他们穿着整齐,军衣、军帽、臂章、绑腿,都和我前不久见到的国军一模一样。他们讲话的声音也是湖南话,模子、模子的,好难听。还有……”他从衣袋里取出一张名片给镇长,镇长一看名片上印着国民革命军第十八师司令部上尉副官李进才的名字,还有籍贯和学历,他相信了,但又问道:

“从哪里来?”

“从秦山来。”

镇长镇静了，又问：

“来了多少人？”

“只二十几个，来打前站的。”

“他们现在在哪里？”

“步哨长叫我来的时候，他们在村口。我跑得快，他们恐怕进街了。”

跛子老虎听说要进街了，不由紧张起来，但他毕竟老练，觉得只是来个上尉副官，如果把文武官的官衔套一下，他不仅比不得我以前的县长，就是比镇长也稍低一点，于是坐在办公室，等李副官来。

可是，他心里很是不安，就从窗子向大门看看，岗兵忽然由肩枪改为预备用枪。问道：

“你们从哪里来？”

来者不仅没有回答，一个背三八刀带的军官走到镇门口，反而反问道：

“这是石霖镇吗？”

“是。”岗兵立正回答，“官长从哪里来？”

“从秦山那边来，刚才你们放哨的，不是有人回来报告吗？”

这时跟随军官的一个背驳壳枪身着国民党军装并挂上士衔的士兵，指着军官并用长沙口音向岗兵说：

“这是我们李副官。”

岗兵又向军官敬礼，好像自惭形秽，没有资格迎接军官似的，谦恭地说：

“李副官，辛苦，辛苦！”

李副官挺着胸，大声说：

“今天有公事，要见镇长。”

“请等一下，我进去报告镇长。”

大门离镇长办公室不过二十步，刚才镇公所大门口出现的事，镇长不仅听到，而且看得一清二楚，但还是要摆个架子。仍然坐在办公桌前，故意办理公案。

李副官在大门内站着，他的队伍就站在门内外，眼睛四顾，子弹上膛，还有四个人对着警备队门口。镇长看着他们在自己的政区和防地内，还处于备战状态，以为是有教养的军队的常规。

一会儿工夫，传达兵出来了，向着李副官说：

“镇长有请。”

李副官挺胸而前，后面跟着警卫，快到镇长办公室门前，镇长手里拿着名片迎了出来，他那哔叽面子的大皮袍子，黄色呢子的礼帽，配在又白又胖的魁梧的身材上，显出十足的绅士风度。他向着青年军官，微微打一个拱，和悦地笑笑。同时把自己的名片也给他。

“列位武装同志，辛苦！辛苦！”随即注视军官，“是……李副官……”

青年军官将要回答，他身边的卫兵很自然地抢着说：

“是我们李副官。”

“李副官，请进！请进！”

青年军官把镇长的名片端详一下，不仅写了现在的官衔，而且把两年前当过县长的履历也写了。随即微微拱手，亲热地说：

“张镇长，您好！您好！”

“不敢！不敢！”

镇长一面回答，一面打量那位军官，他比较阔大的胸口上，挂着半新不旧的上尉证章，他的脸上浮着健康的红润，两只眼睛，在浓厚的眉毛下闪着亮光，嘴较大而带微笑，肩上挂着三八刀带，把腰身捆得紧紧的。走起路来，大脚跨步，挺胸抬头，虽然是个上尉军官，却仪表非凡。

他们进了镇长办公室，室中摆着一张大长方桌，桌面铺着华丽的绒毯，上面摆着笔架，架着朱笔，四壁森严，活像小阎罗殿。镇长虽然知道自己的官衔，不仅在两年前，就是现在，也略高于这个青年军官，但因为他是孙师长派来的，当然不敢怠慢，立即请军官坐上座，自己和其他几个有威望的绅士在侧座作陪。跟随李副官的卫士，手持驳壳枪站在门口，镇长请他坐，他说他是卫士，不敢和绅士先生同坐。

"张镇长和各位先生，"军官谦和地说，"我们孙师长派我先到贵处来，有一件事通报你们一下，就是我们十八师今天要到贵处来麻烦你们……"

"不敢！不敢！"镇长站起来，高兴地说，"今天就到，好！好！好！我们盼望国军，好像'大旱之望云霓'，只怕招待不周，请李副官海涵！海涵！"

"不客气！不客气！你们没有听到敝军要来贵处？"

"没有，没有！如果知道，我们早就去迎接了，不过刚才曾司令走这里过武兴去了。"

"哪个曾司令？"

"西路进剿军的曾士虎司令。"

青年军官突然听到曾士虎过去了，心里一惊：

"曾司令他过去了。我们都是归曾司令指挥的呀！他到了你这里?”

“没有,他今天坐了三辆装甲车,从南昌去西面督战,中午从这里过,我这里有个团丁,认识他的卫士。”

“什么时候回来?”

“那就不晓得了。不过西面会有军队来,刚才县政府来了一封信。”

镇长说着从信袋中取出信来。

李副官把信拿在手上,一溜眼就过去了,仿佛无关轻重似的。

一个和镇长打扮差不多的老头进来了,他下巴有浓密的斑白的胡须,睫毛直竖,隐藏凶险神色,有俗语说的“老奸巨猾”之概。后面跟着一个穿西装的摩登少年,头发倒梳得整整齐齐,鼻梁上架着金丝眼镜,穿着长筒皮靴。走起路来托托响。镇长办公室因他们进来,便显得更加阴森。

镇长在他们刚进门口,就站起来,军官随着站起,镇长用手指着军官,眼睛随即转到他们身上说:

“这是孙师长那里来的李副官。”

“辛苦!辛苦!”老少两个绅士同声说。

“不客气!不客气!”

“这位是雷老先生。”镇长指着老人说,“是敝县最有威望的老绅士。”镇长又指着少年向副官介绍,“这位是雷先生公子……雷震川先生。上海法政专科学校毕业,在牯岭党政训练班服务。前几天由南昌行营派来调查民情,也顺便探亲。”

镇长给他们互相介绍的时候,他们三人都先后取出自己的名片,互相交给对方。

“今天是从秦山脚下来的吗?”镇长向着李副官问。

"是的!"

"路很远!"

"一百二十里。"

镇长感叹起来:"真是神兵！才半下午,就赶了一百二十里。"

老头眼睛突然亮起来,摇头摆尾地说:

"'东面而征西夷怨,南面而征北狄怨',贵军可以当之!"

"未免过誉！未免过誉。哈哈!"

军官没有等笑声完全落下,就向着镇长说:"要麻烦镇长,请下命令架浮桥。"

"这马上就可以办到。"

"我想派两个人去帮忙。"

"不必,你们的兄弟已经辛苦了,而且架浮桥并不难。"

"镇长,架浮桥还有许多军事上的要求。"

"那也好,也好。"

镇长立即派人到码头去,他再三吩咐要按军官的要求办好。

镇长问军官:

"前几天听说秦山地带,到了很多土匪,今上午听说被国军包围了,现在怎样?"

"喔!"青年军官微笑着说,"完了！差不多完了！昨天上午我们十八师、十六师、六十二师、独立七旅、三十四旅各部队,在那一带把土匪三面包得紧紧的,经过一下午战斗,大部分消灭了,拂晓前看到上级通报,只有一部分,乘雨夜向西南方向从小路冲出去了。"

"没有完全包住?"

"包是包住了,不过那些人,爬山上岭,摸黑穿雾,不按正规战法呀！……今天敝师来贵处，是来搜剿他们的。"

"好！好！好！"其他的人都欢呼起来。

"我听说土匪到秦山。"镇长很得意地说，"就知道他们命不长了，现在果然……"

军官接着说：

"那是托蒋委员长的洪福。"

他刚说了蒋委员长，摩登青年、绅士们不约而同地立正。绅士们都热情地重复他的话：

"是！是！是！"

戴眼镜的摩登青年对青年军官有声有色地说：

"蒋委员长对于剿灭赤匪，具有坚定不移的方针，顽强不屈的意志，他在庐山常常对我们说：'有匪无我，有我无匪！'又说：'头可断，骨可碎……消灭赤匪这个志向，是不可以夺的。'他关于军人的责任，也明确指出：'我们的敌人不是倭寇而是土匪，因为土匪是心腹之患，甚于外敌。因此你吃饭要想剿匪，睡觉也要想剿匪，走路还是想剿匪，必须到匪剿完了为止。无论对士兵讲，对官长或是对百姓讲，时时刻刻总要不离开剿匪……'像这类的话，他讲过不知多少。他是真正做到了什么时候，什么地方，什么会议，什么什么……都是讲剿匪。"

"蒋委员长，"老头说，"这种精神，正是曾文正公剿灭长毛贼的精神。"

青年军官和摩登青年一听到蒋委员长四字，又不约而同地立即立正。镇长对老头微笑看了一下，老头也会意地微笑，表示孺子可教的得意神色。

"是，是。"许多人都赞同，镇长随即说，"我虽然没有亲聆蒋委员长教诲，”青年军官和摩登青年又是一个立正，镇长向他们打个手势，等他们坐下又说，“但从他的演讲集中，也看出他的伟大。他说：‘……曾胡几个以忠义之气为天下倡……所以才把风气转移过来，卒能平定洪杨，把垂死的清室中兴起来。现在我们所遇到的困难，比当时的满清更严重……我们要救国，要复兴，就不可以不效法曾胡以及当时一般忠义愤发的将领……’”

“对！对！对！”老头、摩登青年、青年军官都同声赞叹着。

停了一会儿，青年军官向着老头微笑一下，说：

“雷老先生，尊府离这里不远吧？”

“有一天半路，在这里西北面。”

“还平安吧？”

“咦！”老头立即气愤起来，把手在腿上狠狠一拍，“就是不平安，所以才到这里来。”

“不平安！”青年军人也有点惊愕似的，“怎样？”

“是不久的事，西面有一股共匪，突然到我家乡，那些可恶的臭种，看到我有碗饭吃，就眼红了，在我门口贴了布告，说要办什么狗农会，分田，焚毁田契债约……胡说八道，犯上作乱。这也算了，他们还要罚我一万元。”老头把头伸到前面，激愤地说。

“什么！”军官更惊愕，“你不犯法，为什么要罚款？”

“莫说吧！莫说吧！”老头更气地说，“他们在布告上数了我八大罪状，骂得我一塌糊涂，只要是人，就读不下去。”

“唉！”青年军官摇头感慨着，“世道衰微，人心不古……”

“正因为这样，弄得天下昏昏，邪说流行，民国十六年我在南昌，看到街上用大红布写着什么‘劳工神圣’，还有什么什么的，李副官，你想，这是放的什么屁，孟夫子说：‘劳心者治人，劳力者治于人。'现在,变成什么劳工神圣了。李副官,做工卖力的是下人,怎么还能叫神圣?你看天下乱到什么田地!"

"这里他们没有到过吧?"青年军官转问镇长。

"没有到过。"

"是镇长善于镇守,也是诸位先生有福。"

镇长仓皇地两手一分:

"岂敢!岂敢!尸位素餐而已。据说全国匪患,江西最严重,我们这里虽然比较安静,但也不敢过于乐观。"镇长停了一下又说,"为什么江西的土匪特别凶?"

"谁知道。"老头子插嘴说,"我看江西土匪凶的原因,就是杀得太少了,曾文正公平定洪杨,是杀平的。他劝他弟弟曾国荃,要多多杀人,他的家书上说:'既已带兵……何必以多杀人为悔……虽使周孔生今,断无不力谋诛灭之理。既谋诛灭,断无以多杀为悔之理。'后来硬杀平了。清朝于成龙先生在广西柳州罗城平苗乱,也是以不厌多杀闻名的。他在致友人荆雪涛书中说:'……盖苗人不畏杀,惟有剥皮……悬首郊野,自是而境内悉平。'听说民国十七年十二月共匪在广州暴动,汪精卫、张发奎先生一次杀了七千五百多人,结果只三天就平了。还有李鸣钟先生,剿匪到七里坡,一共剿杀了赤奴七万多。这样那里的土匪也杀平了。今天的江西,只要不怕死人,就有办法。"

"是。"摩登青年插嘴说,"我看蒋委员长,"他自己又是一个立正,然后继续说,"他现在一面学曾国藩,一面学德国意大利的法西斯蒂,这两个合起来,比那个也长,洪杨占了南京,纵横十六省,比现在共产党强多了,但一个曾文正公就把他消灭了。现在共匪不比洪杨强,剿共的领导者,既有曾胡遗风,又有法西斯蒂的西洋新招，当然更有办法了。”

“对！对！”老头又微笑，目视他的儿子，再次露着“孺子可教”的意思，接着又说，“但不管是曾文正公也好，法西斯蒂也好，总是不出一个杀字。”

“是，是。”

镇长站起来，向青年军官打拱，同时说：

“李副官请坐，我去隔壁打个电话，报告县政府一下。”

青年军官也站起来，忙说：

“不必！不必！今天已经麻烦了你们很多，怎又去麻烦县政府？”

“我要告诉县政府一声。”

“不必！不必！”他再三坚持说：“镇长，你知道我们师长的脾气，他是最怕麻烦地方的。”

“你们来这里他们应该知道。”

青年军官还是婉辞拒绝：

“诸位大概总听到过我们师长的脾气吧，弄得不好，我也有点为难。如果一定要通知，我就自己去。打县政府的电话是什么号码？”

“两长一短，我带你去。”

镇长带他到电话室，他抢先两步，按着电话机，并说：

“张镇长，请回去陪客。”

镇长在他婉辞谢绝下，离开了。但仍站在电话室门口。

他摇了几下电铃，电话中，立即发出微小的声音，他故意不答。对方叫了几声之后，把电话挂了，他却说起话来。

“我是石霖镇。我是十八师师部上尉副官李进才，我请邝县长讲话……喏！邝县长。我向你报告，我们十八师今天就会到石霖来，孙师长叫我先来打前站，现在我已经到了这里，见到张镇长，张镇长很好，一切都办好了……好！好！张镇长办得很如意，实在吵扰了贵县，对不起！……好！好！再见。”

他挂了话筒，出了电话房，镇长还在门口等着他，他很满意李副官在电话上向他的上司——县长讲了称赞他的话。

“李副官，你真体贴地方。”

“算得什么，算得什么！”

回到原来的房子，刚刚坐下，镇长从忘乎其形的高兴中，突然想起新问题：

“喔，孙师长快到了吧？”

“先头部队大约离这里不远了，孙师长就是跟队伍来。”

镇长立即派人去探听队伍什么时候到，好去欢迎，又叫人赶快弄饭，饭后就亲自领着人马去欢迎。

“未免太客气了，”青年军官谦和地说，“孙师长年高德劭，爱民如子，他是不愿意麻烦百姓的。”

“正因孙师长年高德劭，所以人民才爱戴，我们去欢迎他，不过聊表敬意而已。”

饭后，镇长带人去迎接大军，他一步一跛，走不快。在平常，就是三五百步，也是坐轿的，但这天只能勉强步行。青年军官跟他一起走出屋门。

霎时间街口外面的白杨树下，几十个文质彬彬的绅士，长袍大褂，高冠厚履，没有次序地站在大道的东边，本地的靖卫团和警察，隔着大道在对面站着，向东排成横队，还有许多儿童，在他们前后左右叫来叫去。西沉的太阳，拉着长长的光线，射在那群峨冠博带的人头上，显得更加辉煌。

镇长和青年军官站在这群人的前面，左右有些同来的军人，他们都满面春风，向着北方遥望；军人们虽然是戎装整齐，除李副官和卫士外，其余都满身溅着泥点，同他们站在一起，有点煞风景。

“快来了！快来了！”青年军官手指着北面的队伍，向人们打个招呼。

绅士们有的两手摸着帽边，向左右移动几下，也有两手互相把衣袖拉抻，又在整个身上打量了一番，左看右看，好像很不自然。

一队全副白军装扮的军队，从北面来了，青天白日旗迎风飞扬，数百步后，又拉着长长的人线。绅士们看到军队到了面前，都拱手点头，镇长走前两步，向着队伍说：

“武装同志，辛苦！辛苦！”

李副官见到前来的部队，上了刺刀，手榴弹也拿在手上，有充分的战斗准备，他立即向着靖卫团，严肃地叫了一声：

“立正！”

“架枪！”

这一完全没有战斗准备的武装，被他这一声突如其来的口令所慑服，失去任何反省的机会，都听口令把枪架得整整齐齐。

“向后——转！”

“开步——走。”

靖卫团完全像平常在操场上听指挥官的口令一样，他们这时候不知道自己是人，还是机器，只是听李副官的口令做动作。

峨冠博带的人们，看到李副官调动参加欢迎的队伍，以为这是迎接大人物的礼节，他们谁也不问，只集中注意力于打拱和赔笑脸。

徒手兵向后转走了十几步的时候，青年军官又大叫一声“立——定！”

他不叫他们稍息，又向着刚到的军队看一下，用手向着绅士们一指，又回转头去，监视那群徒手兵。他们会了意，走到绅士们面前，青年军官向着镇长和摩登少年，还有两三个著名的绅士指一下，又是那些随李副官来的全副国民党军队装束的兵士，把他们一个一个绑起来。

“李副官！”镇长在被绑的时候，哀怜地叫道。但那位李副官并没有理他，于是又一声一声叫，李副官虽近在咫尺，依然不理，他申辩说：

“剿匪是大家的事，就是不周到，也不要发脾气。”

绑他的人打了他一个嘴巴，厉色地骂道：

“土豪劣绅！”

“我办公事，从来正直公道，”他不管准不准说，还是继续辩驳，“你们今天事先没有通知，就是不周到也难怪我们！”

“李副官，你们要什么，我们就办什么，把我们通通捆着，谁同你们办？”

青年军官回过头来，第一次厉声骂他：

“你这个跛子老虎！”

“什么！什么！”

文质彬彬的绅士们吓得发抖，他们的长处是写呈文，刮地皮，喝人血，怎么能同刺刀辩论呢。他们的脸色早已变成青黑色了，眼睛像泥人一样瞪着，大有“秀才遇着兵，有理说不清”的感慨。

后面的队伍陆续来了，绅士们见到和先来队伍的服装、旗帜都不同，他们头上戴的是八角帽，帽上不是青天白日，而是红色五星。

又看到一个不背枪只背根上面是布套木杆的兵，他把布套脱下，打开旗子，向空中举起，一面正方形的红旗在微风中飘动，亮出镰刀斧头和中国工农红军的番号，绅士们看傻了。

队列中立即发出一阵欢呼声。来的队伍里，有人朝着那个青年军官叫道：

“冯参谋，冯参谋！”

冯参谋根本没有听着，他还在指手画脚，处理没完的事呢。

那群被绑和受到监视的绅士们，以及像木桩钉在地下一样还在立正的靖卫团，这时候才如大梦初醒——他们在被绑时，以为是由于办公不力，获罪于“有理说不清”的丘八，最多也不过是一年半载的监狱，或者把捞进的冤枉钱吐点出来罢了——在出了一身热汗之后，又一阵冷汗，都绝望地叹气：

“天呀！天呀！”

第九章

红军顺利地渡过修水，在山地走了三四天，到了一个纵横五六里的大田坝，田坝中有个大村镇，镇中有好些高大的房屋，其中有个特别高的，顶上耸着十字架。

按照老规矩，北进的罗霄纵队，不仅要执行打仗的任务，还要发动群众，组织群众，武装群众，开展土地革命。每天宿营后要调查土豪。这项工作由各宣传队兼任。陈廉率领的宣传队，对这项工作既熟悉又努力，每次都出色完成任务。这天，他们仅用一个多小时就把情况了解清楚了。尔后，陈廉带了一个宣传员到政治部民运科。这时民运科已经来了很多人，他们有的是宣传队员，有的是供给员、管理员。民运科长看到人到齐了，就以兼任没收委员会主任的名义开会。并叫第一组作调查报告。

陈廉把日记本子拿出来，大声说："先说教堂，牧师是意大利人，名叫贝尔克。人们叫他贝尔克牧师。他到这里有十年了，来此之前，这里虽然建立教堂二三十年了，但信教的人不多。他来之后，常常接近人，讲他那套道理。看到读书人，就送一本福音书——不管你看不看。他为了教人信教，除了讲他那套耶稣救世主外，还吹捧蒋介石宋美龄，说他们是了不起的人，他们都信耶稣，大家为什么不信耶稣？他还能讲不少中国话，又办了一个福音学校，不收学费，这样好些穷苦的人就送孩子去上学，接受他那套宣传。最近六七年，放了好多高利贷，但自己不出面，都经过教友，可是老百姓都知道是他放的。利息起码三分，最高到七分，他有两匹马，几个奶羊，吃的穿的用的差不多都是从外面买来。我看贝尔克不是简单的宣传宗教，政治上是同情蒋介石，经济上搞封建剥削的。”

民运科长有点激动，急切地说：“这样的牧师，过去我们调查过。也没收过不少天主堂、福音堂，他们到中国主要是搞文化侵略，但为宣传耶稣教义，有些人还做点好事。我听郭司令说，在满清科举时期，他们在中国办学校，不仅读孔夫子，还要学算术理科。过去中国出版的自然科学，有不少是传教士从国外翻译的。那时候他们对中国科学技术的发展，不自觉地起了和他们原来目的的相反的作用。像贝尔克这样搞封建剥削，劝人拥护蒋介石的牧师不多，真坏透了，等下讨论如何处理。”

陈廉继续说：“贝尔克两天前听说我们到石霖，就骑马往南昌去了。现在只有两个中国教徒和三四个工人。”

陈廉接着报告了一个大土豪，名张全光，老百姓都叫他张百万，是县里第二个大财主。有水田六百五十亩，有五百五十亩出租，牛五头、马三匹，请了五六个长工，买了三个丫头，放了两万多块钱高利贷。他有很大势力，不只老百姓怕他，就是县长到任，也要拜访他。县的事，要他同意才能办。他家里平常像个衙门，经常有四五个人跑腿，对老百姓，尤其租户债户，有一点不如意，就抓起来，轻的关牛栏猪栏，重的打屁股，罚款，有时候还要送到县衙门去。这一带的老百姓，怕得要死，也恨得要死。前年冬天，有个晚上，不知道什么人，在他后门上贴了一副黄纸写的挽联，上联是“早死一日天有眼”，下联是“迟留半载地无皮”，横批是“当大事”三个字。对子还落了款,上款是“张全光先生千古”。下款是“江右余生敬挽”。门口外面不远,插了一块木灵牌,写了他的名字。第二天上午,他看到这副对子,气得直咬牙,马上撕了,同时叫长工把木灵牌烧掉,长工去拔灵牌,又发现灵牌背后有张黄纸,送给他看了一下,是他的姓名和生庚八字,他骂道:“哪个王八!我没有挖你的祖坟,你却来埋我的生庚八字!”但又不知道是谁干的,没有地方出气,就指着长工的鼻子大骂起来:“你这个短命鬼!怎么这样的东西也拿给我看!”

长工说:“我没读过书。”

张全光更火了,“你没读过书,难道黄纸也认不得!”

张全光认为长工给他晦气,会招不祥之祸,立即赶出门,并请了十几个道士,做了七天道场,演了三天大戏,以辟邪消灾。

张全光家里除工人外,有二十一口,一个儿子在上海什么大学读书,还有一个儿子和一个女儿,在南昌读书,他父亲母亲,都七八十岁了,早不管家了。他一家人都在昨天下午和今天早晨,跑到县城去了,现在看家的是管家。

还有一个土豪叫李福才……

接着是第二组报告。

“关于张百万的情形,要补充一点,就是他还在本街和别人合伙开了一个杂货铺,资本他占一半,约一万元,我刚才走到他店时,铺面很漂亮,店员都在。其他情形,同第一组调查的完全一样,远近的老百姓都知道他——我们在昨天就知道他家里的大概情形了。”

民运科长收集完材料后,叫大家讨论一下,都认为天主堂和张百万李福才家,都要没收。并决定第一组到天主堂,二三两组到张百万家，第四组到李福才家。

大家正要走，第二组组长问民运科长：

“张百万在街上开的商店怎么办?”

“不能没收。”他肯定地说，“只没收他家里。凡地主兼商人，只能没收他封建剥削部分，不能没收他商业资本的部分，我们一路来都是这样。”

“我懂得你的意思，不过张全光和一般地主兼商人不同。他是一个凶恶的地主，是个恶霸。”

民运科长没马上回答，陈廉轻轻摇了两下头，说：“那也不行。”

“怎么不行!”第二组组长提高声音对着陈廉，“难道张全光是一般的地主兼商人?”

陈廉也不让步：

“我看是不行。张全光凶恶，可以把他的封建剥削部分统统没收，如果没收他的商业资本部分，是违反党在民主革命阶段的政策的。”

“政策也不能用到张全光这样的恶霸头上。”

“我也讲不出多少道理，总觉得这样不好。同时我们从这里路过，没有多少时间做宣传，所以更不能这样。”

到会的人，有赞成第二组组长的意见的，也有赞成陈廉的意见的。民运科长站起来说：

“我觉得把张全光的商店没收是不好的。这正像小陈说的，违背党在民主革命阶段的政策，我们现在干民主革命，主要打倒帝国主义和封建制度，地主兼商人，只能没收封建的部分。好些年来，我们都是这样办的。去年十月我们到萍乡，也遇到这样的情况，政治部就讨论过这样的问题，黄主任的结论是不能没收。他还讲了个例子，一九三〇年春，红四军由闽西进到赣东，有个支队没收了一家地主兼商人的资本部分，纵队党委立即给支队长支队政委停职一个月的处分。至于张全光，虽然有些不同于一般的地主兼商人，但他的商店，总是商业资本部分，同时他的商店是同别人合开的，我们从这里路过，没有时间把他那一部分财产清出来，也没有时间讲清道理，所以我不主张没收。等一会儿我向黄主任报告一下。”

会议结束不久，天主堂及张百万、李福才家的大门外，来了许多人，有没收委员会的，有供给人员，有宣传员，有衣履褴褛的贫民。小孩子突出两只大眼珠，向门内探望，但门口有卫兵，一般人不能进去。

首先进大门的人，是没收委员会的，他们进去后，只见屋内不是美丽的衣柜、大床，就是巨大的谷仓米桶，不是鸡，就是鸭。有些人好像不知从哪里下手。陈廉忽然想到渡修水前两天的夜行军和急行军来，渡修水后又是在山沟里行军宿营，三四天以来，不是少米就是缺菜，大家没有好好吃顿饭，这一天他虽然不担心没有米和肉吃，但却担心吃饭太慢，于是建议：

“先搬米粮鸡鸭，好早点煮饭。”

民运科长同意了。他几个箭步跑到大门口，叫道：

“供给员进来。”

“来了！”

等在门口的人携箩带筐地进去，挑出一石一石的白米、腊肉、干菜来，随即又传出鸡鸭的鸣声，猪的叫声。

“宣传员都进来。”

“好！”门外的宣传员拥进来。

陈廉向他们说：

“把衣服和轻便的用具都搬到戏台上，准备分给老百姓。”陈廉又吩咐几个宣传员，号召老百姓开大会。随即跑到杀猪的地方，见到大块大块的肥肉堆在桌凳上，他问管理员：

“有猪肉分给老百姓吗？”

管理员指着那一大堆肥肉说：“有，多得是。”

“怎么没有精的？”

“精的，各个伙食单位要吃。”

“也不能只把肥的和皮分给老百姓！”

“我们人多，天天走路，也要多吃点精的。”

“我们当然可以多吃点精的，但老百姓也要分一点，不然，老百姓一定会说，我们不要的东西才给他们呢。如果我是老百姓，吃了也不领情！”

“哪里？”管理员还是不大同意地说，“老百姓一年吃不上几次，分到肥肉和皮，就是福气了。哪有不领情的。”

“伙计，你的话有点不对头，我们打土豪分肉给老百姓，不仅仅是为了要他们领情，更重要的是同情和体贴穷苦人，为了发动群众。我看这样不大好，如果科长知道了，一定不会同意。”

管理员觉得陈廉的话有道理，同时他怕科长知道这件事，就同意他的意见，陈廉带了几个人打了好多猪肉就去会场了。

会场是个戏台，台前小广场，老老小小，到了几百人，民运科长正在台上大声讲话。他走上去，同他说分给群众的猪肉都准备好了。民运科长很快结束讲话。陈廉接着说：“今天要分猪肉，凡是到会的，每家一人，站在戏台前面，等一会儿跟我走。其他的人，散会回家。”

会场中立即有三四十个人站在戏台前,陈廉带他们到屠案前,叫他们列队。这时管理员已经在那里准备好了。他身旁还站着三团二连指导员张洪海,手里拿一把屠刀。

陈廉见到他的模样,问:“老张,你也来,你连里还没有猪肉?”

“我不是为我连分猪肉,我们连已经分到了,”他左手向街道左前方指了一下,“听管理员说,老表要来这里分猪肉,我来帮帮忙。”

“你帮得上吗? 会用屠刀吗?”

“你看看罢!”

陈廉转向老表,开始召唤。老表很有次序,叫一个来一个。第一个来了,张洪海问他:

“你家里几口人?”

“老小五个。”

张洪海准备下刀,又同陈廉说:“这里大约有三百多斤肉,一口人能不能分一斤?”

陈廉眉头一皱,说:“可以,可以。”

张洪海高举屠刀,用劲一砍,又割两下,对老表说:

“拿去,不用过秤了。”

陈廉看到了张洪海的刀法,惊奇地对他说:

“你真有两下!”

“会一点而已。”

第二个老表第三个老表按次序来了,每来一人,张洪海先问家里有几口,然后下刀,都不过秤。老表欢欢喜喜地拿走,他们都相信红军手快刀利,不会少斤缺两。

因为不过秤,肉分得快,将近黄昏,老表都走了,陈廉和张洪海准备回队,他俩边走边聊:

“老张,我以前只知道你会打仗,会做支部工作,今天才知道你还有这一手。你可以称得上是‘一刀屠’呀!”

“哪里!”张洪海有点不好意思,“什么‘一刀屠’? 我只是估着下刀,多砍一点,反正是土豪的。”

“看你下刀有劲又准,你怎么会的?”

“小学毕业,就跟父亲种田。伯伯是屠户,他有时叫我帮忙,我看他下刀,他有时也让我动手,就慢慢学会,也有劲了。当兵以后,学刺杀,打手榴弹,劲更大了。”

“难怪,你还是家传呀! 你把手艺和群众工作结合起来了。今天群众大会分猪肉,你不请自来,分外光彩。开始我还以为你要捣什么鬼哩!”

两个人谈了几句就分手了,张洪海离驻地只二三十步,一提脚就到了。陈廉要走到街那头,有半里地,快到家,看到左侧铺店房顶后面高高竖起的十字架,就从小巷进去,走到天主堂门前,看到老表出出进进,他兴头又来了,大步进去。

不看则已,看了叫他一惊。玻璃门窗,好多煤气吊灯,通通打破了,能搬的东西搬走了,搬不动的也打破了。虽然快黄昏,还有不少人,更多的是儿童和小青年,从这间房到那间房,从楼上到楼下,翻东倒西,地下满是玻璃碎片,纸张图书,就是耶稣圣像,也被踏脏踩乱。

陈廉看到老表来打“洋土豪”,就说:

“老表,你们为什么不把东西搬回家——却把它砸破?”

老表看着陈廉,中等个子,脸庞稍圆,眼睛清亮,讲一口吉安话,既易懂,又和蔼,他们一拍即合,坦率地说:

“这里搬得动的东西,先来的人早搬走了,现在砸破的是搬不动的。”

“搬不动就搬不动,为什么砸破?”

“红军兄弟,你不知道,我们欠了洋人的钱。”

陈廉早就知道天主堂教主放高利贷,同情地说:

“难怪你们要出口气。”

“出口气是小事,我们还不起洋人的账。”

“砸了他的玻璃、煤气灯那些东西,就……”

“就是因为还不起。”老表放低声音说,“砸破他的房子和用具,他知道房子不能住,就不会回来了。他不回来,还他的肤!”

“喏! 这个道理。”陈廉又提醒一下,“传教士还是可能回来的。”

“回来也找不到我们。”

“我们不怕。”又有些老表说,“如果他真回来,在快到的时候,我们就起阵风,说红军游击队要来了,他就不敢回来了。”

“你们自己斟酌罢!”

陈廉身边的老百姓越来越多,他忘记了疲劳,拉呱好久,有些人还在翻破烂,他本想从天主堂找些自己做宣传有用的工具,天黑了,屋里光线太暗,找不着,便回政治部了。

刚刚到家就开饭了。这一餐是猪肉鸡鸭一锅煮,大家“不亦乐乎!”

饭后,他作了第二天的行军宣传准备,就和衣睡在早已安排的门板上,只盖一床三层布夹被。

正睡得香,隐约听到起火了的声音,他醒了,揭去被子,爬起来,许多人都起来了,走出门,向卫兵指的方向一看,正是天主堂起了火。他和几个人拿起水桶,有的从大水缸打水,有的到井边汲水，走到天主堂，看着许多老表在火光周围欢呼，陈廉大声向他们请求说：

“老表，救火！救火！”

老表被红军紧张的动作弄得一时茫然，以为得罪了红军，无从回答。他们有些人在黄昏时同陈廉谈过话，对他有一个好印象，现在在火光中更看得清楚，有两个老人走到他面前，不由分说，双膝跪下。陈廉仓皇去扶，连声说：

“老伯起来！起来！有话好商量，好商量。”

他们起来了，带着哀求的口气，连声说：

“老总，救命！救命！”

这时还有许多来救火的红军，看到老表要求红军不要救火，也弄得不知所措，只好观望，陈廉诚恳地说：

“老表，有什么事，你们慢慢说吧。”

老汉还是紧张，要说也说不出。旁边一个青年接上来说：

“我们这里有好多穷苦人借了天主堂的钱，每月要付利钱。我们三餐稀饭，那里付得起。如果现在不平了它，洋人回来了，我们就会死。”

陈廉觉得烧房子是不好的，尤其在他们从这里经过，必然会给敌人以造谣的资料。陈廉读过苏维埃许多法令文件，知道烧房不对。但在群情激愤的老表面前，也毫无办法。他们既不主张烧房子，也不能再叫救火，于是火越烧越大。

“管它！火是老百姓点的，我们勉强去救，反而不好。”一个红军战士说。

他们阴一个阳一个走了，火光依然熊熊，火舌上升，不断舐着天主堂顶上的十字架。

第 十 章

住在大土豪家里的战士们,从室内走到室外,从室外走到室内,从这间房子走到那间房子,从这个门穿过那个门,看来看去,以满足生平少见的欲望。最引起他们注意的,是一座大楼房,楼下层中间是正厅,两旁是小偏房。正厅的中间,有高约一尺的木坛,坛上摆着一张约八尺长,四尺宽的大桌,桌的周围,摆着账簿、惊堂木、朱笔、石砚、戒尺……大厅的右墙角上,挂了几副手铐。这一带老百姓,有许多在这房子里罚过跪,打过手板,打过屁股,也有些在两旁小房关过十天八天,他们称这楼房为阎罗殿。陈廉先一天曾来到这里,因为要去找迫切需要的东西,晃一下就走了。这时又来这里,他环视一下,走到右墙角,把手铐取下来,狠狠地向地下一掷,咬着牙说:

"他妈的!真是'早死一日天有眼,迟留半载地无皮'!"

站在他旁边的何云生也说:

"这个土豪好恶,设了公堂。"

"他自己也明白,昨天就跑了。"

"可不可以挖窖?"

"有什么不可以!"陈廉毫不迟疑地说。

"好!"何云生欢呼了一声,同朱福德说,"咱们现在就动手。"

不一会儿,干部战士有的拿锄头,有的拿镢头,找不到锄头镢头的，就拿火钻、砍斧，他们分了许多小组，分配房区，挨次序挖窖、找夹墙。他们走一步用锄头在地下蹾一下，静听地下的回音。

陈廉看着大家挖得起劲，提醒大家特别注意走廊围墙，厕所旁，猪牛栏门口。

朱福德用锄头在走廊下慢慢地蹾，忽然说：

“这里的声音有点不对。”

同他一块的何云生也去蹾了几下说：“是。”又蹾了一下，“挖吧。”

土一锄一锄地掘开，二三尺后，土更松了，他们虽不相信有窖，但不愿停手。

“这里土很松像埋了窖。”

又挖了好久，依然没有结果。

朱福德伸起腰，说：

“没有，看样子这里以前是埋过窖，后来起走了。”

“算了，算了！”大家都说。

又走到灰房门口，他们蹾了好些下，虽然没有什么征候，但却是值得注意的地方，于是又挖起来，三四尺后，发现一块石头，有人失望地说：“没有，没有！”

陈廉听说有石头，说道：“慢点，看是什么石头。”

挖的人又把土铲开一些，说：

“好像是块石板。”

“蹾它两下。”石板上发出微弱的咚咚声。

“里面有东西。”好些人都说，“启开石板。”

石板启开了，底下是一层快要腐朽的木板，有人怀疑说：“没有窖，木板都朽了。”

陈廉说:“不一定,挖开再说。”

木板掘开了,露出一个一抱大的瓦瓮,陈廉和所有的人都欢呼道:

“挖到了！挖到了。”

揭开瓦盖,就看到一个纸包,纸包上写着“家谕”两字,取出纸包就见到银锭,银锭呈土黑色,陈廉和朱福德都叫起来:

“是个老窖。”

银锭很快取出来,堆得满地都是,他们数了一下,大小一百五十锭。但不知道有多少银两,有人估计二千,有人说三千,也有人说银子没有花边好,不好使用。陈廉去剥那个纸包,一层又一层,剥了三层,都没有字迹,他以为是个空纸包,但为好奇心所驱使,又剥了好些层,才看到最后一张纸上,写着:

> 字示尔辈子孙:为永立家业,吾将大小银锭一百五十,共三千二百两,藏诸正厅西侧三十步之灰房门口深窖内,此窖世世相传,非至不得已时,不得启用,尔辈子孙,须知吾创业之艰难,至嘱！至嘱！
>
> 国财手封
>
> 乾隆十三年元月

陈廉读毕,身旁有人在议论:“乾隆是个什么皇帝吧?”

“乾隆就是皇帝,有名的皇帝。从前用民钱的时候,还有他的民钱和铜板。”

“多少年了?”

“那就不知道了,看样子恐怕有百把年。”

陈廉在初中读书时,记下了满清入关后各朝皇帝的年代,默算一下,说:“一百八十六年。”

大家兴高采烈，手舞足蹈，他们过去虽然也挖过很多窖，但从来没有看到这么多的银子，七嘴八舌地说：“真是老土豪！老土豪！难怪叫张百万。”

何云生又去翻抽屉，找到几封信和一些照片。他从信件中取出相片来，大家都去看相片，陈廉和书记，只在相片上过一下眼，看信去了。

“祖父祖母大人膝前，”陈廉很感兴趣地高声朗诵，“敬禀者，昨阅报章，知修水上游及五梅山一带，匪势又炽，南昌西数十里之万寿宫，股匪独立师亦出没其间，孙等虽远寄异乡，深为大人虑。前曾函禀请立即离乡，到南昌或九江旅居，不识首途否……故乡实不可居，土匪如虎为害，必须暂避，以防万一……”

“他妈的！”书记生气地说，“这个老土豪被他孙子叫走了。”

接着又看第二封信。

祖父祖母大人膝前，跪禀者，昨接谕示，以家计缠身，未便离乡。夫今日之钦安，非承平时代之钦安，今日之家计，亦非承平时代之家计，生此乱世，无可奈何……宜识贼匪行踪不定，二老年逾七旬，如不及时离乡，临时亦难躲避。请火速东来，万勿迟疑。家中谷米细软，交父亲及叔父经理，叔父理家有法，尽可放心，否则，万一不测，孙等虽愿当不孝之罪，然亦不愿抱恨终身也……

“呵呵！”陈廉叫了一声，“这个老土豪还养了个狡猾的孙子呢。”

书记说：“这个老土豪可能跑了？”

“不一定，从这信上来看，他是不大愿跑的。”

“大概跑了，他孙子总是写信要他走。”

“难说,如果他走了,为什么他们的信、相片和放大镜都没有收拾?”

“大概是跑得仓促罢。”

“很可能。”

谈笑之间,何云生忽然惊奇地叫道:

“你们听着吗?”

“什么?”

“我好像听见有人轻轻咳嗽。”

大家肃静起来,但又毫无动静。

“小鬼造谣。”

“我好像真听到了似的……”

书记把眉头一皱。

“莫非老土豪还藏在家里?”

“可能。”陈廉指着信件说,“从这封信来看,老土豪不愿离家。”

何云生气壮,说:“找一找吧。”

“对。”大家都说。

于是所有的人都动起来,楼上楼下,箱子里,米桶里,床脚下,尿桶边……所有的地方都翻遍了,但什么也没有,只好回到原地谈天。

管理员端了一大盘糖果来,有些东西,好些人都没有见过。

“是没收天主堂的。”

“好!”他们一面伸手去拿果品,一面说,“这才真叫作‘发洋财’。”

管理员说:“今天这一窖,够我们一个纵队二十天的菜钱。”

“值这么多钱?”几个人都说。

“是。你们算算看，一块光洋七钱二，三千二百两值多少钱?”

他们都心算一番，陈廉算得最快，说：

“值四千四百多块。”

何云生有些惊奇地说：

“四千四百多块钱就够二十天?”

“够。”

“像这样大窖，如果再挖它十个八个，就够半年了。”

于是大家都欢笑起来。笑声刚停止，陈廉就说：

“哪里有这样的红手?”

朱福德接着说：

“你的手就红，你是小秀才加挖窖红手。”

“碰上运气，说不上红。”陈廉反驳说。

“你的手不红怎么常常找到窖?”

“其实我也没有别的办法，我一出苏区，就想到队伍要吃饭，要发动群众。办法是多调查土豪，想法挖窖。这个道理，是去年九月打宁冈的时候，朱团长同我讲的。他说，南昌暴动失败以后，朱总司令带着他们，从广东的三河坝经福建到江西。那时队伍没有饭吃，有些高级官长很着急，说军队没有饷发就会饿死。当时敌情又比较严重，干部战士逃跑的很多，军队真像要垮的样子，大家都有点悲观。可是，朱总司令的见解却不同，他在大家觉得没有办法的时候，坚定地说：‘……我们是革命军，革命军是要实行土地革命的。怎样革法？就是打土豪。要没收土豪劣绅的土地，分给农民和革命军人。这样就使天下的老百姓个个有饭吃有衣穿。现在我们打了败仗，我们的革命委员会也垮了，没有政府发饷。会不会饿死？我说不会。你们或者会说，不发饷还有不饿死的道理，我说就是饿不死。没有米吗？就到土豪家里去挑谷，没有菜吗？就到土豪家里去杀猪……三天打他妈的一个县，五天打他妈的一个州，四海为家，普天之下的工人农民，都是我们的亲兄亲弟，同志们，你们想想发饷不发饷有什么关系……'朱总司令的话马上打动了大家的心，以后，他把这一支没有人发饷的军队，带到了湘南，和地方党一起发动了湘南暴动。后来这支队伍，上了井冈山，就是顶会打仗的二十八团。我从听了这个故事以后，才知道南昌暴动失败后，余下的一点队伍，是靠打土豪养活的。同时我自己在做宣传的时候，也有个经验，你仅用嘴说共产党如何主张土地革命，要解放工人农民，过好日子，可他们爱听不听的。如再加上到某财主家挑谷，杀猪，捉鸡鸭，分衣服，老百姓的情绪就起来了，他就什么话也告诉你，有的小声说，有的公开说，真像他们的亲人一样。"

"难怪，你打土豪这样积极。"

正说着，突然有人叫起来：

"好像有人在轻轻咳嗽。"

云生抢先说：

"我又听到了。"

"有问题，有问题。"许多人都叫起来。

顷刻之间，整个房子翻遍了，虽然比以前翻得更细致，但依然找不到踪影。陈廉、何云生、朱福德他们虽然有丰富的打土豪的经验，也感觉棘手。但陈廉死也不放松，他认为好些人都听到有人在咳嗽，无论如何有问题，他左思右想，忽然向大家说：

"我看如果真有土豪，就会在这房子附近，因为我们是在这里听到咳嗽的声音。我看不必到处去搜，就集中力量搜附近的房子。"

何云生他们几个人，到附近堆积破烂家具衣物的房子。这房子四面装了板壁，前左右三面，显然没有夹墙。只有背面看不清楚，但板壁上贴了一张两尺见方的佛像，传说可以挡邪气，他们都知道这个习俗，谁也不理它，就转到了背面，背后却是牛圈，牛圈和堆破烂的房子，同一背墙，但牛圈的背墙却是砖的。他们更怀疑了，就回到原房，把乱七八糟的东西，一件件搬开，又重重地敲了几下板壁，什么也没有。云生气得眼睛冒火，就去撕佛像，撕了一半，看到佛像下镶着一块二尺见方的板，他更怀疑。

“这里为什么镶块大木板？”

旁边的人经他一指，也生了怀疑，于是用刺刀插入板缝中，用力向外一拨，木板启开了，云生用电筒照一下，里面是夹墙，坐着几个人，有张小桌，还有小凳和生活用品。他大声叫道：

“找到了，找到了！”

里面随即发出老年的颤抖声：

“呀！……我自己出来。”

于是大家都狂欢起来。

老土豪出来了，陈廉用狡笑的态度问他：

“老土豪，你可害苦了我们……”

出来的人是二老一少，老的是老张百万和他的大老婆，少的是他的小老婆。在红军快到的时候，别人向南昌逃跑，他自己和大老婆却坚持留在家里隐藏。他家里的人也觉得红军不过是过路，而且夹墙很好，过去兵荒马乱，也曾躲在里面，没有出过岔子，也就听他自己摆布了。

一阵狂欢后，逐渐平静起来，陈廉走到张百万的正厅，把狼藉在地下的朱笔拾起来，依然摆在桌上，他叫人把土豪带来审讯。土豪还没有带来之前，他先坐在堂上的太师椅上试一下，做个样子看看，书记在下面笑着说：

“小陈今天出洋相了。”

“我今天就是要出出洋相，用张百万审老百姓那套办法审他一下。”

“你会坐堂吗？”

“会。我看过衙门里审案子。”

“那就要像个样子才行。”

“当然，装龙像龙，装虎像虎。”

张百万由士兵押来了，陈廉突然严肃起来，惊堂木一响，叫道：

“跪下！”

张百万听到惊堂木响，抖了一下，服服帖帖地跪下。

“你是老张百万吗？”陈廉问。

“是。”

“你家里的人呢？”

“上南昌去了。”

“你为什么不去？”

“老了，不愿出门了。”

“你的孙子孙女不是叫你到南昌去吗？”

“我在家里住了七八十年，不愿离家。”

“为什么？”

“外面哪里有家好，外面的金窝银窝，当不得家里的狗窝。”

“好吧。”陈廉笑起来，“好在你不愿出门。”

“唉！”老土豪小声叹息起来，“自作孽！”

“张百万，你是老财主，罚你一万元，马上交款。”

“天呀!”他长叹一声说,“把我的房屋田地通通算起来也不到两千块,怎么能出一万现钱?”

陈廉想到队伍很快要走,只求快点拿到钱,不愿和他慢慢讲价,就用开导的口气说:

“你如果午饭前拿出来,七千也可以,到了下午则一文也不能少。”

“天呀!”张百万又长叹一声,“我哪里拿得出钱来!”

“你叫张百万,还拿不出一万?”

“张百万是我高祖的名号,到我父亲手上,就穷下来了。”

“你现在也是张百万。”

“今天的张百万,比不得从前的张百万。从前的张百万,也只够吃。今天的张百万,稀饭也难了。”

“不管是今天的张百万,还是早年的张百万,一定要拿钱来。”

“哎呀!”张百万长叹一声,“割我的肉也拿不出来。”

“张百万,我们调查了,你拿得出来。”

“我只有一条老命。”

“张百万,你要识点时务,你快八十岁了,留那么多钱干什么。俗话说‘退财人安乐’,你明白吧?”

“我无财可退,现在只留下一副老骨头。”

“张百万,我知道你不是没有钱的,”陈廉指着他的房环视一下,“你自己看看,你的房子多高大,油漆得多好。”

“哎呀! 这是余下的一点老祖业,除了这点以外,什么也没有。”

“难道真不拿吗?”

“我一个钱也拿不出,要就是一副老骨头。”

陈廉突然声色俱厉，右手抓起惊堂木，在桌上猛打一下，“啪”的一声，接着大声喝道：

“住口！”

又看了一下监视张百万的士兵说：

“捆起来！”

绳子到颈上，张百万慢慢举起左手，伸出两个指头，向陈廉说：

“少太爷，我只能拿出两块钱。”

陈廉又抓惊堂木在桌上猛打一下，厉声说：

“老土豪，你真不识好歹！”

张百万把手一捏，慢慢伸出食指说：

“十块好不好？”

“呸！”

张百万又五指张开，说：

“好！五十吧——这就割我的肉了。”

“胡说！”陈廉同战士同时骂道。战士还用手在他额角上挥了一下，故意威吓他，“要你的老狗命！”

“一百块好不好？——这一百块也要向邻舍借五十块才交得齐。”

“放屁！”

他们互相讨价还价，土豪最后答应两千元，马上交付。红军为了很快出发，也不再要求了。

陈廉押着土豪去取款，老土豪的脸暗淡得像一块干燥的土块，眼睛无神地向下，扶着鸠杖，一步一挪地徐徐走动，口中发出微小的哼哼声，好像一条快要病死的老狗进屠场门似的。兵士们跟在后面。他走一步站一步的，进了一间堆柴火的房子，进门的右前角，有个大瓦缸，他指着瓦缸说：

“搬开缸，你们挖罢！”

十几分钟后，发现一个坛子，老土豪看到坛子盖揭开了，伤心地说：

“这样多呵！”

陈廉问道：

“多少？”

“一千块。”

坛子搬出来了，五十块大洋一封，共二十封，刚刚一千。陈廉又同老土豪说：

“还差一千。”

老土豪说：

“刚才我从夹墙出来，身上的十五两金子，你们全拿走了。十五两金子，可值一千二百多块，你们该还我两百块。”

“放屁！”

陈廉叫人把老土豪带到没收委员会，建议把他释放。他们出门后向西面走，正从灰房经过，老土豪看到门口挖了一个大洞，干枯的老眼立即涌出一股泪潮来，伤心地顿足道：

“天呀！天呀！谁开了我的窖，我的窖——整整埋了七代的窖……”

老土豪乘势向前一跃，两条像朽木一样的腿，忽然发生了新的强力，越过窖口四周高达数尺的积土，跳下窖去，眼睛眯着，口鼻急促地喘气，发出若断若续的声音：

“我愿……死在窖里！……死在窖里……埋了七代的窖……七代！……”

声音由大而小，由急促而缓慢，微小的声音也停止了。

第十一章

“快走快走,朱营长请客啦!”

几个战士簇拥着朱理容往十字街中心的“闻香来”酒店走,后边还有几个干部模样的人,跟了进来。

酒店的老板见来了红军,忙笑脸迎出来:

“请进请进,这边坐,这边坐——”

他拱着手把朱理容等人让到屋子东南角一张圆桌前,桌北面左手靠墙是货架,陈列一些杂货,还有四五个封缸酒坛。货架前两步是柜台。柜台西边横两张餐桌。中间是店门与内房通道。圆桌的上座排列三个有靠背的木椅,左右和下座都是长条凳。这个不大的酒店中,只有圆桌显得体面一点。

老板在红军到来之前,风闻红军买卖公平,纪律好,不仅不躲避,而且还感到可能会有好生意。红军进来前,已经把桌椅收拾好了。他看到几个红军进酒店,头一个身材稍高而单瘦,眼睛不大而圆亮,肩上挎驳壳枪,腰上围满四五厘米一隔的黄皮子弹袋,令人一眼就看出是红军长官。他请他们坐,随而大声地喊:

“伙计,给红军备好的酒菜!”

朱理容走前面,跟他进来的人,任意入座,什么上座下座,全不在意,还有几个虚位。

酒店的小伙计先端上来一壶茶,按照这地方的习俗,吃酒前要先喝一杯茶。朱理容摆摆手,说:“我们进的可是酒馆,不是茶馆啊!”

店老板随机应变,说:“好好好！到底是军人,痛快,把茶撤了,上酒上菜。”

老板刚要走,又被朱理容拉住:“你这里有什么好酒？有什么好菜,说给我听听!”

“酒是封缸老酒。菜有牛肉,猪杂碎,豆腐,玉兰片……”

“好,都给我来最好的!”

“对,都来最好的！我们朱营长不会亏你们。”

“好好好！来最好的!”老板答应着,忙活去了。几个“吃客”跟朱理容打起哈哈来:

“朱营长,今天咱们好好来几杯。”

“我要和营长见个高低!”

“算了,算了,你那臭水平还和营长见高低?”

“对,三杯酒下去,你就成一条死狗了!”

……

正说着,门口又走进来一个人,朱理容一见,马上大声嚷叫起来,“老洪,老洪你服输不服?”

洪再畴是三营营长,参军前当过地主的小雇工,常以此自诩。政治处要他参加政治学习,他带理不理。平时好和朱理容开玩笑,又是朱理容的老乡,几天前,朱理容找他借钱,他问:

“什么时候还?”

朱理容说:“打了仗准能还你！不光能还,还能请大伙的客。”

“别吹牛,还不了怎么办?”

“我是这个!”朱理容用手做个龟状,“爬着走路。”

“好！”

“我要是能请大家的客，你怎么办？”

“我也学这个。”洪再畴也学个乌龟样子。

“好，一言为定。”

……

洪再畴听朱理容问他，忙说：“老朱，我服你啦，难怪他们说你有这个本事！”

“怎么着，爬一个？”朱理容伸出手又做乌龟状。

“服输了就不要爬了吧！”洪再畴不大好意思地笑着入席了。

战士们哄笑起来。非要洪再畴爬一下，朱理容格外高兴。他心里有一种满足感。说笑间，酒菜已端上桌来，人们就吃喝起来。这个要和朱营长干一杯，那个说朱营长下次可别忘了我。

喝过三杯之后，朱理容不喝了。他说：“老板，再上酒，今天要让弟兄们喝个痛快！”

老板答应着，又抱出一坛酒来。

在朱理容看来，请客也是一种乐趣，他有一个习惯，就是打了胜仗，请大家吃一顿。钱吗，自然是打仗的时候追击搞来的。他有个气概，敢于战斗之前答应请别人战后下馆子。此刻他美滋滋地看着别人喝酒吃菜，自己却慢悠悠地吸起烟来。

这时候他的桌上也有人来来去去，有些和朱理容比较熟悉的，向他打个招呼，又请入席，席已满了，有些酒足饭饱的人，看着有人来就自觉地离席，对朱理容说声谢谢，朱理容说：“谢什么，下回打仗跑快一点就行了。”

几个人一出门，咂咂嘴，说：“这回，咱们打了一个‘打土豪的土豪’！”

“对，打了个‘打土豪的土豪’！”

有人退席，又有人入席，这样川流不息。朱理容虽早已经吃饱，就是不走。他们从上午十一点钟，一直吃到日头偏西。洪再畴喊：“弟兄们，差不多了吧！朱营长还送给大家每人一盒烟！”

“是吗！营长不光请喝酒，还请抽烟！”

“营长，给我们什么好烟抽？”

朱理容又被洪再畴将了一军，他想报复一下，屏了气，圆眼一睁，有板有眼地说：

“抽烟，没问题。不过在座的有些是青年，青年不能抽烟，这是军队青年团的号召，我的烟不能给青年。”

大多数人都赞成，因为过了青年年龄的当然有烟；属于青年期的，多不抽烟。只有洪再畴不同意，因为他虽然是青年，有时偷着抽烟。朱理容叫老板拿烟来，抽烟的一人一包，只缺他的。

洪再畴左顾右盼，急得手足无所措，大家笑起来，一个排长说：

“今天洪营长想整人，反而整到自己头上了。”

洪再畴苦笑着，连哈大气，一个排长看他窘得无地自容，就为他解围，向朱理容说：

“给洪营长一包吗。”

“可以，但马上说四个字。”

“哪四个字？”

“我服输了。”

洪再畴无话可说，只好认输。

又是一阵笑声，笑声刚落，朱理容对老板说：“算账吧！”

老板拿来算盘，三下五除二地扒拉几下，说：“三十四块二毛五，红军嘛，少收点，算个整数就行了。”

朱理容根本不知道有多少人入席，也不知道时价，老板算多少就多少。他掏出腰包数钱。数来数去只有三十二块。他抬眼望望老板，说："就这么多了！"

老板说："这，这我要蚀本了。三十四块二毛五就够便宜的了。我还让你一着，不要零头了。"

朱理容两眼发红，嘴里喷着酒气，说："我只有这么多钱，你看怎么办！"

"你们红军可不像白军，吃了不给钱，一拍屁股就走。"

"对呀，对呀。红军给钱，你收着就是了。"

朱理容说着，他的"吃客"都离席了。老板拉住他的衣袖，说："钱不够哇，我是小本生意，亏不起……"

"不就是两块多钱吗？下次给你！"

"下次？下次还不知道能不能见着你，红军不能吃饭不给钱。"

"谁说红军吃饭不给钱？"朱理容大声嚷叫起来，"给了你这么多还嫌不够！"

"谁说红军不给钱？朱营长什么时候不给钱了？"

"你赚得还不够哇？你赚红军的钱，还没找你算账呢！"

"对，""吃客"附和，"把钱收回来！"

他们满以为这样一吵嚷，老板就不吭声了，谁知道瘦瘦的老板不吃这一套，他以前在锦江下游见过红军；他知道红军是很有纪律的。

"营长，你们红军的规矩我懂。借东西要还，买卖公平，更不要说喝酒了。要不，见见你们上司去！"

"找我们上司去？我看你那样子就是不法的资本家，做买卖的土豪！"

老板急了:“我是资本家?我是土豪?你打听打听,我这个‘闻香来’酒馆历来买卖公平!要是这样,只好找你们上司了!”

“哎,这位不法资本家要敲诈我们,大家说怎么办?”

“没收他的东西!”

朱理容酒意正浓,又有人怂恿,牛劲上来了,大声说:

“叫营没收小组来,把他货架上我们能用的东西没收了。”

一个兵指着另一桌的酒客叫道:

“营长,他就是没收小组副组长。”朱理容一看正是营部副官。

他立即到朱理容面前,朱理容命令他行动。

副官知道政治部有过规定,军队集中行动,营级没权没收地主财产,要经过团没收委员会的批准。这时全忘了,就以没收委员会第一小组的名义,指使人们搬运货物。

老板和他的伙计“寡不敌众”,小伙计急得坐在地上,号啕大哭起来。

这时,郭楚松和黎苏开完会从这里路过,听到酒店里面吵吵嚷嚷乱作一团,一问才知是朱理容他们在这里喝酒。还没进去,小伙计垂头丧气地说:“红军要没收我们的东西啦!”

郭楚松对黎苏说:“你问他是怎么回事。”黎苏很快出来,皱着眉头向郭楚松交谈几句,郭立即大步走进了酒馆。

朱理容和没收小组的人正在紧张地搬东西,忽然有人说:“营长,司令来了。”

朱理容这才看见满脸怒气的郭楚松已经站在他面前。

“司令……”

郭楚松没有理他,非常严肃地向他的部下下口令:

“立正!向后转——开步——走!”

郭楚松的口令,有一种魅力。口令在他口里喊出来,有一种推动力和号召力,个个都听口令行动。

这一伙军人走出了酒馆,又被郭楚松一个“立定”的口令,定在了大街上。

黎苏把事情的原委告诉了郭楚松,郭楚松问:“欠老板的钱还了没有?”

“还没有。我身上没有钱。”

郭楚松摸摸衣袋,只摸出一块银元,到门口向着还在立正的酒徒说:

“你们都喝了酒,现在还差一块二毛五,能不能凑一下?”

“我们都给了酒钱。”

“给了酒钱为什么不走,还在这里起哄!”

营部副官开口了:

“我还有八毛。”

他向前几步,从衣袋里掏出交给郭楚松。

“还差四毛五呢?”

又一个人出来,说他有几毛钱,他把衣袋一掏,数了四毛五分钱,前进几步,双手交给郭楚松。

郭楚松喊了声解散的口令,叫他们走了。他又回到店里,把钱递给老板说:“你收下钱,数数。”

老板高兴地接过钱,连声说:“不用数!不用数!”

又连续表示感谢,说:“红军到底是不一样。”

回到宿营地,朱理容有点害怕了。他知道部队的纪律是严明的。郭楚松、杜崇惠他们是会追究的。他惴惴不安地等到熄灯,依旧没有消息。他想好了许多辩解的言辞,等待着他被叫去。

洪再畴又来找他，刚才发生那一幕时，洪再畴已经走了。他是听别人说了之后才来的。

“老朱，跟小老板捣什么乱呀？”

“他妈的，奸商奸商，无商不奸，那小子告我的恶状。”

“你还怕他告状，你和郭司令的关系又不是一般关系。”

“那也不行，他能容许我犯纪律？”

“我看没那么严重……顶多批几句……”

两人说着，抽起烟来。这回，却是洪再畴请客。

第二天一早，集合号音把直属队和第一团集合到村边的场里。朱理容看见郭楚松、杜崇惠一脸严肃地站在队前，自知事情不妙。

果然，团长向郭楚松报告以后，郭楚松说：“请杜政委宣布纵队的决定。”

杜崇惠清清嗓子，拉长音说了声：“同志们——”

队伍刷的一下立正了，他本应该请队伍稍息的，可他没有，手里拿张纸，念道：

“为严肃军纪，给违犯政策纪律的一团一营营长朱理容以停职处分。从即日起，到炊事班去挑一星期行军锅！由班长朱福德指挥。”

杜崇惠把领导上作这个决定的道理解释一下，主要是说现在共产党的革命任务是处在资产阶级民主革命阶段，是消灭封建剥削，而不是消灭资本主义剥削。况且那个酒店老板，只请两个帮工，自己也参加劳动，说他是资本家就是错误的，何况没收。

朱理容一点也没有听见。郭楚松讲话，他也没有听进去，只记住了他将停职去挑行军锅而且要受朱福德指挥。

第十二章

两天之后，南昌方面和来路，都发现了强大的敌人，红军在敌人快要合击的时候，一溜烟向西去了。他们离开宿营地不远就上山。道路陡峻而弯曲，到了半山，是分路口，一条岔道横于山腹。红军上了岔道，上面是高不可测的荒山，下面是深不可测的险壑，远远看去，一条巨大的黑影，老松当中直立，奔腾的流泉在谷中发出淙淙的声音。险壑的对面，又是耸入云霄的高山，和右边的高山互相对峙。

在整个的大山腹中，包含许多或大或小的马蹄形的小山腹，马蹄形连续排列起来，构成大山腹的轮廓。山腹中的小路，连系诸马蹄的边缘。从第一个马蹄形边缘走起，走到蹄端，就可以看到前面的第二个马蹄端，又从蹄端向右弯曲打一个小半圆形，于是进到两个马蹄的分界点上，从分界点向左侧转弯，又开始从第二个蹄形的边缘向右弯曲横过，打一个半圆，就到第二个两蹄相接的分界点上，再向左侧转个小弯，于是又进入新的马蹄形上了。无限长的人带，在无数的马蹄排列似的大山腹上，连续而慢慢走动，有时穿过树荫，有时渡过小桥，有时也被路旁的荆棘撕破了衣裳。马蹄似乎是无穷无尽，路也是一弯一曲，看不到房屋，听不到犬吠，衣服润湿，山风吹打面庞，虽然都很疲劳，但除了走以外，没有别的办法。

前面忽然坐下了，从人线传来的话，知道有座小桥被马踏坏了，后面的人只好坐下。

一经坐下，有的打着疲劳的呵欠，有的把两肘靠在膝上，扶着枪打盹，有的低声说话，偷着抽烟。骑马的伤病员上下为难，都不下马，冻得牙齿不断地交战。

前面走了，后面的怕失联络，不等前面拉开应有的距离，就站起来了，队伍走不动，经过几次小的停顿，才恢复到应有的速度。

半夜过了，马蹄形排列似的山也走尽了，路由山腹徐徐下降，到了山麓，就是壑底，壑中有许多大大小小的石块，人群绕着大石块的左边或右边，像舞龙一样推进。不知是什么原因，前面又停止，朱彪不能忍耐了，就提高嗓子带着怒气叫：

“前面快点走！”

一声又一声的从后面传向前面，声音好像电流一样从电线上通过，可是音波虽然过去，前面还是寸步不前。他派通信员插向前面，催促迅速前进。

第一个去了，第二个也去了，队伍还是一样，脚更冻了，肚子更空了，行列中就无次序地叫起来：

“走！走！怎么不走！”

一声又一声，由催促变成恶骂，马也昂着头张开大口高叫起来，指挥员虽然加以制止，但制止了这里，那里又起来，乱叫的声音加上制止乱叫的声音，叫得更厉害了。横竖强大的敌人是在后面，没什么不得了。

夜又沉寂了，他们虽然没有再叫，心里却很着急。想休息又怕前面走，想走前面又不动，只好听天由命，前面走就跟着走，停就跟着停。

朱彪知道昨天合击出发地的敌人是两师五旅，虽然已经掉在后面，但究竟离自己不远，而西行方面的修水上游，是湘军防区，如果有什么障碍，是极不利的。他为应付新的情况的责任心所燃烧，自己从路旁边插上前去，看看究竟，走了没有几步，前面传来连续的声音：

“走，走，走……”

队伍随着这个声音逐渐向前伸开，朱彪这时透了一口气，肚里好像服下清凉剂，满腔的火气马上消失。又走了好远，他看到一个人回头走，就意识到一定是有什么问题，问道：“谁？”

回头的人看了他一下，回答说：

“喏！是朱团长呀。”他立即站着，“我是司令部的通信员，刚才到前面去，看到担架、伙食担子、行李担子，躺在路上睡觉，我已经把他们喊走了。”

“见到前卫没有？”

“前卫不知道走了多远了。”

“好，队伍来了，你就在这里等着吧。”

队伍痛快地走了一阵。弯弯曲曲一凹一凸的壑道，还是无限长地向前延伸，好像渺茫得很。

一声休息，又停止了，朱彪一面走一面叫人让路。

走了好久，就出了狭小的壑道，两边的山向左右展开，中间是一块大砂坪，砂坪前面，有座小山，小山的左右，又是夹沟。道路从壑口伸到砂坪，此后越走越模糊，还没有到小山边，就完全失去了路的痕迹。朱彪走到这里，见着很多人横七竖八地倒在地上，他叫醒他们，厉声质问：

“怎么不走？”

“找不到路。”

“前面的?”

“不知到哪里去了。”

朱彪骂了一顿,就派了两个人各从小山的左右去找路,回报的结果,两边都有人马的痕迹,他把指北针定了方向,就带头从左边走,一里多路后,到了小山的尽头,见着小山右边也有一个沟,会在一条峡道上,才领悟两边都有人马通过的原因。于是叫通信员回到分路口去设路标,就和队伍继续前进,一直走了大半夜,才进到从南而北的修水河东岸,沿河而上,有十余里,已到三更。司令部按地图和向导临时指点,在离修水河东岸二三里的几个村庄宿营了。村庄东边,是南北走向的连绵小山,红军宿营时,只在各村东面派出直接警戒。

大天亮后,还没有一个人醒来,战斗员不作战斗准备,在睡;炊事员不挑水不煮饭,在睡;饲养员不喂马,在睡;侦察员没有出去侦察,在睡;马伏在地下,垂着耳朵,闭着眼睛,也在睡。总之,罗霄纵队所有的人马,都在睡,睡,睡。

担任对修水方面警戒的前哨,就是昨夜的前卫部队。他们在主力西面两里的小村子宿营,就接受了警戒的任务,由于黑夜和过分疲劳,虽然在通敌方向布置了警戒,却没有按着战术要求作适当的布置。哨兵上岗的时候,捆紧肚子,一步一歪地走到岗位,荷枪实弹,向敌方监视,但头沉重起来,眼睛不觉得闭了起来。虽然是复哨,即便在夜间,也能互相看清楚。但他们当时的精神状态都差不多。

有个人身子忽然向右前方一斜,几乎倒下了,他仓皇张开眼睛,依然恢复原来的姿势,他怕误大事,就揉眼皮,想驱逐睡鬼的缠绕。但不到几下,手又垂下来,眼睛所见到的,已经不是山川草木,而是一团茫茫的花花世界。

“杀！杀！”突然一阵巨大的杀声在哨兵面前响起，哨兵刚刚张开眼睛，不假思索就习惯成射击姿势，右手正在打开保险机，口里仓皇而急剧地也叫了一声：

“杀！杀！”

保险机刚打开，白军的刺刀已经插进他们的胸口，他们都倒下了，再不能叫了，更不能动作了。

宿营地还在睡，还是充满沉重的鼾声。

国民党军队，无声无息地解决了红军哨兵以后，就向红军宿营地前进，在前进中不断地乱打枪。

住在小村东边两三栋小屋的是第三团一营一连。连长孙德胜，在酣梦中听到了枪声，他在和敌人长期的残酷斗争中，养成了很高的警觉性，他已经成了习惯，就是平常梦见敌人，有时也跳起来。此时枪声不断响，不断刺激他的神经，他忽然像尖刀刺背一样，跳了起来，大叫一声：

“外面在响枪！”

他一面叫一面用手指揉眼睛，倾耳静听，又叫起来。

“起来，起来，打枪了！”

他完全清醒了，身边的人，也被他叫醒了，但敌人已经逼近住房，孙德胜拿着他在仙梅战斗中缴到的二十发驳壳枪，和几个通信员走出房子，来到东面十多步的围菜园的短墙，利用短墙来抵抗。战士们陆续冲出来了。孙得胜命令一排在左、二排在右，依托短墙准备拼死抵抗。正面的敌人成群地来了，白军看着红军几乎没有动静，挺胸从大路进至离短墙二三十步，孙得胜的驳壳枪一响，一连二十发子弹，眼看着白军倒了七八个，全连进入战斗，白军又倒了些人。没有倒的伏在地上。

这时,营长来到孙得胜面前,对他说:“你们顶得好,争取了时间。我刚醒过来。”

小村的部队醒过来了,但已被敌人包围了,他们正利用村庄房屋布置环形防御时,全村已被敌人包围了。

靠近东山山坡主力部队的宿营地依然没有动静,只有沉重的鼾声。

“砰!砰!砰!……”

“叭叭叭叭……”

枪声虽然震动了宇宙,但唤不醒百战英雄的酣梦。

“叭叭叭叭……”

“砰!砰!砰!……”

“在打机关枪呢?”房子里有人半醒半睡地说,可是,机关枪只要稍停片刻,翻一个身又在做梦。

鼾声依然充满宿营地。

“砰!砰!砰!……”

“叭叭叭叭……”

有少数人开始醒了,他们听到西山上疯狂的机关枪声,就联想到梦中的枪声,才知道枪声已经响了很久,才警觉到敌人早就来了。睡在郭楚松对面的黎苏,大声叫起来:“起来!起来!敌人打来了!”

郭楚松被惊动得已经半醒,屡次想挣扎起来,都没有成功,但在黎苏叫了一声之后,就完全醒了,他也在大叫:

“起来!起来!”

“砰!砰!砰!……”

“叭叭叭叭……”

“起来！起来！”的呼声虽然不断地叫着，但有些人的鼾声依然有节奏地充满营地——虽然比以前减少多了。

“叭叭叭叭……”

“砰！砰！砰……”

“起来！起来！”

大部分人都逐渐起来了，郭楚松拿起望远镜，出了门口，向着响枪的方向看，除了一个高山的轮廓朦胧可辨外，什么也没有。他的手背揉着那没有完全张开的两眼，用尽眼力看上看下，才逐渐发现对面山上，有好些地方冒着青烟，向空中缭绕。又细心看下去，才发现各股青烟的前面，有许多或大或小的集团，向他们急速运动，小小的白旗，在运动的人丛中不断地摆动。

郭楚松意识到按照宿营部署，只要部队都上东山，就自然构成对西面的战斗队形。他当机立断，派冯进文和另一个参谋，一个向北，一个向南，传达他的命令——迅速上山，占领阵地，恢复建制。如果敌人追来，乘敌在运动中突然反冲锋反突击。

不久，人马——除被包围的一个营外——通通上了东山，指挥员找战士，战士也找指挥员，都在恢复建制。张生泰和他的部队，背着机关枪，上山较慢，到了半山，山上下来一个人，到他面前，说：“张连长，”来人回头向后山一指，“团长就在上面，他叫队伍到上面集合。”

张生泰继续上山，正遇着朱彪在观察敌情，走到朱彪面前，叫道：“团长，我们到了。”

“队伍整齐吗？”

“还整齐——只有一个人走丢了。”

“好,”朱彪手向敌方一指,说,“你看敌人正从田坝多路向我们进攻,待敌人来到眼前,给他一顿火力杀伤后,就反冲锋,机关枪就架在这里。”

“团长,我看机关枪最好架到前面一点,”张生泰指着前面不到一百米远的小坡说,“我刚才上来,看了一下地形,那里更好发挥火力。”

“那里太暴露了吧?”

“不要紧,我们有伪装网,射手还有伪装衣。”

张生泰去了,刚走几步,朱彪又告诉他说:

“要大家沉着一点,刚才司令告诉我,要注意隐蔽,等敌人到五十米远才能开火,开火后,顶多两分钟,步兵连队就反冲锋。”

张生泰指挥部队迅速做了简单工事,三挺机枪,一挺摆在他的指挥位置前面七八步处,左右各一挺,相隔一二十步。各机枪班都自动张开伪装网,又拔些灌木插在机枪的左右,每挺机枪只一个射手和一个弹药手跟着,其余的人,退到小坡的反斜面,他自己也如此。

这时在南村被围的一小部分红军,见着主力退上山,敌人主力也跟踪上山,切断了自己的退路,因而加强工事,顽强抵抗;山上的红军,见到自己的人被包围,非常担心,也想快点打回去。但此刻时机不到,急也没用,只好都卧下来,准备射击。

快要接近红军阵地的国民党军队,看着红军先前狼狈退走,现在又一枪不响,以为失去了抵抗力,他们昂起头,挺起肚子,有些甚至把持枪改为肩枪,潇潇洒洒地上山,好像旅行一样。

红军方面依然毫无动静。

国民党军队离红军更近了,正面一个集团,从开阔地向着张生泰的阵地前进,见到前面山坡上,有两三片灌木丛,后面好像有人在闪动,便来个火力侦察。依然没有回声。他们胆更大了。

张生泰这时候注视敌人的每一动作。他看到第一枪的射手捏紧机关枪枪把,食指靠在护圈上,回头看了他一下。他意会到这是说准备好了。

又过了半分钟,国民党军队更加密集,更接近了,射手又回头看着他说:“可以开火了吧?”

“慢点,让后面的敌人进到开阔地来再扫。”

最前面的白军停止前进了,但后面的白军却一堆堆地拥上来,刺刀在朝阳的照耀下,格外刺眼,张生泰叫道:“瞄准! 放!”

浓密的机枪声、步枪声突然叫起来,挺着肚子前进的那些人,一排排倒下了,接着,左右友邻部队也响枪了,红军阵地上枪响成一片。

按照司令部旗语号令,朱彪的号兵吹响反冲锋号。接着朱彪左右两旁宽大的野地上,钻出千百人,像潮水一样倾泻下去了,整个山上,是杀声枪声和冲锋号声。

张生泰没有变换阵地,立即行超越射击。朱彪团正面的敌人向后退了,张生泰指挥他的机关枪,行拦阻射击。全线红军都向敌人反突击,好像冬夜的野火一样,燃烧了整个战场。

国民党军队全线退却了,双方的枪声渐渐稀少,红军一面射击,一面喊:“缴枪! 缴枪!”

在小村被敌人包围了一个多钟头的部队,趁着山上反击下来,他们也来个猛冲。那些白军,看到主力溃退了,也无心恋战,落荒而逃。

张生泰看到再不能行拦阻射击了,带起部队立即前进,在前进

中看到前面不断押俘回去,他们拼命去赶队,到了河边,看到了朱彪。朱彪指着他旁边的十几箱机关枪子弹,愉快而激动地向他说:

"张连长,给你们。"

张生泰很高兴地领了子弹,跟着部队追了一阵子,也和全军所有的人一样,实在没有气力再追了,就地休息一下,便随大队回宿营地了。

战斗结束了,第一件事是检查人员武器。检查的结果,有的旧枪换了新的汉阳枪,旧布毯换了新军毯,有的伤了,有的亡了,有的失踪了,有的失了东西……

司令部检查人数,没有见到何云生,冯进文问另一个司号员说:"云生哪里去了?"

"恐怕跟伙食担子走了。"

"不会。"冯进文说,"你看他哪次打仗跟伙食担子走的?"

他又皱一下眉头,自言自语地说:"究竟哪里去了? 如果是跟别的部队,现在战斗结束很久了,也该回来了。"

通信员眼睛恍恍惚惚,心神不定地说:"恐怕糟了,今早晨我醒来的时候,外面在打枪,我一面拿枪一面叫他推他,他睁开眼睛看了我一下,我以为他醒了,就没有等他,我出门的时候,敌人离我不过几十步,恐怕等他慢慢出来的时候,敌人也到了。"

"糟了!"

冯进文也深深惋惜地说:"好聪明的孩子,他有时到我桌前看地图,问东问西,还分析军事行动哩!"

管理员带着伙食担子,走过来。冯进文问道:

"伙食担子都来了?"

"是。"

“见到云生吗?”

“没有。”

“云生没有回来?”

“没有。不知道哪里去了。好,你带起伙食担下村里煮饭,煮好送上来。”

炊事员都回原来的驻地,朱福德进门的时候,听到内房里面有微微的鼾声,他有点惊奇地说:“怎么还有人在酣睡呢?”

“老百姓的小孩子。”朱福德的同伴说。

“不一定,老百姓都跑到山上去了。”

他们一面说一面经过堂屋向侧房去,忽然惊惶地叫道:“哎呀?”

发鼾声的人,并不是老百姓的小孩,正是何云生侧睡在一块小门板上,面向墙壁,包袱枕头。一支小手盖在平卧着的小脸上。旁边小桌上,放着两把伞,两个干粮袋,地下有几张没有折好的毯子,还有一些零碎,都属于军用品。

他们一面叫,一面走到小孩身前,翻过来一看,又惊又笑地说:“呵! 就是你呀!”随即大叫,向还在外房的战友报信,“就是云生。”

“呵! 云生!”外面好几个人都叫起来,“好些人都在打听你呀!”

“起来! 起来!”大家都进去叫他。

何云生那睡眠不足的眼睛张开了,他们把他扯起来坐着,他朦朦胧胧地看了一眼,唔了一声,用手背去揉眼睛,好像不愿醒来的样子。

“你还不醒,我们打了大胜仗了!”

何云生打一个哈欠,带着一点怒气地说:

"造谣!"

他只说了一句,又倒下了,人们又把他拉起来。

"谁造谣?"

"你到后山上去看看俘虏兵!"

他又张开眼睛,似乎清醒了一点。

"真的吗?"

"还有假的!"

冯进文把胜利的消息说一遍,问他:"你没有听到响枪吗?"

"我好像是听到的,我听到机关枪声、大炮声,以为是在仙梅打仗呢! 我和营长站在工事上,散兵壕里架了好多机关枪,对着敌人打,敌人的大炮打来,我把头斜一下躲开了。这时候飞机来了,飞得只有丈把高,伸出一个长手到地下捉人,张生泰用马刀砍掉他一只手,飞机就走了。"人们捧腹大笑起来。

云生在他们的笑声中觉得更加惭愧,他从来没有不参加的战斗,这一次却背了乌龟。同时他觉得侥幸,没有被敌人捉去。

"看俘虏去! 看看俘虏去!"

房子里依然有残余的笑声。

整理队伍的时候,有人向朱彪报告,说桂森不见了。朱彪当即命令寻找,山前山后都找不见。恰巧杜崇惠又来了。他说:"怎么样,怎么样? 我叫你们清理掉,你们不听,投降敌人了吧! 叛变了吧!"

朱彪说:"不会的,我刚才了解过,这两天他的身体不大好,昨晚行军可能掉队了。"

"你这个人就是主观! 出了问题还辩解。"

"不是,我觉得……"

罗铁生赶忙说："政委，我们再找找看。如果他真的投敌叛变了，我们做检讨。"

"这不是检讨一下就能解决问题的！"杜崇惠大步走了。

第十三章

何云生请了假，回家去探望母亲。他的家乡离这里不远，翻过山再走四十来里路就到。

翻过山梁时，听到山下有枪声，正准备回头，右侧山上，来了七八个人，有的背锄头，有的挑竹筐，他以为是跑反的，没有注意。

这些人快接近他的时候，何云生才发现，他们不像自己人。

“你们是哪里的？”

“老百姓。”来人说，同时加快步子。

何云生迈步就跑。那群人大声叫道：

“不准跑，不准跑！”

他只拼命跑，那群人也拼命地追，并向他射击。云生的腿太短，终于被那群人追着了。

不久，大道上有无数的人马拥上来，当有个骑马的军官到的时候，一个小军官，向他行了礼，恭敬地说：

“报告营长，刚才我们捉到一个小土匪。”他用手指指云生，“就是这个。”

军官的眼珠立即转到云生身上，左转右转，好像要在他身上寻找什么特点似的。他看到他那小小的身材穿着半新不旧的灰色军装，头上还戴着五星八角帽，居然是他的敌人，看了好久，问云生：

“小家伙，叫什么名字？”

“叫何云生。”

“几岁了?”

“十五岁。”

“你这样小就当土匪?”

云生骗敌人说:“我是游击队捉来的。”

“捉来的?”军官怀疑起来,随即又说,“你是什么地方人?”

“攸水东乡。”

“你怎么被捉来的?”

“去年夏天游击队到我们那里捉土豪,就把我捉来了。”

“你家里有钱吗?”

“不晓得有没有钱?”

“你家里没有拿钱来赎吗?”

“听说国民党攸水县政府下了公事,不准赎土豪。”

“你怎么不晓得跑回去?”

“他们带起我走了几天,就不认识路了。”

白军军官和他身边的人,都信以为真了。

“你现在在干什么?”

“给队长当勤务兵。”

“什么队长?”

“石桥区游击队的队长。”

“喏!”白军军官感叹起来,“你这个小傻瓜,什么游击队,那是共匪! 共匪! 还是土共呀!”

军官转向他的部下,感叹地说:“你看他们的宣传,可不可怕!”

随即又转向云生。

“你刚才说的话是真话吗?”

“是真话。”

“我知道你说的是假的。”

“不,你们送我到家里,就会知道的。我也想回去啊!”

“你是假的,为什么刚才看到我们还死命地跑?”

云生故意装着窘迫的样子,结结巴巴地说:“我……我……我害怕。”

军官不再问他了,并且要他跟着他们,还说以后送他回家。

下午,国民党军队进到红军离开不久的驻地。这里,房屋很小很小,军官住的房子虽然比较宽一点,但并不清洁。房子坐东朝西,房内的右侧,有条侧门,通到和这房子共墙壁的另一房子;房子的东墙,有个无门扉的门,通到村外。临时用木板架的床,各靠在里面的墙角上,两床之间,有一张桌子,摆着一些办公用具,房子的西半部和邻接的房子,搭满了地铺,都是文书、军需、通信兵、勤务兵睡的地方。

云生随着军官的勤务兵一齐起居。勤务兵比他大四五岁,看到这个小同行,怪有意思。有时在生活上还对他照顾一点。他睡的地方,正在侧房的侧门边。他睡的时候,虽然看不到军官,但两间房子的人讲话,每句都听得清楚。

夜晚,快到睡觉时,门外进来个通信兵,云生看到他向着坐在左边床上的军官敬礼,并从信袋中取出公文。

两个军官都走到床边看公文,看完后,一个说:“明天总攻击了。”

“我看这一次共匪很难跑出去。”另一个看着信末的附图说。

“照理说是跑不出去的,你看一看这块小地方,南北东西都不到一百里,我们这样多军队,像撒网一样网住了。”

“对。”他说了后，又在文件上指来指去，“二六一十二，加四加三，一共有十九个团的突击部队，一三得三，二三得六，三三共有九个团的堵截部队。”

他说到这里就把文件插入他放在桌子上的图囊里了。

云生坐在床上，心中忐忑不安，几十个团来围我们啊！但他又觉得不必太担心，他们的军队，是常常遭到敌人几十个团包围的，但没有出过危险。这时他认为欺骗敌人是成功了，下一步应该是赶快逃跑，不这样，将来真的把他送回原籍，那不是送死？要趁着这天晚上还在苏区就逃跑。可是，怎样跑呢？第一个条件，要知道敌人今晚的口令；第二个条件，要有白军徽章和制服。但口令如何能取得？去问他们，他今天才来，会引起怀疑；至于徽章制服，就更困难了。

所有的人都睡了，他也倒在地铺上，左边紧靠着一排敌人，右边是不到二尺的通路，通路右边也是一排人，天气很冷，并且只盖一条很薄的小棉被，他睡不着，但却装着先睡，不管身上怎么难过，也不敢轻轻动一下。不久，鼾声遍布了两个房间，夜深人静，外面有一点微小的声音，都听得很清楚。

“口令！”大门外卫兵叫了一声。

“杀敌！”巨大的回声震动他的耳鼓。

他解决了第一个难题——知道了口令。第二个难题，更急于快点解决。他在睡觉时，注意了敌人的一切动作，他想起了身旁的人是敌人的通信兵，在睡觉时脱了棉衣盖在脚下，上面还罩着棉大衣——这衣服上不仅有徽章，而且还有通信兵的袖章。他想，只要偷了这件棉军衣，一切都解决了。怎样偷呢？一来有灯光，二来怕人醒。于是先作个试探，向身旁的人小声叫道：

“伙计，伙计。”

但回答的不是说话，依然是鼾声。他轻手轻脚，从身旁的人的枕头边，取了他的帽子，又轻轻起来，把灯捻小，再回到床边，轻轻地拿通信兵的棉衣，穿在身上；同时，把自己的衣服盖在他的脚下，走了两步，他想，隔壁桌上的图囊，里面装着敌人的计划，用处大得很。于是回头在门外听了一下，两间房子里仍然是鼾声，他先把头伸到隔壁房子，看着两个军官都面向着墙。大门已经闭上，卫兵站在门外。他大胆进去，轻手轻脚地把马灯捻熄，轻轻地拿起图囊，回到原来的房子。出了门，这时他身上一股冷气笼罩着，满身是汗，好像是在梦中。又走了几十步，黑暗中叫了一声：

“口令！”

“杀敌！”

他通过步哨面前，步哨问他：

“到哪里去？”

“到前面村里送信。”

西面过二里有个村，他不知道那里是不是驻了队伍，但他前两天在这里住过，知道这一带地形，他看到这一次来的敌人很多，那一定会驻军队的，他这样回答，卫兵毫不怀疑。

走到离村子还有半里的时候，看了一下方向，知道这是通北面的大道，他在那天下午听到飞机到这方面投了炸弹，估计自己的部队可能在那方向。他认为不能继续向原方向去，不能再进村庄，于是，从道旁右侧爬山，从岩石草丛中走过去了。快上山顶，他怕敌人在山上有警戒，小心静听有没有声音，走几步听一下，听一下又走几步，终于到山顶，才吐了一口气。

他顺着西北方的山梁，不停地走。半夜过了，他在山梁上听到

东面半山上有人声,在一问一答:

“看到什么没有?”

“没有,反动派离这里远了,他们都在大沟里。”

“到这里的白军是哪个的?”

“不知道是哪个的。”

“有多少?”

“多的是。听说附近的村子都住满了,山溪乡所有村庄也住满了。”

“你下到大沟没有?”

“没有。半坡上有好多从村里跑出来的人,他们清楚得很。”

他判断说话的人,不是游击队,就是赤卫队,于是叫道:

“同志,你们是哪部分?”

“你是谁? 口令!”

“没有口令,是‘跑反’的。”

“有几个人?”

“就是一个人。”

“怎么是一个人?”

“跑散了。”

问他的人正是本地赤卫军。他们听到他的口音,离本地不远,而且是个小孩,就叫他过去。他们把红军主力行动的方向告诉他,并答应带他走小路去赶队伍。

第二天上午,他到司令部住的村子,进了村庄,远远见到冯参谋披一件大衣,低着头,在一个新盖的小房子外面的小空地上,踱来踱去,好像有心事的样子。何云生走到他面前,大叫了一声,冯参谋吓了一跳:

“你干什么去了?”

原来冯参谋不知道云生请假回家,见到他身上背了一个新图囊,又问道:“你背着谁的图囊?”

“反动派的。里面有蛮多东西。”

云生立即把图囊取下来,交给冯参谋,同时还把他在昨天被俘和逃出来的简单经过告诉他。冯参谋立即打开皮包,一面听他讲,一面取出文件来看。是命令、通报、铅笔、橡皮,他把文件一件一件翻出来,赶快过眼寻找重要的,他注意到那张命令,命令后面附一张红蓝铅笔标示图,突然眼睛一亮,脸色一变,哎呀了一声。那是曾士虎将军在四天前发给赣西北国民党军队总攻击的命令,上面列举了红军团以上单位的番号,估计了红军的行动方向,特别对红军目前情况,有详细分析,他认为红军困难很多,最主要的是粮食困难和疲劳,国民党军队却具备着各种有利条件,最主要的是兵力雄厚,交通联络便利,要求各军以最大决心迅速消灭红军于赤区。附图上红蓝点线,纵横交错,几个大矢标,一个是从东南方向射到苏区,矢标旁边写了 50D 等字。一个是从他们六天前打仗的地方起,跟着他们的来路到苏区,矢标旁边写的 18D、62D 等字。一个是从西南方向,矢标旁边写着 19D 等字。苏区四周许多重要地点,打着 X 和符号,在 X 的旁边不是写着几 A 几 D 几 R,就是写着某师某旅或某团。那些绿的矢标,是敌人主力进攻的路线,那周围——特别是北面——许多的 X,是敌人的据点和堵截部队,如果把四周敌人集中的地点和前进道路用横线联系起来,好像一个圆周,红军的集中地点——小苏区,好像圆心,圆周对圆心包围得紧紧的,从哪方面都不容易突出去。但是,从这张图上又看出他们的西北面,也是他们准备走的方面,是敌堵截兵力比较薄弱的地方。

冯参谋这时已十分明白曾士虎对赤区和罗霄纵队又一次的大包围计划，兴奋得很。两天以来，为了搜集敌人进攻的材料，特别是西北面，很需要更具体的材料，曾想了很多办法，也没有到手。他从清早起来，不时把得到的大大小小情况，报告郭楚松、杜崇惠和黎苏。他们虽然可以大体判断各路敌人的主要方向，并且也根据这些材料下定初步决心——向西北行动——但由于情况不大具体，下决心还需要补充新的材料，才能最后肯定。何云生带来的材料，使敌情清楚了，部队可以马上开始行动，他吐了一口大气，好像解下千斤重担一样，对于获得宝贵材料的云生，又感激又敬佩，抱着他的头，说：

“你成了小英雄呵！把强盗头的命令也偷来了！”

云生不明白冯参谋说强盗头是指谁，他有些惊奇地问道：

“冯参谋，强盗头是谁？是不是蒋介石？”

“是说的曾士虎。”他亲热地向着他，“你把他的命令偷来了。”云生一听说是曾士虎，更加惊异，他虽然知道得到了敌人的文件，总有些用，但不知道是曾士虎的命令，这下子他高兴得手舞足蹈。

“云生，你去睡吧，今天还要走路的。”

第十四章

向西延伸的道路依然弯弯曲曲。路旁枯了的鸦片烟苗,开始发出嫩芽。面色黝黑,手足肮脏的乞丐,提着竹篮,三三两两,在慢慢地走。墙壁上有许多奇形怪状的漫画,不是画的共产共妻,就是杀人放火。还有许多标语,不是写的打倒共产党,就是拥护中国国民党……

标语中有些字迹加上一层和墙壁相同的颜色,在加涂的颜色下,隐藏着模模糊糊的字迹,仔细看去,在“杀人放火”四字上面隐约见到“祸国殃民”四字;“共产”二字上面,是“国民”二字。

陈廉急急忙忙走到标语面前,用黑颜色再重叠写上去,这样新的又掩盖了旧的,“祸国殃民”及“国民”等字显了出来,一句反对共产党的标语很快成为反对国民党的标语了。

老百姓三三两两,不紧不慢地围拢来,他们脸上颇为平静。只有小孩子,看见壁上红红绿绿,就指手画脚地当美术来欣赏;而有些历尽沧桑的老人们,则发出深沉的叹息声。

陈廉改了几条标语后,指着旧标语,问老百姓说:

“同志,这些标语是几时写的? 几时改的?”

一个鬓发斑白的老汉,感叹地说:

“唉呀! 几时写的,我也记不大清楚了,不过知道一点,五年以来,这些标语都是曾经改过多次的。看到红军写,白军涂,白军写,红军涂；他们写的时候，常常高兴地念一次两次，我虽然是个瞎子，但现在无论怎样改，我也可以认识了，横竖改来改去，不是说打倒你们同志，就是说打倒那些反动家伙。”老头苍老的眼睛向四周扫射一下，继续说，“你们这些改字的地方，墙壁都厚了一层！”

“这里的苏维埃是什么时候成立的？”

“成立！”老人干枯的眼里，突然射出一道光辉，“第一次是在五年前，但五年来前后成立了三次，每次多则一年，少则两三月，就失败了。”

“前后成立了三次？”

“是，正是这样，所以一句标语才翻来覆去地改。”

“苏维埃时代，分了田吗？”

“分过的，第一次成立就分了。”

“现在呢？”

“还说什么，一切都完了！”

“那么，你们这里一定有人当红军？”

“有的是。”

“在哪里？”

“有些在彭德怀那里，有些在十六师，有些是在湘鄂赣独立第四团。”

“我有个侄子，叫刘长生。在红军当兵，以前有信回来。去年夏天开到你们那儿就没有信了，所以打听打听。”

“刘长生，好，帮你打听，告诉他寄信回来。”

老头把自己的姓名、年龄、住址都说了，最后还恳求说：

“同志，费心！费心！”

这时有两个乞丐，左手提着竹篮，走到红军面前，恳求说：“同志，讨一口吧！”

陈廉从身上掏出一两个铜板给他们，又和老汉讲话。

“这里的苏维埃成立过三次，也失败过三次，分了的田怎么办？”

“第一次失败的时候，国民党县政府，本来是要变更土地和婚姻关系，但做起来，也不那么顺利。有些土豪还在南昌不敢回来，游击队有时又来打打圈子，老表们要他分东西就来得快，要他退就那个了。”老汉摇了几下头，“这样拖了四五个月。北面来了一支红军，红旗又插起了，一切照旧。到去年春天，湖南何键的兵来进攻了。这一次进攻和过去不同，军队一到，清乡队、靖卫团、过去逃走的土豪劣绅，一齐到来。不到两个月又翻了天，分了的土地退回了，这还不算，还要倒租，退交废除的地租和利息。何键这一次进攻，除了公开杀人外，还叫本地的反动派组织暗杀队，暗杀革命干部和老百姓，百姓到天黑就关门睡觉，谁也不敢出去，一句话，黑了天。”

“国民党只有半年，北面的红军又打来了，红旗又插起来，这一次苏维埃抬头，百姓特别快活。正当芒种节，土豪的田地都插好了秧，农民照着过去苏维埃政府分的田耕种，大家都觉得那年可以吃餐白米饭。可是，过了两个多月，快要秋收了，白军又来了，两个多月费的力气，又白白送给了土豪。此后红军虽然来过几次，只写几个或改几个标语就走了。”

“这一带的土豪走了吗？”

“没全走。”老头说，“有些去南昌没有回来，有的在碉堡里面。还有一些小土豪红白都不走，也不住碉堡。红军来了照苏维埃的办法，白军来了照国民党的办法。”

“红军家属受欺负吗?”

“怎么不受欺负？抽捐派款按人头算，每个还要罚款五到十块大洋，交不出钱就抓人顶钱。”一位青年大声说，“我们这有两个当红军的，他们以前欠了土豪的钱，后来一定要他们家里还，但无田无土，拿什么来还？土豪就到县里去告状，衙门里出了批，把他们的老婆顶钱还。”

红军战士气愤地说：“老婆也被人抢了！”

老汉垂着头，无神的眼睛眨了两下，慢慢说：“我们这里最伤心的有两件事，一件是退田。当分了田的时候，大家得到一块地，好像从天上掉下来金子一样，下力耕种，哪晓得快要下喉了，又从口里吐出来。还有一件事是自由恋爱的婚姻也被拆散，害了多少人……”

旁边的青年农民接着说：“他老人家有个外甥女，从小就订婚。革命后，和一个姓李的自由，去年夏天国民党县政府叫他和李家离婚，去和革命前许过的朱家后生结婚。朱家后生，也和别的女子自由了的，照县的公事办，那个女子也应该和朱家后生离婚，另和以前许过的男子结婚。可是那个男子，也和另一个女子自由，这样一个连一个，从他老人家外甥女离婚起，共有四对半夫妇离婚。他的外甥女，以前名声很好，从这件事出来以后，有些人就给她起了一个诨名，叫女冤家，其实她也很可怜呀……”

陈廉皱着眉头说：“他们都不会是愿意的。”

“谁愿意，不过是衙门里的公事，没有价钱讲，不然就要叫你‘脑袋吃草’，顶少也会叫你进笼子。”

“呵！”陈廉感慨而十分愤慨地说，“现在你的外甥女呢？”

“嗨！”老头皱着眉头，又羞又愤，似乎不愿意再说，但却不能不说,"她第二次结婚又生孩子了,她现在是做一家的老婆和两家的母亲。她想大孩子,却不容易见面;她也喜欢大孩子的父亲,却没有办法,回娘家一次就哭一次,直到第二个孩子出世,才揩干眼泪。"

"咦!"陈廉和他的战友,都愤恨而鄙视地说:"国民党! 国民党真他妈坏!"

"是,同志!"老人亲切地叫着红军,"国民党把千千万万人的终身大事,随随便便改了——好像他们改标语一样,要涂就涂,要画就画,哪里替别人想一下……"

几个衣服褴褛的乞丐,又到红军面前讨吃的。陈廉自言自语地说:"讨口的人多了!"

"是。"老汉说,"多。"

青年农民接着说:

"我们这里现在有三多。第一是叫花子多;第二是病多;第三是鸦片烟多——你们看到田里种的烟苗吗?"

"看到了,一路都是。"

"苏维埃时代没有吧?"

"没有! 一点也没有。"

老汉忽然笑起来说:"苏维埃时代也有三多,不过不是这个三多罢了。"

"哪三多?"

"哪三多! 第一是粮食多,第二是猪牛多,第三是游击队多。你想想有了这三多,哪里还有那三多。"

"对,对。苏维埃时代没有那三多,鸦片烟是绝了种的。"

"那为什么又种起来了? 种烟合算吗?"

“不合算。”

“不合算？不是烟价高得很吗？”

“价钱是高，但不归种烟的人得。国民党只要百姓种鸦片烟，却不准百姓自己卖。到收烟的时候，由他定价收买，定价只能抵上肥料和人工钱。所以很不合算。”

“不种不行吗？”

“不行。”老汉左手张开五指，左右摆了几下说，“你不种烟，他也要抽捐。照理来说，不种烟也不应该有捐了，不过他不叫烟捐，而叫另一种捐名，同志，你们猜猜是叫什么？”

红军猜了一下，没有猜着，老汉苦笑着说：“叫懒捐。”

“懒捐？我种别的庄稼，难道也叫懒吗？”

“同志，那不能由你说。他说你懒种鸦片，所以给懒捐，看你种不种。”

“呀！太可恶了！太可恶了！真是刮（国）民党！蒋该（介）死（石）！”

老汉眉头一皱，好像很不忍说下去似的，稍停一下，也开口了：

“我们这地方，本来山多田少，百姓好多没有田地，有点田的又要种鸦片烟，所以很多人没饭吃，没力气的，只好讨口。‘肚空必多病’，没有饭吃的人，还管得上病？我们这里病特别多，还有一个原因，是国民党进攻的时候，见人就杀，见了猪牛鸡鸭也杀，他们把皮一剥，五脏六腑，头和脚都丢了，苏区到处是骨头肉浆，差不多有两个月，这一带到处都是臭的，后来发大瘟疫，不知道病了多少人，死了多少人。一直到现在，病的还是很多。”

“老大伯，不要着急。”陈廉安慰老汉说，“反动派现在虽然占了上风，但总有一天要倒霉的。你们现在虽然受苦，以后一定会翻身。你的侄子我帮你打听，你老人家现在不必挂心，他在队伍里面，和我们一样，也是很好的。”

“是，是，我不着急，我也知道红军将来会得天下，不过他出去很久，想他罢了。”

“老大伯，我们走了，以后再见……”

陈廉回到司令部，把所见所闻向杜崇惠汇报了。杜崇惠眉头紧锁，踱了几步，自言自语地说：“这里赤白交界，老百姓太苦了！红军家属太苦了。”

他叫来了供给部长，当着陈廉的面严肃地说：“拿出两百元现金，今晚就分给红军家属。”

供给部长面有难色，刚要说什么，杜崇惠不耐烦地瞪了他一眼，说：“知道你有困难，但要完成。快去！”

第十五章

这天,罗霄纵队的宿营地很特别。瓦砾堆上只余下四块壁头,有的倒了半截,好像没有盖的箱子一样,大口朝天。有的完全倒塌,只留下屋基。炉灶长满野草。野草里面,有人头骷髅,也有猪牛狗猫的骷髅。零碎的骨块,虽然无从分辨是人类或畜类,但可以判断出禽兽争食的战斗痕迹。骷髅和碎骨的周围,野草长得特别繁茂。在瓦砾堆旁,村民搭起临时住房,木板作壁,竹子作柱,杉皮作瓦。村苏维埃政府和农会妇女会等群众组织,在这陋室前挂上了各自的招牌。红军一到,从各个角落跑出来的男男女女、老老少少,便热情地围住了战士们。在这些多次被烧毁的村庄中,有严重的战争伤痕,又有“野火烧不尽,春风吹又生”的新机。

部队刚刚住下,忽然听到吹吹打打的锣鼓声。何宗周好生奇怪。这里发瘟疫,怎么还有人吹吹打打?来到村口,只见一顶大轿,高出众人头上,七八个抬着慢慢地走。轿子后边跟着一大群人。何宗周问侦察员张山狗:“干什么的?”

张山狗一面走着,一面说:“搞迷信。”

另几个人说:“抬佛游行。”

旁边还有两三个穿便衣的本地青年也说:“是搞迷信。”

“是你们这村子抬佛游行吗?”

“是,我们这里几个村子合起抬的。”

这时候佛轿停在村旁小晒场，有些老太太，点燃线香插在旁边。来人越来越多。有个送佛的老人大声说：“这个佛不是泥塑木雕，是个好人升天成佛，已经四百年了，灵得很。敬了他，我们这里就不会再病死人了。”

旁边有几个青年，有穿军衣也有穿便衣的，他们互相示意，带着轻蔑的口气说：

“革命了还要搞迷信，真落后！”

张山狗说：“就是落后。哪有死了的人还灵的！”

许多人都围在他们身边，有的人骂起佛来。送佛的老人在旁边，大声说：“这个佛就是灵，我十多岁上过五梅山，道士同我们说，这个佛生前总是做好事，到五十多岁玉皇大帝寄他一个梦，叫他在一天晚上，梳洗干净，同家里的人告别，到一个古庙烧香。他照玉皇寄的梦去了，一位老道迎接他，给他穿上新衣，坐在佛龛上，不说不动，不吃不喝，几天就成佛了，他现在坐在凳上，不倒不斜，五官齐全，怎么不灵！”

同来迎佛的老人也助兴说：

“就是灵！灵！你们年轻人还没有上过大庙呢！”

年轻人越围越多，有人说：

“这个佛四百多岁了，农民饿肚子饿了四百多年，如果不是四年前分了田，还不是一样饿肚子。”

“对！”另几个人说，“革命该破除迷信。”

张山狗站得高高的，他看到本地青年和士兵都说要破除迷信，左手一挥，激动地说：“迷信就该破除！”

三四个青年男女立即冲到佛前，后面有一些青年跟着上，抬轿的把住轿门，张山狗手腿快，一手伸进轿里，把佛的帽子撕下，向外一甩，另一青年把佛的手指扳掉一个。抬佛的人和他们大吵大闹，这时一个熟悉的声音叫道：

“不要打菩萨！不要打菩萨！”

这是团政委罗铁生，他把打菩萨的年轻人叫住后，对抬佛的人说：“你们快走，快走。”

善男信女把佛帽子捡起，端端正正地戴在佛头上，虽然缺了个手指，也不管了。他们把佛轿抬起，还是吹吹打打，去别的村子游行。

张山狗很不服气地对罗铁生说：“搞迷信为什么不能打？”

罗铁生说：“我们都知道菩萨不灵，我们是唯物主义者！但也不能打，因为很多人还相信。”

正说着，黄晔春、顾安华和村里的支部书记都来了。张山狗趁机溜了。黄晔春对人们说：“现在的办法是帮群众治病，病治好了，就没有人信菩萨，求佛保佑了，刚才那样的矛盾也就解决了。”

支部书记说近来感到最为难的事，是死人和病人多，本地虽有郎中，买药很难买全，治不好病。有些人要拜佛，烧香烧纸，我们也没有办法。黄晔春看着顾安华说：“我们在这里要停两天，可以帮一下吧？”

顾安华立即表示想办法，说卫生部中药西药都有些。一面派医生到病户去治病，同时作卫生宣传，他指出几个办法，第一，要洗澡，洗衣服，被子衣服多晒太阳；第二，个个不喝生水，因为国民党军队在这里杀猪杀牛，把肠子和他们不吃的乱丢，水很不清洁；第三，把丢在村子和地里的猪牛骨头肠肚埋起来；第四，瘟猪瘟牛不要吃，埋在地下。这几条做到，即便药少也会好些，至少不会发生新病。

顾安华提出意见后，黄晔春指着顾安华向支部书记说：“这是我们医务主任，有本事的。他提的几个意见，你看如何？”

支部书记激动地说：“好！好！”

黄晔春高兴而又有点担心，他知道这里的群众有些习惯不好，特别是不大讲卫生。于是诚恳而认真地说：“要做好宣传工作，这些办法才能实行。”他向着罗铁生，“要同卫生部的人一起到病人家里，既治病，也做宣传。说明发瘟的原因和讲卫生的办法。”又着重说一句，“不要去讲菩萨和佛灵不灵的话。”

黄晔春回到政治部，把张山狗、何宗周四五个人叫去。他们都是直接和间接参与打菩萨的，都想到会受他的批评。他们走到门口，就你推我，我让你先进去，迟疑了一下，还是张山狗胆量大，他走前头。见到黄晔春，立正敬礼，其余的人也跟着进去了。黄晔春叫他们随便坐，带着责备的意思笑着说：“你们今天干得好，革命真彻底！”

张山狗说：“本地好些男女青年也不愿意抬佛游行。”

“是的，我相信许多人特别是青年不信佛，不信菩萨，但有许多人还是信。”

“信的也不多。”张山狗自信地说。

“不多？”黄晔春很怀疑，“也不会少。不然，一个干瘪的死尸，怎么有八个人抬？”他指着张山狗，问，“你有四个人抬吗？”大家都笑起来。

“既然有许多人相信，就不能用打的办法，你把佛的帽子扯下来，他们就不相信了？我们队伍中是不是还有人信菩萨信佛也难说。”

何宗周隐笑起来，黄晔春问他笑什么。他笑着说：

“朱老大就信。他还偷偷烧过香呢。”

旁边有一个人插嘴说:“朱老大算什么,还有带着护身玉佛的大干部呢。你要是不信,去翻翻三团长的衣兜。”

“我们队伍是信马克思列宁主义的,讲唯物主义的,还有人信菩萨。老表更多一些。”他把左手举起,张开五指,“五个指头还不齐,何况千千万万人!你们不信菩萨不信佛是对的,但打菩萨打佛就不对了。”

黄晔春指着司号长:“你以前信过菩萨没有?”

司号长说:“三年前我还信。”

黄晔春又问其他几个人,都说从前信过菩萨,只是近几年才不信的,迟点早点而已。

“说真心话,我以前也信过呢。”黄晔春说。

“黄主任,你也信过?”

“我家在南岳衡山的东南,不过百把里,我十一二岁就跟母亲上过南岳朝圣呢。那时和尚道士和信神的人都说菩萨很灵,烧香烧纸,九叩首。后来到衡阳读书,先生讲菩萨是泥塑木雕的,有什么灵?有些菩萨被人打了,烧了,自己都保不了,灵什么!我就不信了。不久读当时一个有名的杂志《新青年》,上面有篇文章,叫作破除偶像论,开始几句是:‘一声不响,二目无光,三餐不吃,四肢无力,五官不全,六亲无靠,七窍不通,八面威风,九(久)坐不动,十(实)是无用。’我看这篇文章很有意思,左读右读,就彻底不信了。可见,信不信菩萨,是人的思想问题。人们要信,只能慢慢启发开导,强迫别人破除迷信,是笨拙的办法。在你还信神的时候,如果有人到你家打神像,不仅不能破除迷信,只会引起反感。听说你们去打佛,信佛的人围起来,几乎发生冲突。”

“是,是,”何宗周歉意地说:“我们太粗鲁了。”

“说得真好。照说这个地方分田有三四年了,怎么还有人信神?”

黄晔春说:“宗教的出现和人们信教,是个很复杂的问题。马克思主义者认为不外两个原因,一个是人们受自然压迫,一个是受社会压迫。人们受到压迫,找不到原因,也找不到解除压迫的办法,就容易信神信鬼。雷电打死人,就说雷公发脾气。这是由于不懂电产生的原因。如果懂得,高大的建筑可以设避雷针,还可以利用电来点灯,作机器动力。什么雷公不雷公!他要听人指挥呢。现在这个地区瘟疫流行,又缺药少医,所以就信菩萨了。我们看问题要具体情况具体分析才行。”

大家都笑了,都敬服黄晔春讲得有道理,不仅没有骂他们,还使他们口服心服。他们都走了,刚出门,黄晔春走到门边,又说一句:“你们回去后按照顾主任讲的卫生办法,踏踏实实地做吧。”

第十六章

政治部住的房子前面，是块小晒场。

晒场旁边，有座小古庙。庙门上头，有石刻“万寿宫”三个大字。进了庙门，只五六步，便是破旧的小佛龛。佛龛前的两侧，是两根雕着龙的柱子。里面有个神像，神像前面立一块小神牌，神牌上端，横写着两个字：“感应”。两字之下直写着：“普天福主许大真人之神位。”龙柱的两边，各有一个神像，也各立一块神牌，左边是“平浪侯王晏大真人之神位”；右边是“英佑侯王肃大真人之神位”。

神像都披着破旧的衣服，有很厚的灰土。庙里没有祭桌，只有一口陶瓷香炉。据说这里从土地革命以后，神像就降低了他的威严，很少有人向他下跪了。红军到这里以后，小庙成了他们的宿营地。几个江西籍和湖南籍的战士在晒场上聊天。

“万寿宫是什么庙？”

“不知道。”

一个湖南人站起来，说：“你们江西到处都有万寿宫，是怎么回事？”

“湖南没有万寿宫吗？”

“好像没有。”

江西人问江西人说：“你们家里敬不敬万寿宫？”

“敬，我们那里每家的祖先牌旁边，都有一幅许真君像，许真君上面画一朵花，左右两边各站一个人，持棒，好像是保护他的意思。我们在家里，每天早晨还给他烧一炷香呢。”

“我们家里也是一样，是什么意思？”

“我也讲不清楚。”

陈廉从东边来了，手上还是提着洋铁桶。

“小陈，这里来。”他们叫道。

陈廉走到他们面前坐下。

“问你一件事，看你知不知道？”

“什么？”

“我们江西到处有万寿宫，是干什么的？”

陈廉微笑了一下，说：“我也不知道。”

湖南人笑着说：“小秀才也考倒了。”

医务主任顾安华从司令部回卫生部住地，从晒场前面过。陈廉看到他，大声叫道：“顾主任你来，你来。”

“他一定可以回答。他是江西老表，又是北京陆军军医学校毕业的，是大秀才啊。”

顾安华来了，陈廉问道：“他们刚才问我，江西到处有万寿宫，是干什么的？”

“喏！”顾安华笑起来，“万寿宫，这个故事很长。”

“你慢慢说吧。”

“好。万寿宫嘛，”他慢慢说开了，“这是我们江西人的故事。听说从前鄱阳湖里有条大孽龙，他想害死江西人，要让鄱阳湖的水淹没全江西。他变成人，到学校读书。他有个同学，叫许敬之，永修人。他们一块洗澡，许敬之看到他腋窝下有鳞，知道他是妖精，便说他不好。孽龙说，我明白告诉你，我要把江西变成东海，我已经滚成了九十九条河,只差一条河,就可漫水了。许敬之非常着急,就到一个很灵的道人那里求道,成了仙,就是后来的许仙。他成仙的地方就是现在南昌西南面三四十里的万寿宫。他决心捉住孽龙。有一次请孽龙吃面条,他在面条里画了符,孽龙不知,中了计,吃了后吐出一条铁链,许仙就用铁链把他锁在万寿宫的古井里。听说现在万寿宫那口古井常常有脸盆大的水泡从井底浮上,就是孽龙吐的气。这样,江西才没有受害。江西人为了纪念许仙的恩德,就在他成仙那个地方,起个大庙来纪念他,称为万寿宫,是祝贺他万寿无疆的意思。后来江西各个地方的老百姓,也捐钱建立万寿宫来纪念许仙,这就是万寿宫的来历。"

"真的吗?"好多人都说。

"我也不知道是不是真的,这是老人传下的。"

他们笑得不亦乐乎,称赞顾安华说:"顾主任到底是走遍天下的角色。"

一个十五六岁的勤务员,接着问:"顾主任你到过南昌西南那个大万寿宫没有?"

"到过。"

"古井里是不是真有脸盆大的水泡?"他半信半疑地又问。

"哈……"许多人都大笑起来,"你这个土狗仔,哪里真有这事?"

黄晔春来到了晒场,看着大家在大笑,很感兴趣地问道:"说什么?"

"讲故事。"陈廉同时站起来,指着他的竹椅说,"黄主任,坐下晒太阳。"

"什么故事,兴头这样大。"黄晔春坐下问。

“讲万寿宫的故事。”

“是不是说孽龙?”

“是,黄主任也知道这故事?”

“有意思吧? 这个神话。”

他们又把孽龙议论了一阵。黄晔春在大家兴致很高的时候,诙谐地说:“先前江西的孽龙,并不是真的,许仙也不是真的。倒是现在的江西真有个大孽龙,也真有许仙。”

大家不大明白他的意思,只微笑一下。小勤务员听得更糊涂了,抢着说:“怎么以前的孽龙是假的,现在又真有孽龙了?”

“是呀!”黄晔春很有趣地逗小勤务员,“我告诉你,从前说孽龙,那是神话。现在的孽龙,并不是真有条龙,是打比方。现在的孽龙是谁,就是蒋介石。不过他不用水来淹没江西,而是用血来淹没江西;他不是驻在鄱阳湖,而是住在南昌国民党军事委员会行营。现在的许仙,就是我们共产党。这个孽龙现在正在血漫江西,比神话上的孽龙还残忍毒辣得多。”

所有的人都严肃起来。因他的话正经又风趣,不觉得精神集中起来。他又取出烟斗抽起烟来,烟云在头上缭绕,他的思维也和烟云一样,在脑海中飞扬,说:“这个孽龙不只要血漫江西,而且要血漫全国。”

“蒋介石这个强盗,不知道做了多少坏事,但他讲起话来,却很漂亮,什么国家民族、孝悌忠信、礼义廉耻……一讲就是一大套。”

“真的。”黄晔春把烟斗从口里拿开,吐出一口烟雾,“我从前在《大公报》上看到有两句评论他的话:好话为先生说尽,坏事为先生做完。我看这话最中肯了。”

“批评得好!”顾安华说。

陈廉说:“如果把他做的坏事写出来,恐怕能写几本大书。”

“不!”顾安华接着说,“几本书哪能写得了,只有用中国一句古话来形容,‘罄竹难书’!”

“是呀!”陈廉得意地说,“罄竹难书! 我本来也知道蒋介石和国民党的罪恶多得很,但向老百姓宣传的时候除了骂他以外,就说不出多少道理。”

顾安华笑着说:“现在就请黄主任讲一讲,我们也搭着听听。”

“好!”陈廉欢笑着,“好!”

“好罢,要我讲就讲。”黄晔春同意后,抿紧嘴巴,屏住气,好久才说,“蒋介石这条孽龙,以前曾参加过孙中山领导的同盟会和辛亥革命。一九二二年六月陈炯明叛变孙中山,炮击广州孙中山总统府,孙中山退到珠江的永丰舰上,指挥平叛。蒋介石也上了兵舰,参与平叛,从此得到了孙中山的信任,派他到苏联参观,回国后,当了黄埔军官学校校长。这时,苏联给广东政府很多帮助,国共合作,我党也协助广东政府,很快就削平了叛乱,广东成了革命根据地。共产党在人民和军队中的威信越来越高,工人农民的力量越来越大。为排挤共产党人,进一步掌握政权,他于一九二六年三月二十日制造了中山舰事件,包围省港罢工委员会,强迫第一军的共产党员包括周恩来副主席退出第一军,并取得北伐总司令的职位。北伐军打到汉口、安庆、南京、上海后,他那狐狸尾巴全出来了。一九二七年四月十二日,公开屠杀工人农民和共产党,在南京自立反革命政府,和当时革命的武汉政府对立。大革命失败后,他继续屠杀共产党员和革命人士,我们党的杰出人物陈延年、陈乔年、邓中夏、蔡和森、恽代英、彭湃、杨殷,好多革命家和千千万万的工人农民都被他杀了。他不只杀共产党,凡是反对他专制独裁的非共产党也杀，如北伐时期的总政治部主任邓演达也被他杀了。白色区域，在他血腥统治之下，真是民不聊生。在苏区，一次又一次的‘围剿’，采取经济封锁和军事围攻的办法，一切布匹药材煤油食盐洋火……不准向苏区入口；苏区里面的东西，也不准出口。他为了封锁苏区，颁布了十三种条例，想从经济上困死苏区的老百姓。军事围攻，就是他所谓的‘围剿’，是实行三光政策。他在一九三二年亲兼鄂豫皖三省剿共总司令的时候，曾经发出过这样的命令，说：‘共匪为保存田地，始终不悟，应作如下处置：一、匪区壮丁，一律处决；二、匪区房屋，一律烧毁；三、匪区粮食，分给铲共义勇队，搬运出匪区外，难运的一律烧毁；须用快刀斩乱麻手段，否则剿灭难期，徒劳布置。’现在，他又采用新办法，发动第五次反革命‘围剿’，请来了许多外国军师，有德国的、意大利的、美国的共五百多人，这些帝国主义国家还从经济上予以支持，仅美国就给了他一千三百万美元借款用来买飞机大炮和新式武器。第二，他采用系统的碉堡政策，稳打稳扎，步步为营，层层进逼。用陈诚的话说叫作‘竭泽而渔’。你们看看，这个孽龙比以前那个孽龙还残暴万万倍。这几天我们走的路上，有的地区一百里村庄烧光，猪狗绝种，这是多么残忍！对于白色区域的老百姓，并不好一点，到处设立关卡，抽收苛捐杂税。他怕老百姓造反，同时又要利用老百姓的力量来进攻革命，就强迫百姓编入壮丁队，成立铲共义勇队、保安团、保安队。同时实行保甲制度，把所有的老百姓，不分职业地位性别年龄，一概组织在保甲里面去，实行连坐法，逼着老百姓互相监督，互相看管。他还强迫人民为他服务，建筑碉堡、飞机场是老百姓，建筑防御工程是老百姓，运输军用品也是老百姓。凡是他要什么，老百姓就得给；至于老百姓的事，不论大小，都要呈报政府。土豪劣绅利用保甲制度,作威作福。老百姓对于保甲制度,虽然恨得要死,也没有办法。湖北地方,流行一句俗话说:‘保甲保甲,人人被锁又带枷,保长去拿锁,县长去拿把。’这个把就是指的印把子。对于爱国青年学生,不是屠杀就是欺骗。‘九一八’事变后,学生到南京,向国民党中央党部请愿,国民党的军队和警察,对学生开枪,一次打死三十多人,被抓走的还有百多。像这样的事,这几年来,在广州太原都发生过。蒋介石为了达到他的目的,还有最重要的措施之一是办庐山军官教育团,训练中上级军官,由他亲自主持进行反革命的精神教育。此外,在文化思想上也来剿共。他在前几年,颁布了两个法令,一个叫作《危害民国紧急治罪法》,一个叫作《危害民国紧急治罪法施行条例》,规定凡宣传马克思列宁主义,或不满意被他剥削压迫的人,都叫作反动,都叫做危害民国。在这样明文规定下,言论出版自由被限制了,很多进步的报纸、杂志、图书,有的删改了,有的扣押了,有的烧掉了;许多著名学者文化人,有的被通缉,有的被逮捕,有的杀了。譬如前年秋天,上海反帝同盟开会,所有到会的人都枪毙了。去年夏天,有一百五十个人,参加反法西斯大会,也送到南京杀了。类似这样的罪恶,还不晓得有多少。至于他投降帝国主义,卖掉东北,卖掉热河,还有许多出卖国家民族利益的罪恶。还是用那句古话,叫做罄竹难书!”

“蒋介石实行法西斯蒂专政丝毫也不避讳。”黄晔春从衣袋里取出一本蒋介石讲演集来,翻了一下说,“你们看,我把蒋介石在三年前关于这个问题说的一段话,读给大家听听:‘英美民风,本其长期演进之历史,人民习于民权之运用,虽有时不免生效能迟钝之感,然亦可以进行。若在无此项历史社会背景之国家行之,则意大利在法西斯当政以前之纷乱情形,可为借鉴……否则发言盈庭,谁知其咎,此事之最可痛心者。’这明明白白是说,中国只能用意大利的法西斯蒂办法。他为贯彻反动政治,就组织中央干部俱乐部,又叫作 CC 团的,组织蓝衣社,采用特务和法西斯蒂办法。他的走狗们提出:‘厉行一党专政’‘领袖独裁’‘领袖超越一切’和‘一切服从领袖’这些反动口号。这样,老百姓任何民主权利都没有了,蒋介石成了专制皇帝,在他周围的皇亲贵戚,分别掌握政权,构成蒋家天下的核心。听说白色区域的老百姓,现在流行两句俗话,是描写蒋介石政权的,这两句话是:‘蒋家皇帝陈家党,宋家一门三总长。’”

大家都笑起来,黄晔春又说:“这两句话很不错,把蒋介石政权的本质,漫画式地描绘出来了。我们叫它为‘刮民政府’。”

郭楚松从晒场前面来了,他是出来散步的。看到晒场上很热闹,就问:“开会吗?”

“不是,在说故事。”

“什么故事?”他随便问。

“讲孽龙。”

“孽龙,”郭楚松有点兴奋地说,“我从前也听说过,你们讲吧。”

陈廉看看大家,眼睛动了一下,说:“五六年前,我父母带我回吉安老家看叔叔,那是白区,好些人都把蒋介石看得像神仙一样,说他是了不起的角色。北伐的时候,打败了吴佩孚、孙传芳、蔡成勋,后来又打败张作霖、张宗昌、李宗仁、阎锡山、冯玉祥,打一仗胜一仗……”

“是呀,是呀,”顾安华说,“这些话我在他们那边干的时候听得最多了,不仅是这样,我在民国十七年回家去,有些人还这样说:没有蒋介石就没有饭吃了。我当时虽然不完全相信,但总觉得他是了不起的角色。”

大家都大笑起来,但不加解释,因为他们知道北伐之所以成功,并不是什么蒋介石本领大,而是那时国民党同共产党合作,在人民拥护和苏联的帮助下得到的胜利。他们对反革命所散布的关于蒋介石的神话,好像只能一笑置之。黄晔春却故意问陈廉:“你相信吗?”

“那时当然信。”他回答,“因为那时反动派常常宣传蒋介石长,蒋介石短,我们怎么懂得?记得吉安县政府一个科员,画了一张大画报,贴在我们学校门口,画报上画着好多老百姓和军队,拥在一块,蒋介石戴着军帽,挂起斜皮带,站在他们头上,一只手捏着拳头伸向前面,两只眼睛鼓得鹅卵大,张开口,好像要吃人一样。那科员向我们说,蒋委员长是百姓的救星,中国的大英雄。我那时莫名其妙,就问妈妈,妈妈说那是反动派的鬼话。以后她常常同我讲些道理,我才知道蒋介石不是好东西。”

郭楚松诙谐地说:“你们都说过去曾相信蒋介石是什么‘英雄’‘了不起’,其实我也不例外,也可能比你们还早些呢。”

郭楚松出生于汉水北面的一个山区农民家庭,从小喜欢读书看报,考入师范学校后,接受不少革命思想,很注意广东革命运动。一九二五年春看到广东东征军打败陈炯明、林虎,十月又攻克惠州,占领整个东江,他欣喜若狂,认为孙中山的事业有希望了。就在学校每周作文卷中写了首诗,题为赞蒋中正:“陈炯明踞惠,炮击观音山。洋鬼煽阴风,逆势更猖獗。将军奉帅令,创办学生团。一战下潮汕,再战克惠阳。数年来党耻,雪诸一朝间。还师广州市,改组国民党。整顿革命军,力促党势张。异哉奇男子,伯仲李忠王。”过了两个多月,他去广东参军,诚心诚意做了蒋介石的部下。

但过了不久，发生“中山舰事变”，当时长官传达，说中山舰舰长李之龙想推翻广州政府，所以蒋介石把他扣押了。广州的朋友有不同的传说，郭楚松有点迷惑。又过了一段时间，他读了陈独秀、高语罕各给蒋介石的信，对蒋的态度有些变化。七月，国民政府任命蒋介石为总司令，立即北伐，所向披靡，打到长江流域，蒋介石在郭楚松脑子里又高大起来。一九二七年二三月之交，郭楚松参加叶挺部队，当时蒋介石要求把广州国民政府迁到南昌，不去武汉，目的是为控制国民政府，他的阴谋没有实现，就把总司令部从南昌搬到南京，沿途勾结青红帮，摧残工农运动和左派组织的革命团体。蒋介石的反动面目，逐渐暴露，武汉政府在共产党和左派合作下，发动党权运动，反对蒋介石的独裁。蒋介石变本加厉，来个“四一二”政变，公开在南京建立反革命政府。这时武汉地区，反对蒋介石达到高潮。到处写反蒋的标语，发传单，其中对他影响最深的是师政治部印发郭沫若写的《请看今日之蒋介石》一文。开头一句就是：“蒋介石已经不是我们国民革命军的总司令，蒋介石是流氓地痞、土豪劣绅、贪官污吏、卖国军阀、所有一切反动派——反革命势力的中心力量了。”这篇文章虽然很长，但事实具体而生动，郭楚松读了一遍又一遍，对蒋介石的信仰一扫而光。那时他们连里贴了一张蒋介石像，有两尺长，他在像旁写了首诗，题为《斥蒋中正》：

昔日为英杰，今日成鬼蜮。
尔像虽如前，人鬼已有别。

郭楚松说：“你们听我这首诗，可以看出我那时思想上的变化多么大……”

黄晔春接着说：“你崇拜蒋介石也比我们早，反对蒋介石也比我们早。你以前同我谈过大革命和蒋介石的事，但从没有听你说过你写诗赞蒋又写诗骂蒋。你以后还写了骂蒋介石的诗吗?”

书记抢着说:“昨晚很迟了,我送文件给首长,他正在写什么的,五个字一句,我睇了一眼,看到司令在写诗。”

“老兄,背出来给我们听听。”

郭楚松从衣袋里拿出草稿来,边看边说:“写是写了一首,还没有改好,我读读大家帮我改罢。”

斥今孽龙

今有新孽龙,远胜老孽龙。
美名为中正,实为大毒虫。
彼亦曾行善,我曾称其忠。
四一二政变,假面不再蒙。
联帝与联封,袭击同盟军。
纵贪污土劣,杀学生工农。
“九一八”事变,拱手让关东。
甘当儿皇帝,沐冠而自雄。
介石僭上位,秦桧拜下风,
红军皆许仙,誓缚今孽龙。

陈廉一面听一面记,高兴地说:“我最喜欢那两句,‘甘当儿皇帝,沐冠而自雄。介石僭上位,秦桧拜下风。’”

几个人都说:“秦桧同蒋介石比,只能坐下席了。”

又有人说:“秦桧死了六七百年了,他们怎么能同席呢?”

“蒋介石不会好死的,他没有民族自尊心,散布民族失败情绪,说‘国家生死存亡,完全操在日本人手里’。他死了阎王老子会叫他同秦桧比高低,高的坐上席,低的坐下席。蒋介石准会坐上席的。”

“谁作陪呢?”

顾安华抢着说:“孔祥熙、宋子文、何应钦、何键、陈立夫、戴季陶都有资格,再加两个高鼻子赛克特和李顿爵士。”

“刚刚一桌。”大家大笑起来。

参谋冯进文带着侦察员张山狗跑到司令部向郭楚松报告:“我今上午十一点到了离这里三十五里的一个村子,那是赤白交界……村里有个小学,我进去看到国民党的《扫荡报》,说国民党军队占了福州,十九路军好几个师长,投降了蒋介石。看到六个名字,现在只记得三个,就是毛维寿、沈光汉、区寿年。”

“啊!”郭楚松和好些人都惊叫起来。

郭楚松又说:“怎么不把报纸带回来?”

“那是小学校的报纸,我又是化装去的,不好勉强要。”

“你看清楚了吗?”

“看清了。我知道要从反动报纸里面找消息,就注意了。虽然有些字不认识,但大部分认得清楚,也懂得大概的意思。”

郭楚松深深地抽了一口气,说:“垮得这样快?”

“是,”冯进文说,“垮得快。”

黄晔春站起来,叹了口气,慢慢地说:“十九路军完全是旧军队,军队中没有民主,士兵们不知道为什么打仗,士兵和官长隔膜大,军队也不能和群众结合。这种军队在困难的时候,是不可靠的。”

“对。”郭楚松也说,“那些雇佣军队,官兵没有自觉性,同时由于过去长期反共反人民,一下子也不易转变过来。蒋介石又会耍流氓手段,谁反对他,他就用钱来勾引他的部下,加个官,过去有很多队伍就这样不打自垮了。”

顾安华说：“如果这消息是真的，咱们队伍怕会有影响吧？”

郭楚松目视远方，陷入沉思之中。

冯进文接着又说：“像叶汉标这样的人才会受影响。”

黄晔春急速说：“他怎样？”

“刚才侦察员回来告诉我的时候，他也在旁边，他插口问：‘十九路军垮了？’我说那也可能。他又说：‘十九路军是铁军，顶有战斗力，中原大战的时期，在湖南打张发奎、李宗仁、白崇禧，打得很好；接着调河南打阎锡山、冯玉祥，又打得好；上海抗战，更打得好；现在同蒋介石打，怎么会打垮？’他又肯定说：‘十九路军是打不垮的。’”

郭楚松说：“叶汉标是不是卫生部那个书记？”

“是。”

“他从前在十九路军干过？”

“是。”

“难怪。”

“现在也不必同他去辩论，以后根据事实再同他解释。”

“是。”冯参谋接着又说，“明天还是走吧？”

“按原计划。”

第十七章

红军连日向北进军，日行六七十里，一路上虽然吃不好，还算勉强能吃饱。

一天下午，到达地势更高的山区，山峰起伏蜿蜒，部队就在许多小山庄宿营和露营。住区北面，烟霞迷漫，一座更高的山，浮在它的上面。远远望去，也像大海中的岛山。这里是名闻全国的幕阜山脉的主峰——道教圣地之一的九宫山。

幕阜山东起瑞昌，西到岳阳和洞庭湖附近，是条东西绵延的大山脉。从两端沿长江向北，到武昌交会，恰似三角地带。三个锐角，各指着大的或较大的城市和水陆交通要道。

九宫山地区，多属山坡地，很少水田，房墙多为土垒，房顶大部为茅盖，零乱地坐落在谷地。这个地区虽然有个鄂赣接壤的四县边工农兵联合县政权，但一看就意识到不便于屯集大军。

已经开春了，北风还不时怒吼，从小窗和门缝中吹来，有些人在打寒颤，有些人在搓手擦耳，有的人还带着出发前准备的护耳风帽。

司令部驻地，是山庄中较大的方形院落，坐西朝东，中间是厅堂和天井，左右各三间厢房住人。村民让出两三间厢房，郭楚松住了一间，并在床边摆了方桌，桌上还是地图纸张，洋铁皮做的公文箱，放在桌下，便于办公和生活。杜崇惠、黎苏和警卫员各住另一间,冯进文和通信员都在厅堂中打地铺。他们相互间时而到这个房子时而到那个房子,通报军情,商量军事,安排生活,也谈谈天。

郭楚松清早起来,又到驻地较高的山坡上看了一下,这对他来说,是一种习惯。回到房里,又伏在办公桌上,有时看地图,有时看报告,有时把写好的电稿请杜崇惠看看交译电员,有时请当地的党政人员谈谈地方情况,特别注意当时鄂南苏区被分割的小块根据地的情况。

公务员打饭来了,他把办公桌从床边向前推出一尺,郭楚松、杜崇惠和黎苏都有公务员送来碗筷,译电员、书记和公务员都自带碗筷,围到桌前,杜崇惠坐在一张方凳上,黎苏和郭楚松坐在床边,其余都站着。有人一看饭就说:

"这里也是吃干薯丝饭。"

他们不管薯丝饭也好,有菜没菜也好,都添上饭,慢慢吃起来。

郭楚松举起筷子,再不离手。不久,公务员用洋铁盆端菜来了,他一面夹,又笑着说:"千事万事,吃饭大事!"声音刚落,笋干已进口了,他大嚼起来,眉头一皱,"呀"了一声,他的视线转到公务员说:

"盐少了!"

小鬼到厨房去,很快回来了,但没有带盐,而带来了司务长。

"菜没有盐。"郭楚松对司务长说。

"我前天一到这里就买盐,一粒也没有买到。这里的老百姓有一个月没有盐了,只用醋调菜,他们恨死国民党食盐公卖处和对苏区采取的封锁政策。"

"唔!"郭楚松有点失望地说,"这里还赶不上幽居?"他原以为这里可能比幽居好点。

“是，”司务长有点失望地说，“有幽居那样就不错了。如果再住两天，不要说没有盐，恐怕连干薯丝也找不到了。”

“是，”书记接着说，“刚才听说第三团第一营只弄到半餐薯丝，晚饭还不知道在哪里。”

杜崇惠大口吃着少盐的菜饭，以乐观的心情从容地说：

“这里是山区，敌人又封锁，粮食确实困难。昨天我同这里县政府研究，拿了点现金要他们派人到山下去买粮。”

大门“咚”一声，进来一人，杜崇惠看到来人，有点惊讶地说：

“是你！我以为风把门吹开了。”

来人是黄晔春，他回头掩着门，把风帽耳向上一卷，对他们环视一下，又看看菜盘，会意地说：

“也是笋干？有油吗？”

“有点。”黎苏说，“最大的问题是缺盐。你吃了？”

“才吃。”

“也是笋干罢。”

“是，这个山区好就好在竹子多。”

饭后，他们口头互相通报了情况。最大的问题还是粮食困难。他们商量了一下克服困难的具体办法，就散开去管各人的事了。

郭楚松仍在室内，白天就是看地图看情报和过时的报纸，想找出个好办法，有时不得要领，就两手撑着下巴纳闷。从前天晚上起，他初步了解这地区和鄂南苏区情况，认为虽然到了一个县苏维埃管的地区，但困难没有丝毫减轻。到了黄昏，一天快过去了，他陆续知道的情况仍没有多少好的变化。他进一步认识到即便用现金下山买粮，但有粮的地区也多有敌人碉堡，也常有敌人巡逻或密探，买粮不一定顺利，挑上山来也要时间。他脑海里又出现了一个已经想过但此时才深感更为重大的问题:莫说粮食不能解决,即便能解决,能按原计划继续向北吗?他独坐在黄昏的小房里,忽然眼睛一睁,眼前好像闪现出一幅大地图,上面有城市、山川……他看到北面是武汉三镇,正处于长江从西转向东北又急转到东南的弯曲部,自己处于弯曲部下面的幕阜山中段。一个三角几何图像很明显地显示出来,越向北就越陷入三角上的锐角。长江号称天堑,有强大的敌人严密布防,三角的两边是粤汉铁路和南浔铁路,都是敌人重兵控制的交通线。何况三角内原来的大块苏区,已被分割为若干小块,大片地方化为白区或游击区。鄂南地方红军,据说主力只有八个连,也只能分散活动。鄂南苏区的情况,没有给他们休息整理的条件,这一幅战略形势图,把郭楚松的眼睛钉住了。他认定纵队绝不能继续向北。他又从整个战略任务来考虑,认为军委要他们北来南浔路和湘鄂赣地区,虽然没有明指,实际上一是为了配合福建十九路军的行动,二是配合中央红军向东北发展。现在十九路军已经失败了,蒋介石主力一定会转而进攻中央苏区。中央红军的行动可能改变。因此,罗霄纵队就不应该在原来的任务下去行动,而应做新的机动。向哪个方向呢?从大势来看,只能向南。但从战役战术观点来说,向南是不利的,因为国民党军队有三师九旅在修河布防,并向北追击。向南很可能和敌人主力接触。可是,这种战役上的不利,只要事先考虑到与敌接近的对策,就可以克服,可以改变当前不利的战略形势。他的决心是回头——向南。他立即到隔壁的杜崇惠那里,说晚饭后四个领导人谈谈行动问题,也叫就近的一个团长和团政委来参加。杜崇惠立即同意,郭楚松又把自己对行动的看法简要地和他谈了,他没有表态,只说晚上一起再谈谈。

晚饭时，郭楚松向杜崇惠说，今晚开会，最好在他住的房子，他的房子和郭的房子一般大，但有个米桶，有个小饭桌可以坐，郭楚松房里那条长凳可以搬来，六七个人就坐下了，杜崇惠立即同意。

晚饭后不久，黄晔春从政治部来了，只等朱彪、罗铁生。

坐了一会儿，人到齐了，因为是研究军事行动的会议，便由郭楚松主持。

郭楚松要冯进文介绍敌方情况。冯进文说鄂南地区是国民党西路剿总北路集团军防地，有三个师，那里不仅湖沼多，而且敌碉堡带纵横交错。武汉有两个师，岳阳铁道线上有湘军一旅和两个保安团，九江南浔路，有两个三团制的独立旅，南面修河一线，仍然是三个师，是主力，大概会向北来。接着，黄晔春以他任何时候都是从容的态度介绍了鄂南苏区的党组织和政权组织的情况，强调说鄂南地区，粮食也很困难。郭楚松放松平常容易激动的态度，压低声音把他饭前想的道理和盘托出，明确地说：部队只能向南。大家看着他，都很注意听。

杜崇惠坐在床右边。他和平常一样，慢条斯理地讲了一下部队情况，也认为大家介绍九宫山和鄂南苏区及四周敌情，都是事实。但一讲到下一步如何行动的时候，稍停一下，眉头一皱，把云帚晃了一下，庄严地说：

“九宫山和鄂南的情况，虽然很困难，但我们从幽居向北，是军委的指示，应该无条件地执行。向南是违背军委意图的。老郭在吃饭前就同我谈过他的看法，我今天也认真地考虑了大半天，认为只能向北，到鄂南苏区，靠近那里的党和群众，困难才能克服。”说着又把云帚一晃，大声咳嗽起来。他去年害过气管炎，后来好了，但到九宫山后，朔风料峭，室内温度低，气管炎又犯了。一连咳了十几声，加以他对行动的意见与郭相左，精神紧张，连脸也红了。咳嗽停了，又断断续续说："困难必须克服，因为我们是布尔什维克呀……"

黎苏压缩他平常那种直率的声音，吸了口大气，显然是经过思考才说出话来。他对军事形势作了分析，说越向北去战略上越会被动。他看到杜崇惠和郭楚松意见不一致，而且自己也是站在郭楚松方面的，便请杜崇惠再考虑一下。杜崇惠把云帚一挥，脸更红了，有点激动地说：

"难道上级指示我们向北是错了？"

黄晔春为说明自己的见解，也为缓和会议中的紧张气氛，从容地说：

"当然不能说是上级错了，只是我们北进的时候，以为鄂南苏区还是和过去差不多，利于我们休整并依托来进行战略机动。但到这里以后，这里的情况不像以前了解的那样，并不利于休整和战略机动，而且越向北就会越困难。"

朱彪把驳壳带一松，说：

"我们队伍只要能吃饱睡好，怎样打也行。分散行动，吃饭可能会好些，但很难集中打仗。即便分散行动，由于鄂南苏区被分割为好多小块，粮食也难解决。"

"老朱说得对，"罗铁生又以幽默的口气补充一句，"鄂南有一个好处，就是湖很多，有鱼吃。"

"不错，"黎苏说，"鱼是有的，可以解解口，但是能当饭吃？"

"当然不能当饭吃。"朱彪抢着说，"吃鱼也要有油盐，如果缺油盐，我还愿吃笋干和薯丝饭。"

"鱼是腥的，有油盐也不能光吃鱼。"

“鄂南虽然湖多，”郭楚松没有离开军事现实，“我们三千多人一天吃两千斤，哪来这么多的鱼。”

大家都沉默了，谁都在作“言归正传”的思维。

黄晔春抽起烟来。不一会儿，他打破了沉默，说，“时间不早了，要快点决定才好。”郭楚松脱下帽子用力在腿上一放，好似帽子很重似的，在那气温只有三两度的房子里，头上还冒热气。他不再讲道理，只肯定地说：

“缺粮是部队眼前的大困难，继续向北会造成未来战略上的大不利……”

几个人都在点头，黄晔春这时想快点做出决定，他把郭楚松的意见概括地重复说：

“从眼前来说，肚子吃不饱，所谓‘军无粮食则亡’；从长远来说，继续向北，会陷入敌人更大的战略包围。因此，必须很快回头。”

朱彪接着说，要快点决定。

杜崇惠半低着头，把云帚轻轻搁在枕上，两手捧着肚子，以无可奈何的口气压低声音说：

“大家都主张向南，就这样吧……”

“好！好！”几个人都高兴地说。

郭楚松心情安定了，他没有激动。因为杜崇惠是政治委员，根据当时红军政治工作条例，政治委员对军队重大问题有最后决定权。他们相处一年……是战斗中的一年，工作和个人关系是好的。但制度究竟是制度，在这有决定意义的争论中，杜崇惠没有使用否决权，是他对同志宽厚之处。如果他来个摊牌，虽然有理由同他争论，而且也可能最后会说服他，但不知会磨多少唇舌，也可能影响行动,“时不我待”啊！杜崇惠的态度使他愉快。郭楚松用感激的目光看了杜崇惠一眼,发现杜崇惠似乎还有心事。不一会儿,杜崇惠果然激动地说:“大家都主张南进,我有什么说的,但我作为党员,要保留意见。”

小屋子又沉默了,还是黄晔春出来说:“这是党员的权利啊!”

郭楚松以默认的态度结束了讨论,他立即从口袋拿出钢笔,在灯下起草向军委、省委、省军区的简要报告。这时,杜崇惠又提出,等上级回电后才行动。

黄晔春站起来,有点激动地说:“不行。山上没有吃的。”

杜崇惠说:“一两天的困难,可以克服。”

朱彪大声地说:“莫说两天,就是明晚上也过不去。”

杜崇惠云帚一晃,大声说:“有办法,第一,采取‘减粮’法,一天粮食两天吃。这是古今中外善于用兵的人在粮食不够的时候都采取的方法。第二,这里县政府已经派人拿现金到山下买粮,他们说明天下午一定可来十担八担,后天还会来的。”

朱彪又说:“杜政委,你讲的头一个办法这两天我们下面已经逼得这样做了。虽然领导没有指示,昨天今天我们都只吃半饱。明天只有一餐粮,即便下午来十担八担,也不够全纵队一餐。”

杜崇惠又解释说:“减粮就不能饱。明天下午买来粮,后天煮稀饭总可以吧。”他又深沉地说,“加强政治工作嘛！只要等两天上级的指示就会来的,这是我们对上级的态度问题。”

室内又沉寂了。户外的山风,两侧高山上的林涛,不让他们安静。黎苏以正在思考的口气说:“等两天……”他虽然认为这里不能再住了,但当杜崇惠提出等上级可能来指示的时候,他从长期军事生活中养成的“服从”习惯,觉得杜崇惠有一定道理,于是说出倾向性的语调:“可以考虑。”

他话音刚落,杜崇惠得意地说:“是,是,要考虑。”

冯进文来报告说:“综合情报证明敌人在武汉增兵,并加强九江和南浔铁路及岳阳线上的防御。在南面有两个师六个旅,面向九宫山地区。还有个师控制修河,也可作机动。”

小小的房间,气氛更加紧张。黎苏看了一下杜崇惠,小声说:“情况更清楚了,我们在这里不能停了。我们驻地海拔高,多云雾,天电大,电力又不足,收发报都很困难。我们的报告能否发出,军委收到电报能否及时回电,而军委的回电我们是否能收到等都是未知数。所以,不能在这里等回电。”

黄晔春接上说:“回电不回电,不是什么大问题。我们已经把情况报告上级了。对于情况的处理原则,军事委员会曾经发过训令,要求各苏区红军高度保存有生力量,同时指出执行命令的方法,不要机械执行词句,而要灵活执行命令的意旨。我们现在的情况,如果要保存有生力量,不仅不能北进,还要快点回头;不是停止等待命令,而是机断专行。我们今天的决定,应该敢于向军委负责……”

杜崇惠说:“你们说的都对,”这是会议中他对行动方向第一次作了肯定,“我总感到上级没有批准就走不好。我正是要对上级负责,而不是敢不敢问题。如果搞得不好……”

郭楚松谦和地看着他说:“老杜,你关于要对上级负责的精神是对的。不过今天没有得到上级指示就行动,也不违背上级的意图。当年朱毛红军下井冈山,中央曾指示把兵力分为若干支队打游击,并要朱毛离队。这个指示是根据白区报纸上说红军已经不多了的情况下决定的。但实际上我们还有三千来人。二月中旬在大柏地一战，打败了追来的敌人独立十五旅，又走到东固，与李文林领导的二四团会合。不久，蒋桂战争爆发了，红军打开汀州，大大发展了革命形势。后来中央了解了红军情况，不仅没有责难，还说红四军打得好，并向其他地区红军介绍经验。中国的兵家之祖孙武对这个问题就有精辟的解释，他说君王的命令如果不利于国家，可以不接受，叫作‘君命有所不受’。所以说，作为一个将军，对于‘国之大事’，要敢于负责，‘进不求名，退不避罪，唯人是保，而利于主。’意思是说，只要于君王于国家有利，应该进不求名，退不避罪。奴隶社会末期的将军还有这样的气概，我们过了两个社会发展时期，更要有这样的气概。我们现处于强敌进攻和吃粮紧张的特殊情况下，及时决定行动方案，上级是不会无原则地责备我们的。即便责备，也应该不怕处分，‘退不避罪’啊！”杜崇惠被郭楚松说得无话可说，便不再言语。

黎苏回到他房里，把几个参谋找来，作明天的行军安排。他们发现南面敌人有北上的征候。在南下途中会和敌人遭遇。但自己的情况，是不允许和敌人大打的。他们估计敌人兵多，会走大道，于是提出行军路线的两个方案。一条是一出小苏区就向西走，再由西转向南，这样就避开了大路；另一条是从大道向南，如果敌人来了，就打个遭遇战，再向西南转移。这两个方案，要郭楚松取决。郭楚松已回到自己的房子，灯下默坐，是在思考行军路线。黎苏和冯进文到他房里，把意思说了后，他瞪着眼睛，闭着嘴。一会儿，他把帽子向桌上一甩，坚定地说：

“第一条不行。我们估计敌人会向北来。但我们明天南进，无法估计他什么时候进到哪里。如果预先绕道向南，被他的飞机或其他侦察通信手段发觉了，就会走直路来堵截。”稍停一下，又说，

“第二个方案可行。但要作点修改，就是准备和敌人预期遭遇，但不正式打遭遇战。叫前卫的侦察队注意，一发现敌人，前卫团以一部分掩护，其余部队全部向后转，向北走一段，敌人以为我们向北退了，会拼命追，如果他追来，我们掩护部队就引诱敌人向北，我们走到适当地点，就转向西面，再由西转南。敌人发觉我们向西，他的前卫一时很难判断我们的意图，就会继续向西追。当他向西，我们前卫又向南了，当他发觉我们向南，就掉了一个方向。如果他回头堵我们，比跟着我们走要用更多的时间。我们的行军计划，要主动地调动敌人。这次我们向北来到湖北地界，敌人不会想到我们会突然向南，这个行动，实际上起孙子说的‘示形’作用。就是示之以北，而转向西；示之以西，而转向南。这样就可以把大量敌人由堵变为追，由前掉到后。后面多甩掉一个，前面就少一个。”

黎苏立即接受郭楚松的意见，连声说：“好！好！敌人从后面追，无论多少，总比前面来堵好对付些。”

“那就走向南的大道。”郭楚松又指着地图，“现在马上查明天向南大道上有多少条通到西面的道路。命令上要说明，如果前卫遇到大的敌人或得到上级临时通知，后卫就迅速向后转，改为前卫，前卫则改为后卫。前卫走到适当地点就转向西面，然后斟酌转向南面，这样就可以调动敌人，争取主动。”

黎苏和参谋们忙到深夜，在紧张的工作中有时听到笑声。

第十八章

驻在修河下游的曾士虎将军，从罗霄军在秦山突围转到幽居苏区后，他认为他的指挥位置不适宜，就移到修河中游一个县城。连日来，他苦苦思索，寻找几次大围攻的经验与教训。他认为第一次对秦山的大围攻，由于没有在修河下游布置重兵，被红军钻了空子，向南突围走了；第二次大围攻，由于预定在北面堵截的部队，没有及时到达目的地，红军又突围走了。所以这一次的围攻计划，就要努力克服这些缺点。他确定这一战役的作战目的，第一要把红军消灭在九宫山地区；第二，万一不能在这里消灭，也要把红军压到更北面，使红军陷入到战略形势更不利的地区，以便再来一次大围剿，达到消灭目的。万一又不能消灭，鄂南已属于剿共西路军另一集团的防区，这样也可以使自己的防区干净一点。

曾士虎将军拟定了详细的作战计划。迅速向所属各部队下达了命令，并同时报告了南昌行营和长沙何键将军的西路剿匪总司令部。他的参谋处长，把发出去的命令又检查了一下，用怀疑的眼色看着他说："这一次计划要看各部队能不能好好执行。"

"对！过去各部有两个很不好的习惯，一是执行命令不坚决。追剿部队没有坚决执行'不分昼夜，跟踪猛进'的指示；堵截部队，没有坚决执行'与阵地共存亡'的指示。还有一个是各部不是真正互相协同，而是有些互相观望。"

“是，过去为此丧失过一些机会。”

曾士虎这时回忆仙梅战役双方军队的态势，又回忆两次大围攻，按照正常的道理是应该成功的，却被红军突围出去了。这一次计划，虽然周密，但又有什么把握呢？他想到这里，把右肘在桌上竖起来，同时头放在右掌上，好久没有动。

参谋处长看到他有点烦闷的样子，没有打扰他，坐了一会儿，才说：“这一战役，有决定意义的是从南向北的三个师，根据过去来看，这几个部队，毛病不少……”

曾士虎将军还是沉默，忽然抬起头来，瞪着眼睛对参谋处长说：“上戎！我们明天向西，到修河上游去。”

“恐怕不必吧，高级指挥机关少动点好。”

曾士虎将军又沉默了，他想：少动一点固然好，但不动一下，命令就没有很大保证。他觉得他现在虽然指挥七个师和几个独立旅，还有好些保安团队，但这些队伍，论系统，有中央军、地方军，有嫡系，有杂牌；论军制，有的师六团，有的师四团，还有三团的；论待遇，同是一样编制的师，有的钱多，有的钱少；同是湖南军队，也有两个系统，一个是何键的，一个是鲁涤平的，他们虽然都宣誓服从蒋介石，消灭共产党，但真正干起来，又不那样一致。至于他自己，虽然是中央系，但指挥的队伍，大半是湖南军队，他们对于他，当面虽然没有什么，但背后又在议论，甚至阳奉阴违，作假报告。他又回忆围攻秦山的时候，从东面和北面前进的中央军，执行命令好，从西面南面进攻的湖南军队就差些。他把过去到现在联系起来想，意识到这一次从南向北追击的三个师，有两个曾经执行命令不好，担心命令不能贯彻，因而又担心蒋介石的再次指责，认定非去前线不可，于是坚决地说：“明天行营向西移动，同进攻部队站在一条线上。”

参谋处长很快领会了他的意思，因为他也觉得除了这个办法而外再没有办法了，同时想到蒋介石之所以处分曾士虎，是说他“督剿不力”，现在同部队一起行动，万一还不能成功，也就不会再说他“督剿不力”了。因而他虽然觉得不需要去西线，但也只好硬着头皮去。

第二天晚上，曾士虎突然到了最前线，正准备行动的部队，看到他来，特别对于他准备随军前进，不免有些惊奇。他们觉得，这位统率十万大军的总指挥的指挥位置，很可能在修河下游或中游地区，何必跟部队走？于是都觉得要多卖点气力，以便在他面前表现一下，同时也不敢不这样。

这一天晚上，曾士虎将军虽然亲手拟订了作战计划，并发出命令，但他生怕通信人员责任心不够，生怕电台出毛病，于是亲自打电话给电台，叫他们注意。命令虽然发了，但他又怕作战计划有错误和缺点，不由他不反复深思。特别使他担心的是部下能不能认真坚决地执行他的作战命令。他想睡而不愿睡，躺在靠椅上经过好久，不知不觉地微闭起眼睛，但只要听到一点细小的响声又张开了，随即又闭起来。办公室中一切事务，完全呈现在眼前。他看着壁上悬挂各种颜色各种比例的地图，有无数曲线所构成的山脉连绵着；双线单线所构成的道路纵横着；单点双圈，星星点点地散布着；蛇体一般的双线单线，分成许多小枝，迂回曲折地平铺着。有时也可以看到敌人，看到自己的军队，都摆起整齐的队伍，在街头上，大路上，山头上，走来走去，一方面包围，一方面突围，有时看见打了胜仗，又连续打败仗，五光十色，好像电影一样，在眼前闪来闪去。

他站起来，开了门，在门内外漫步散心，听到门外轻轻说话。细听是对门的一间厢房两个刚抄完作战命令的书记官在聊天。

“今晚的命令可详细。老江。”

“不只详细，而且很毒。”

“哼！”声音拖长一下，“难说。”

“难说？”

“老刘，我抄写这样的命令，不知有多少了，我们的命就是写这样命令的命。”

“你也是这样看吗？老江。”

“你呢？”

“你呢？”

“我呵……”他又喝一口水，“老江，我们不是英雄，当然不能引用‘英雄所见略同’的话，但说一句‘良友所见略同’是可以的。你看，我们过去抄写多少命令，哪个命令都有‘直捣匪巢’‘犁扫庭室’‘一网打尽’‘灭此朝食’‘歼灭之期，当在不远’‘斩获甚众’‘俘虏无算’‘活捉某某’等等，总之，军事学上许多美妙的字句，都写在命令上了。可是结果不是‘匪已远窜’，就是‘中匪狡计，微有损失’，或‘死灰复燃’‘功亏一篑’等等公文呈式里巧妙的遁词所代替了。今天我们也写了‘直捣匪巢’和‘灭此朝食’的话，但过几天，恐怕又会被‘功亏一篑’甚或‘中匪狡计，微有损失’所代替。”

“是，你说的是真话。我想受令的人，接到这样命令，倒没有什么，至于我们抄命令的人，却难为情。明明知道是这样，却倒写成那样……”

“唉，管他，混碗饭吃就是了。”

“就是……我看上面尽是找漂亮话下命令，下面也尽是找巧妙的遁词来作报告。今天我在机要室看到十六师的电报,在这简单报告中,同一个时间同一件事,前面说什么‘正期大举迎战,将匪歼灭之际……’后面却说‘奈时机已失,功亏一篑’……”

“这样的事,一晚也说不完,你只要留意一下,通报命令报章杂志,到处都是。我注意过湖南一家报纸,前后半年中,对共军罗霄纵队的记载,如果一天天去读,倒没什么,如果把这些消息连贯看一下,你就会知道。上个月我去萍乡,在图书馆看到一个消息,我觉得和前几个月的有矛盾,就费了半天工夫读半年的报,通通翻一下,我好好把它记了下来,简直叫你要笑死,现在读给你听:

“‘去年九月初,四千五百人。经十五师在宁冈痛剿,毙俘匪二千三百以上。’

“‘十月报载,匪区壮丁完全枯竭,即一兵一卒,亦无法补充。’

“‘十月十五日,六十二师及萍乡保安团在萍乡又毙俘匪一千二百。’

“‘十一月初,孙师在梅霞山毙俘匪约一千三百。’

“‘十二月初,二十三师在吉安毙俘匪七百。’

“‘十二月终,六十二师在安福又毙俘匪六百。’

“到本年一月初,我以为他们已经被消灭干净了。可是不到几天,南昌行营通报说,该匪约四五千人,已北越袁水,逼近锦江,命令我们老总督率所率部队全部七个师及从南调来之孙师,猛烈追剿,这时我才吃一惊,我以为老共从天上飞下来了。把前后的报纸和通报查了一下,才知道在去年底,老共的四千五百人,在完全没有补充的情况下,已毙俘六千一百,他原有四千五百人,不仅不够消耗,而且要倒付一千六百,然而在倒付一千六的情况下,又钻出四五千人来。你说好不好笑。”

“哎！就是这样一回事……”

“你们在议论什么?”一声大吼,把两个书记官吓得连汗毛都竖起来了。抬头一看,曾士虎站在门口,双眼圆瞪,两眉倒竖,右手拿着手枪,黑洞洞的枪口正对着他俩。

“身为军人,临阵动摇军心,知罪么?”

曾士虎一字一顿,恶狠狠地说出了这几个字,就像一字一刀。两书记官顿时懵了,扑通一声跪在地上,连声说:“司令,饶命。”

“司令,念我跟随您多年,饶我这一次。”

曾士虎觉得,对这样动摇军心的人必须严惩,特别是在司令部内部,不惩一儆百,将不堪设想。他额上的青筋都暴了起来,在不太亮的灯光辉映下,发着青光。他手起枪响,两个书记官应声倒地,一命呜呼了。

匆匆赶来的参谋处长,连忙派人抬起尸体运往屋外。曾士虎余怒未消,指着尸体对众人讲:“今后,在我的司令部里不许有人背后议论,一经发现,格杀勿论!”

曾士虎把手枪放进枪套里,轻声地对参谋处长讲:“立即给他俩家里汇去抚恤金五百元,就说是战场阵亡的。”说完,迈着沉重的步履,回到他的卧室。

第二天一早,曾士虎率队出发。两路纵队并行前进。曾士虎居左路,亲自掌握主要方向。

突然,前卫来报:队伍与红军遭遇了。曾士虎倚仗兵多,一面指挥军队进攻,一方面用无线电告诉其他各路,迅速合围。他希望同红军拼一下,哪怕是鱼死网破,也心甘情愿。

一会儿,前卫又报:刚遭遇的红军经他们一顿猛冲就退了。曾士虎很欢喜,认为红军被迫退却,加以山高路小,一时很难跑掉,这正是消灭的好机会。他对来人大声说:“猛追!猛追!快点追!……告诉你们师长旅长。”

前面的队伍没有等到他的回示,早就追去了。曾士虎特别起劲,打起马走,过了沙栋桥,前面虽然前进得很快,但只看到自己的伤兵,却看不到一个俘虏,心里开始怀疑,为什么追击得这样快还抓不到一个俘虏?又猛追了一阵,还是一样。他认定从战场追击,已不可能消灭红军了;可是从战略上想一下,认为红军向北走,也不算坏,这样必然会碰上北面的堵击部队;万一碰不上,北面是条不能徒涉的富水,再北一点,是素称天堑的长江,东面是南浔路,是鄱阳湖,西面是粤汉路,是洞庭湖。红军向北,不过是自走死路。于是继续发出猛追的命令。

中午过后,上了一个高山,前卫又来了报告,说红军到塘沟后,就转向西北方向去了。他这时不仅不能理解红军在和他遭遇后退得那样快,也不能理解红军为什么向西北去,他又想,向西北也在他的战略部署进攻之下,还是催促部队跟踪追击。

前卫紧紧跟着敌人追,曾士虎也紧紧跟着前卫走。他看到路旁有三三两两的落伍兵,有的坐着,有的躺着,他鼓起眼睛问道:“怎么不走?”

他们懒洋洋的,带理不理,不是说有病,就是说走不动,有些甚至不答话,还哼几声。他看到一个士兵背了一个大的包裹,便催马上前问道:“你的行李怎么这么多?”

“不是我的,是我们团长的。”

“什么东西?”

“不知道。”

“把它打开!”

卫兵们一拥而上,打开了包袱,一看,有香肠火腿,还有罐头。

曾士虎对副官长说道:“赶快查明是哪位团长大人,军法从事!”说完,又对士兵们大喊一声,“快追!”

太阳快下山了,他意识到是向着太阳走,叫道:“难道土匪已经向西走了?”

“大概是吧,不然,为什么前面向西呢?”

“糟了! 糟了!”他急遽地说。

这时候,他才明白红军向西北的原因,是为了欺骗他的。红军刚才由西北转向正西,明天或后天一定向南,这样他的大包围计划又落空了。他连声说:“糟了!”参谋处长向他提议说:“是不是叫部队停止?”

“停止? 现在还停什么!”

参谋处长虽然没有完全懂得他的意思,但不好再问了。他觉得已经不可能走直路堵截红军向南,回头更慢,所以最好的办法,还是跟踪猛追。

黄昏,部队还在前进。前卫虽然紧紧跟着红军的后卫,但红军只用少数部队,利用地形抵抗,等到敌人队伍展开后又退走了。不断地抵抗,不断地退却;他们不断地展开,不断地追击。曾士虎这时看到部队又饥又饿,就命令宿营。

曾士虎从发现红军向西后,对于这一战役的信心已经动摇了。他想红军已经和他遭遇,为什么能退得这样快? 退得这样有秩序? 照道理来说,前卫既然确确实实和红军遭遇了,这就证明红军是要向南去。既然决心向南,那么一经遭遇,为什么能这样迅速定下改变行动方向的决心? 就是能迅速定下决心,怎么能在山地纵长的行军中,一下子就传达到所有部队? 他觉得如果易地而处,是无论如何也办不到的。是不是由于他的军队打得不猛,追得不快?但事实回答这次行动是他用兵以来最迅速的一次。他想了好久,始终没有得到适当的答案。

他这次亲临前敌,是一心一意想创造一个模范战例,以成就他梦寐以求的英雄事业。一来是给蒋介石、何键看看,有"将功赎罪"的意思;二来是给部属看看,以便于以后能驯服地听从他指挥;三来是给段栋梁将军看看,以报复他讥讽自己"纸上谈兵"之恨。可是现在不但没有消灭红军,就是把红军赶到北面友军防地去的最低要求也没有达到。他在绝望之余,又退一步想:蒋介石会不会再处分他?何键会不会借机排挤他?他在部属中的威信会不会继续降低?段栋梁将军会不会又利用这件事来讽刺他?可是,他并不因这样而灰心,他觉得对九宫山地区的围攻,虽然落了个空,但自己兵多,猛追下去,也是带兵的人应尽的责任。他还没有宿营,就在露天中看地图,考虑行动方案。进了宿营地,不等洗脸,就亲自起草命令,布置第二天继续追击。同时把情况电告蒋介石和何键。

不久,大师傅送饭来了,除白米饭外,只有青菜、鸡蛋、猪肉三样,随从副官进来,很抱歉地向他说:"这个鬼地方什么东西也找不到。"

和他一同吃饭的几个高级军官,早已坐好席,看到菜来了,都拿起筷子。可是他们看曾士虎,眼睛注视菜盘,却捏着拳头,放在桌旁,不笑也不动,像是无可奈何的样子。他们不好先下手,有的就放下筷子,有的故意说几句不关痛痒的话,应付这僵局。

曾士虎忽然拿起筷子,大家也马上拿起筷子来,眼睛都瞄准菜碗,又看看曾士虎的筷子,好像操场上一群兵士在瞄准后等射击的口令一样。

但曾士虎的筷子没有下菜盘,只到盘子边,一面叩着菜盘,发出铛铛的声音,一面环顾他们说:“在火线上,这就算不坏了。”

同僚们又把筷子放下去,同声附和说:“是,也只有您老人家才这样。”

“我觉得我们处在这样严重关头,只能这样。”他嚼了几下菜,就看着副官长,“现在各部高级长官,还有带火腿上战场的!”

参谋处长冷笑了一下,说:“恐怕还不在少数呢。”

“委员长在庐山讲的话,他们都忘了吗!”曾士虎十分愤慨地指着桌子上摆的两厚本绿色精装的《蒋介石庐山军官团讲演集》说,“那里面不是明明白白训示我们,‘出征的军官不要带火腿’吗?”

副官长用恭维他的口气说:“委员长的指示,恐怕只有您老人家执行了。”

“难道他们不知道我不带火腿吗?”

“有几个人比得上您老人家。”

“今天的那个团长撤职查办,今后如发生类似的事件,一定严惩。决不姑息。”曾士虎停了一下,对参谋处长说,“你起草一个通令,告示全军。”参谋处长点头称是。

这时副官长向他报告,说本地有个区长,抓来了两个红军落伍兵。他兴奋起来,叫副官长马上带区长来同他见面。

副官长把区长带来了,区长恭敬地向他鞠躬。他看着区长,指了一个凳子,请区长坐下来。

“贵姓?”

“贱姓何。”

“何区长,你办公事很热心。”

“不敢,我们是本地人,也算尽点桑梓之谊吧。”

“你这里是归哪省管?”

“湖北。”

“喔!”他把尾声拖得很长,“这一带好像很荒凉的样子。”

区长立即申辩说:“是,是,不过敝处从前是匪化区,后来我们把土匪消灭了,才又组织起区公所和铲共义勇队。现在算好些了。不过鄙人德薄才疏,只勉尽绵力,希望司令不吝指教。”

“土匪今天是从你们这里过去的吗?”

“是。”

“有多少?”

“不大清楚,大概有三四千人。”

“听说你们抓住两个土匪?”

“是。”

“怎样抓住的?”

“我看到土匪来了,就带起铲共义勇队到路边埋伏,看到他们有几个人,离队伍远点,就突然攻击抓住了。”

曾士虎用奖励的口气说:“你们做得很不错。”他点了两下头,“那两个土匪现在在哪里?”

副官长不等他们回答,抢着说:“已经交军法处审问了。”

曾士虎又转向区长,嘉奖一番,并说了几句鼓励话。他很想知道红军的情况,没有兴趣再和区长谈了。何区长很明白他的意思,就告辞了。

曾士虎马上叫随从去叫军法处长,自己在小小的房子里踱来踱去,左也不是,右也不是,活像热锅上的蚂蚁。

军法处长来了,他头一句就问道:“两个俘虏审问清楚没有?”

军法处长回答说:“这两个土匪很狡猾。”

“怎么?”

他皱了一下眉头说:“我审问他们,他们开始不说话,后来用了点名堂,才说话了。但问他是哪一团的,他说他是新兵,不知道;问他是哪一连的,他所答非所问地说,是第六班;问他今天从什么地方来,他说从东方来;问他们到什么地方去,他说他是跟队伍走,走到哪里算哪里;问他怕不怕我们的飞机,他说他们是晚上走路;问他怕不怕我们追,他说你们追的人比我们还苦些……真没有办法。”

曾士虎心里非常烦闷,听到这里,又气又恨,他恨红军诡诈,把他的作战计划破坏了;又气这两个俘虏,出言无状,好像一字一句都是讥讽他,特别听到“你们追的人比我们还苦些”的时候,几乎使他无法忍耐,恨不得一下子杀死他们。他沉默一下,才从容地问道:“现在押在什么地方?”

“还在我们那里。”

“会不会逃跑?”

“难说。”

“怎么办呢?”

军法处长皱了两下眉头,吸了口大气才说:“带起走很不方便,打起仗来也很难防。”

“是呀。”曾士虎说。

“那就枪毙罢?”

“枪毙……”他拖长声音,似乎有些犹豫,稍停一下,才肯定说,“好,免得走漏消息。”

军法处长走了,他内心还是非常激动。十多分钟后,门外响了几枪,他解了恨,才平静下来。第二天又跟着部队追了一天,除了在道旁看到红军丢掉的破草鞋而外，什么也没有。他虽然感觉跟队伍走已经没有什么意义，但也不好马上离开队伍，恰巧接到何键将军来电，要他率行营回原防，照顾全局。到第三天，他给蒋介石、何键发了电报，说红军在他们的追击之下，东奔西跑，已命令部队继续追击，限期消灭云云。然后，他带起行营转移了。

第 十 九 章

从红军司令部旁边一个破陋的房子里，出来一个人，头戴着青缎瓜皮小帽，身穿青色哔叽长袍，颈上有围巾，活像花花公子。这位有点洋气的青年绅士在苏区里面，特别在贫穷的山沟里面，简直像个怪物。那个青年绅士后边跟着一个高个子，戴旧毡帽，穿半新不旧的青色短袄，腰上捆条蓝色大布带，很像随从。门外有很多士兵，看着他们出来，诙谐而高声地叫道：

“打土豪，打土豪！”

花花公子一面向他们点头，一面说：

“来！来！”

大家乱吼，可谁也不动手。因为“花花公子”是侦察员张山狗，他们是化装侦察的。

“明天我们还要向来路去侦察吗？”穿短袄的高个子问张山狗。

“是。明天的任务可大。”

“明天朝哪里走？”

“向南。”

“怎么，队伍又要行动？昨天参谋长不是说跟踪的敌人已经甩到后边去了吗？我们怎么不休息一下？”

“敌人不让我们休息。”

“敌人还没有来，为什么不可以休息？真的，队伍也走苦了。”

“等敌人来了再走，就不好走了！你不记得半个多月前，我们在秦山被敌人几路包围，半夜突围，第二天又走了一天才出了险境吗？敌人的围攻打破了，他们还会再来个围攻的。”

“对，”稍停一下，“但为什么明天要向南面走？搞不好会碰到敌人。”

“是，所以明天要注意。”

“我们北上以来，到处碰到敌人，有追的，有堵的，有截的，还到处有靖卫狗子捣乱，任你走到哪里都有敌人。究竟敌人有多少？”

“多少？多得很。我前天听冯参谋说，有三四十个团。”

“这样多？”

“差不多，你看我们碰到过的就有好多了。”

“唔！”穿短袄的把左手举起来，张开手掌，数一声屈一个指头，“十六师、六十二师、五十师、十八师、二十六师，还有什么……”

张山狗接上说：

“独立第四旅、三十六旅、独立第七旅、保安旅和好几个保安团。”

“算起来不少于四十个团。”

“这只是指在我们周围，同我们接触过的。如果把调来进攻我们的敌人通通算起，那就更多了。”

“还有多少？”

“我记记看……厉鼎的第十九师，还有什么补充纵队，都在湘鄂赣边地区，随时可能打上。”

“难怪我们总是没有休息。我前几天以为到湖北边上来，总可以休息的。”

“其实不只敌人不让我们休息，就是粮食也不让我们休息。你看这些地区，群众就是再好，也供不了我们四五天。”

“就是供得起也实在下不了喉，这里的群众太苦了。”

……

又走了一程，他们想请个向导。可是，一向百姓开口，百姓在他们身上端详一番之后，不是说家里离不开就说没有出过门，顶多指一下方向。

张山狗再一次碰壁之后，笑着说：

“我们这个样子，并不像军队里的人，怎么老百姓好像看得出的样子。”

“也不大像老百姓。”穿短袄的也笑着说。

“不大像吗？”

“我看不大像，你穿的是土豪衣服，人不胖不白，走起路来像鹿子，乱蹦乱跳。摆不出土豪劣绅的架子，你看，到个村子，就有很多人注意，这不正是不像的证据吗？”

张山狗反驳说：

“这不能证明，因为土豪在乡下本来就是惹人注意的。难道真不像吗？”

“像是像，不过不很像就是了。”

“差不多也就算了。”

他们在路上，只要看到人就尽可能靠近他们，借机会和他们讲话。前面二三里地出现了个大村庄，他们计算一下路程，知道是个小市镇，而且知道那里有个区公所，一般区公所只有区长有支驳壳枪，还有几条步枪。张山狗看了一下，说：

“要注意了。”

穿短袄的青年道：

“是。我们从街上走,还是从街后面上山转过去?”

张山狗没有回答,等了一下,才说:

“不!我们有国民党县政府的符号,就说是县政府来的。”

“这样很冒险。”

“不怕,他们只有那几条枪,我们有两支驳壳枪,就是被发觉,要打也打得过他。”停了一下,又说,“不钻老虎洞,捉不到老虎!”

“对!”穿短袄的坚决地说,“就这样。”

“不过要注意,南面的敌人是不是向北来了。”

快到村口,他们向前看了一下,果然没有卫兵。他们大胆进村子,看见村里的人,张山狗大声问道:

“区长在哪里?”

“在酒馆里。”

对面一个小酒店,迎风斜挂着一面黄色的“酒”幌子。店门大开,可以看见几张桌子和寥寥几个吃酒的人。张山狗走前面,进了酒店,看到两个人在一张漆桌上边喝酒边聊天。他大声地问道:

“你们好哇?”

那两人马上起来,看到他的装束和说话的口气有点来历,还没有问他是什么人,就回答说:“好!好!”接着又说,“尊姓?”并且一边说一边让坐。酒店的老板也上前来张罗。

“敝姓陈。我是有点公事来的。”张山狗左手拿着名片的左上角很有礼貌地给他看后说。

其中一个又对着他胸前的符号睇了一眼,就殷勤地说:

“陈先生,请坐。”

张山狗坐下了,对着他问:

“先生,贵姓?”

“贱姓何。”

“你俩都是区里办事的?”

“不敢,都是区助理员。”

“你们区长?”

“出门去了。”

“什么时候回来?”

“说不定今下午回来。”

“听说东北边有事,我们县长叫我们到这一带打听一下,今天麻烦你们。”

“不敢,陈先生。前几天有几千土匪从西面山上下到沙栋桥,接着向北面九宫山去了。”

“听说攸水兵多得很,怎么没有兵来?”

助理员回答说:

“不过今早晨县政府打了电话来,要我们赶快预备柴草,也可能有兵来。”侦察员这时像热锅上的蚂蚁一样,哪里还坐得住,连说了几声“好!好!好!”之后,就一面起身,一面向助理员说:

“我们去看看。”

张山狗刚刚到门口,见着一个国民党兵士迎面而来,离他只有十多步,驳壳枪插到腰皮带上,走起路来也安闲,好像没有多大注意的样子。他伸手到衣袋去掏手枪,眼睛看着这位兵士,并笑逐颜开地说:

“弟兄,请,请!”他同时招左手,“你们是哪师的?”

“厉师长的。”

“队伍呢?”

国民党兵士一面进门,一面说:

“离这里不远了。”

他的脚刚刚跨进门，张山狗的枪从衣袋里跳出来，对准他的胸口。眼睛向他一瞪，叫一声：

“不要动！”

国民党兵士眼睛一花，脑袋好像要炸了一样，话也没有说半句，他的手枪已经落到张山狗手上了。穿短袄的侦察员，立即从衣袋里取出一副手铐，把敌人反手铐起。这时区公所的两个助理员，根本不知道是怎么一回事，吓得从后门跑了。张山狗问俘虏说：

“只你一个人吗？”

“一共有三个。”

“在哪里？”

“快到了，他们离我只百十步。”

张山狗立即向同伴说：

“拿绳子来，把他吊在窗子上。”

穿短袄的从身上掏出一根麻绳，穿在铐子上面，两人把俘虏向窗边一推，把绳子拴在窗竖隔上。张山狗还没有等吊好，急忙向同伴说：

“你赶快把他吊紧，我去捉那两个。”他的脚已经开始向门口移动，“吊好了马上出来。”

张山狗刚出了门，见到第二个敌人，虽然没有带枪，却打了绑腿，穿得整整齐齐。张山狗又装成一副笑脸，右手插在衣袋里，快步向前去接。

“老哥，请进！请进！这是区公所。”

这个国民党兵士看见来人虽然有点像绅士，而且满脸笑容，但神色不定，并不像接他，同时又没有见到前面的同伴，心里有点怀疑，就停步了，弯下腰去取插在绑腿上的小刀。张山狗情急智生，两步跳到他面前,一手把敌人的颈子卡住,这时敌人虽然已经取出了小刀,但已经被他卡得半死,眼色昏迷,不止没有杀人的能力,就是想自杀也不行。张山狗死不松手,死死捏住敌人的颈子,但敌人还在作最后挣扎。双方正在拼命的时候,穿短袄的侦察员从区公所跳出来了;可是,这时,第三个敌人来了,离他们只有五六十步,那人一面走来一面叫道:

"你们怎么打我们的人?"

穿短袄的也大叫道:

"你们湘军欺负我们,到区公所讲道理去。"

他刚刚说完,对着正在反抗的敌人的腹部狠狠几脚,那人当时白了眼,小刀自动地掉到地下了。这时第三个敌人也快到他们身边,他们把死人放在一边,向他叫道:

"你来,到我们区公所讲道理去。"

那个人也向前抢了几步,叫道:

"行!行!我们是何总司令的军队。"

张山狗和他的同伴,走到那人面前,说:

"去!去!去讲道理!"

刚刚说完,张山狗向他猛扑过去,抱住他的腰,他无可奈何地说了一声:

"你们太不讲道……"

话还没有说完,没有下文了,那人缩下了。张山狗抓住他一只手,他的同伴也抓住那人一只手,两人向后一按又铐起了。他们立即把他和第二个敌人胸前的证章取下,又搜腰包,看有文件和其他东西没有。从证章和俘虏的口供,前几天没证实的敌情完全明白了。这时,前面来了两条狗,走到他们附近,左一闻,右一嗅,随即狂吠一阵,向后跑了。张山狗说:“敌人的军用犬,回去报告了。”

他回头看看后面,刚才死过去的那个敌人,开始苏醒还想爬起,他又上前捆起来,这时穿短袄的已经把捉住的那个敌人带到身边。他看了一下同伴,说:

“把他交给我,你去把房里的那个带出来,准备走。如果方便,把区公所的白区报纸也带来。”

穿短袄的很快把敌人带来,他们两人都提着手枪,押着三个敌人向来路走。前面打枪了,流弹从他们头上掠过。他们急催俘虏赶快走,可是,俘虏不仅不快,反而比以前慢,张山狗看透俘虏在故意捣蛋,突然对着走得特别慢的俘虏的脚旁边一枪,那人当时跳了几步,张山狗厉声喝道:“看你快不快点!”

俘虏走得快了。尖兵来了,看见他们带了三个俘虏,每人身上都有两支枪,惊奇地问道:

“是你们抓住的吗?”

“是。”

“刚才打枪的是什么敌人?”

“是厉鼎的部队,从南面来的,赶快告诉后面。”

尖兵停止了前进,就地警戒,同时用讯号向后面报告。张山狗和他的同伴,押起俘虏继续向来路走。他想赶快回司令部报告情况,对同伴说:

“老何,我先回司令部去,你押他们慢慢来,如果不够的话,可以请部队派人帮忙,或交给部队。”

他飞速向后面走,刚到前卫司令部,前卫尖兵同敌人的前哨打开了。

这时,太阳已升到头顶。

第二十章

前卫是朱彪团。他和团政委罗铁生从司令部的敌情通报中，知道有两个师在两天前落在自己的后面，还有两个师位置不明。他跟郭楚松打电话，问这两个师的情况，郭楚松说，现在还不能证实，据说一个师到了修河中游一个县城，在东面约百里以上。另一个师，十天前发现在修河中游南面，估计明天也不会在我们的行动方向出现。但独立旅保安团就很难说，那些敌人，来得快也走得快，要多加注意。部队前进了二三十里，没有发现大的情况，后续部队便鱼贯而前。将到中午，尖兵打响了，右前方敌人也向他们射击。朱彪他们弄不清有多少敌人，他们就按着过去处理这种情况的习惯，不分青红皂白给敌人一个猛攻，打退了敌人的先头部队。俘虏几个敌人并收容了敌人遗下的伤兵，证实了当前的敌人是厉鼎的部队。此次堵击罗霄纵队，虽然归曾士虎指挥，但何键常常直接调动。在仙梅被红军击败后，曾士虎调他到刘江上游，当总预备队。红军从九宫山向西南运动，曾士虎命令他立即向东北堵击。他通过国民党地方政权和军事组织以及飞机的侦察，常能及时发现红军的行动。红军在和他们接触之前，不仅没有发现他们的行动，还以为他在自己东面百里之外。

朱彪用望远镜向敌方远距离看了一下，就坐在斜面上，从图囊中拿出小本写起来："首长：据俘虏说前面敌人为厉鼎师，已发现约两个团,似还有后续部队。你们不要前来。我们稳住阵地,待命行动。朱彪十一时三十分。"

他叫通信员赶快送到司令部,并督促迅速构筑战壕。信送走不久,冯进文来了,向朱彪和罗铁生说:"情况已经知道了。司令指示:我们必须打开一条出路,才有利于今后的行动。第二团正向左翼展开攻击敌人,你们团等他们攻击的时候,也发起攻击。"

朱彪立即回答:"坚决执行!"

罗铁生说了一声:"好!"就到二梯队去了。部队正坐在地上休息,他面向大家,大声地喊道:"前面的敌人是湖南军阀何键的嫡系,是我们的死对头,我们一定要消灭他!我们要再来一个仙梅呀!同志们,勇敢一点吧!"

"勇敢!"许多人跟着欢呼,"勇敢!"

第二梯队向右翼运动了,朱彪特别注意左翼团的动作。他看到左前方的敌人成群向前运动,与左翼团接近,双方争夺小土丘。他立即对各营发出攻击命令,各营协同向敌冲击,一次冲不动,整顿一下,继续攻击。到日头偏西,攻击也没有奏效。只好退回原阵地,凭临时构筑的简单工事顶住敌人。左翼团也没有得手,敌人乘机从左翼和正面反击。朱彪看到右翼团溃退,即将危及司令部;他的团在边战斗边加强工事中,阵地还巩固。而敌人以密集队形攻击左翼团,正暴露在他团的左侧面。他退下几步,把机关枪连连长叫来,指着左侧面八九百米远处,从容地说:"左前方敌人以密集队形冲击我二团,我们要抓住这个机会,对暴露的敌人来个突然侧射。"

不一会儿,沉寂的阵地上咆哮起来,虽然是大白天,也可以看到机关枪口火光一闪一闪地和"叭叭叭叭"的声音交错起来,震耳晃眼。不出朱彪和机枪连长所料,敌人阵地上立即乱成一团,乱蹿乱跳,有的向后跑,有的向左斜坡走。我阵地上大家一阵欢呼。正在增援右翼团的预备队,乘机反击,把敌人打退。这时敌人后续部队继续增援,而罗霄纵队除郭楚松的警备连只有六个班外,没有别的队伍了。太阳还有一竿子高,敌人以优势兵力攻击左翼团,又一场恶战。朱彪这时没有一点预备队了,就从第一营抽下一个连,到团指挥位置后面。

这个连是由教导员带来的,他见到朱彪,低声地说:“这个连的连长牺牲了,一排长丁友山为了不中断指挥,未及时报告营部,就自告奋勇代理连长,营长知道后,立即同意,请团长政委批准。”

朱彪和罗铁生立即同意,朱彪还说:“好!好!我早就看到他不错,所以从司令部警卫连把他挖了来。”

这时,朱彪发现左后方我们的伤病员纷纷向西撤退,他的阵地虽然还可以稳住,但左翼已完全暴露。恰巧郭楚松及时发出指令:全军向西撤退,要他派队掩护。朱彪立即从战壕站起,命令左侧的一营:“你们快撤!”

突然一颗子弹呼啸着击中他胸部,他向后一仰倒在地上,通信员喊两声团长,他没回答。李云俊过来帮助通信员用担架把团长抬到阵地后一里地的临时救护站。那里顾安华正和几个卫生员在一处刚能避流弹的土坎下,紧张地包扎伤兵,通信员走向前去以低沉的声音说:“朱团长带伤了,伤得很重。”

担架放下了,顾安华拿着镊子,看护端着弯盘靠了过来。顾安华看了看朱彪的脸色,又摸了摸他的脉搏,脉搏显得缓慢无力,从伤口的进出处判断,是伤了内脏。

“朱团长!朱团长!”

朱彪没有声音。顾安华又叫:“老朱! 老朱!”

仍然没有声音,只是眼睛轻轻地张开一下,又闭上了。顾安华和看护兵解开他的衣服,受伤部附近,被血液浸透了。他们把衬衣上的血污剪掉,用冷开水浸棉擦干净,迅速上药包扎,叫担架员立即抬走。警卫员问他往哪里抬,他向西方看了一下,从他多年的军事生活中,知道这一天是打了败仗而且是被迫撤退。他意识到朱彪的生命已难于挽救,他很难过,但没有眼泪,在流弹不时从头上飞过的时候,也不恐慌,只简单地说:“往西去,看大家走的方向走就是。”

朱彪被抬出火线后,罗铁生和团参谋长陈瑞云继续指挥,他们按朱彪受伤前的撤退部署,以第二营掩护。阵地是一片起伏地,团指挥所前面百米处,有个小土坡,对面和左右射界较好,是战斗中双方争夺要点,由第二营四连占领。一营营长命令丁友山连接替,这时左右的部队都撤退了,丁友山叫部队继续加强工事和伪装,他把全连的武器检查一下,叫大家把马尾手榴弹上上底火,木把手榴弹松开盖,他看到除了他原来当排长那个排外,其他排有些人缺刺刀,心里有点不快,但也没有办法,就坐下抽出马刀,用破布擦拭起来。

国民党军队从四五百米处用重机枪向小坡及左右扫射,红军躲在单人战壕里,伤亡不大。接着,白军步兵都上刺刀成密集队形冲来,一面射击,一面吼叫。

丁友山弯腰前进几步,观察敌情,他吩咐各排等敌人进到投手榴弹距离才射击。国民党军队一直冲到红军面前几十米处,丁友山突然站起来,大叫一声:“快放!”

红军阵地上所有的枪和手榴弹都响了,疯狗一样的敌人,通通倒下了。丁友山后退几步，他想，要有力掩护撤退，必须先打退前来进攻的敌人。他看到向小土坡前进的敌人，比较突出，人数不太多，如果自己接近他们，敌人后面的机关枪就不好打了，他决心对当前的敌人猛冲一下。

三个排马上按着丁友山指定的前进路线，以较密集的散兵队形前进，这时国民党军队先冲来的那群人，除了死的伤的以外，都趴在地下，他们看到红军冲来了，就向后跑，退回进攻出发地。

红军乘胜冲击敌人，白军阵地上枪声更加猛烈，许多人倒下或卧下，没有死的伤的，被敌人火网封锁，既不能前进，也不能后退。

丁友山这时候也伏在那里，他指示各排，采取交替前进法，一个班射击，一个班前进，前进的班到适当地点，就停止射击，另一班前进。不到好久，就到敌人投手榴弹位置附近，全连包括丁友山都把手榴弹取出来，又前进几步，向敌人投去。这时国民党军队，看到红军快到身边，也投出手榴弹，于是双方的头上，都涌现了无数的烟球，一刹那，烟球逐渐破碎，变成稀疏的轻烟，缭绕而上，构成一层层的云雾。烟球虽不断地消散，又不断地涌出来。丁友山看到部队的手榴弹不多了，他觉得再不能停在原地了。于是，向左右看了一下，大声地叫道："前进！"

丁友山首先站起来，左右的战友也站起来，都作预备用枪姿势，冲出烟幕。国民党军队，也站起来，作刺杀姿势，也前进几步；双方相距十来步的时候，谁都不前进了，这时候在这一块地区——战场的一角，没有枪声，也没有炸弹声。红白两军互相怒目地对峙着，两方都排列得像长城一样，都露出雪亮的刺刀。

"来呀！"国民党士兵喊。

红军方面也说："你来吧！"

“你有本事就来!”

“你有本事也来!”

双方怒骂着,谁也不肯向前。突然丁友山的驳壳枪响了,敌人倒下了几个。

“杀!”

声尾还没有落,刺刀已经向前了,杀声响成一片,惊天动地。

丁友山用马刀一连砍了两个敌人,可是,他们人少刺刀少,而且地形也略低,他和他的战友,劈开这里,那里又堵上了,他们有好些人倒下了,余下的人,被敌人压退了。丁友山还和三四个敌人拼着,脱不了身。他旁边一个战友,抡起大刀对着和他拼的敌人劈去,敌人倒了一个,伤了一个,其他的敌人吓得退了几步。这时丁友山听到这位老战友叫了一声:“连长,走!”便趁敌人不注意和敌人重机关枪正在向后转移不能射击那一会儿,迅速脱离敌人,退回到连的冲锋出发地。

冲锋出发地就在小土坡附近,丁友山到的时候,那里已经有三四个战士,等了一下,又来了八九个人,他集合部队,恢复建制,又清查人数,知道一排长受伤了,三排长牺牲了,他对指导员说:“七班长代理三排长,一班长代理一排长。”

指导员说:“好！等一会儿报告上级。”

丁友山指定了两个代理排长,立即命令散开,向着前进的敌人射击。他大声叫道:“没有命令谁也不要退!”

敌人排山倒海地冲上来了,他叫大家准备好手榴弹,等敌人拢到二三十米处,他突然大叫一声:“为排长复仇！为朱团长复仇!”

声音刚刚落下,一排子手榴弹抛出去了。

敌人被打退了,就改变进攻方式,从左右两侧包围上来,这时营部来的通信员说，二三连已撤退到西北面小山，营长要第一连撤退。丁友山乘敌人还没有形成包围圈，也退到小山上。营长走过来问他："连里还有多少战斗兵？"

"大概有六十个人。"他略一沉思，便答道。

"王连生很不错吧？就是参加宁都起义的那个。"营长又问。

"很忠诚，也有技术。我会用大刀，就是他教我的。刚才反击敌人他那把大刀就显了威风啊！"

丁友山压低声音，带沉重而惋惜的口气说："可惜又负伤了。只当了一个多钟头的排长啊！"

营长叹息一声，就率部撤退。丁友山连为后卫，他们边打边退。

黄昏，红军脱离了敌人的战场追击，整天震耳的枪声也听不到了。丁友山的队伍从容地走了二三里，刚到一村庄，看见营部通信员在等他们，从村中通过，又走了一两里，是个较大的村庄，他们团和罗霄纵队指挥机关大部分在这村里宿营，他的连住在村西头。

丁友山进村以后，看到路旁有间大厢屋，两扇大门大开着，里面有灯光，堂屋地铺上躺着六七个人，有的头上还有绷带，他意识到这是卫生部门，立即想到团长朱彪，很想知道他的伤势。他叫部队继续走，自己则去看朱彪。

丁友山找到朱彪时，朱彪已入殓，棺材已放到墓口的横木上，只等盖棺。二十位武装整齐的士兵，在棺材旁边立正着，罗铁生和几个干部战士，还在清理墓地。郭楚松举着马灯，瞻仰朱彪遗容。朱彪脸庞清瘦，浓眉深锁，头戴军帽，帽额是红色五星，身上穿着生前的军衣，平平躺着，像安详地睡觉。这个洞庭湖东的贫农子弟，参加过南昌起义、闽赣游击战争以及几次反"围剿"，这个临危不惧、气势昂扬的战士，现在却长眠在这地上了。郭楚松退到墓前，同黄晔春、罗铁生十几个站成一列，黄晔春轻声喊："敬礼！"

大家向着朱彪遗容行举手礼，礼毕，黄晔春以沉痛的口音说："朱彪同志，放心吧！我们会干到底！"

棺材两头各有个人，抬着棺盖放平，然后把棺材徐徐放入墓穴。丁友山如大梦初醒，喊着"团长，团长没有死啊！"扑了上去。几个战士死死抓住他，任凭他撕心裂肺地哭喊……

郭楚松和大部分人离开墓地。他平时虽然步履矫健，这时却走得很慢，他想起午时朱彪在火线亲自写给他的简单报告，已发现是敌人主力，如果处理得好，军队不会受这么大的损失，朱彪也不一定死。他心情沉重。回到驻地，他问了问情况，知道敌人离他们八九里地也停止了，似乎宿营了。他看到敌人同他们打了一天，伤亡也不小。便要黎苏通知部队拂晓前吃饭，准备出发，防敌人拂晓攻击。他安排妥当后，心神安定了一阵，但朱彪在墓地的遗容又浮在眼前。他解开右下袋扣子，掏了一下，朱彪的信还在里面，就在灯下一字一句地看，看着看着，郭楚松的眼睛湿了。他那字迹，虽然是火线上草草写就，但一笔一画都很清楚，且言简意赅，是标准的战斗文书。他知道他在家只读过两年书，参军后虽学了点文化，但对上级的通报、命令和报纸，看得似懂不懂，常常要文书解释。他在两年前当营长的时候，有一次和郭楚松等人喝酒，无意中说："我朱彪就是少了点文才！"

朱彪的口气，虽然是自谦，却有自负之意。因为只是缺文才而已。大家听了，不觉笑起来。团政委接上说："缺文才就补一点，我没有多少，可以教你一点点。"

郭楚松高兴地点头，朱彪虽然觉得不好意思，也同意了。过了两天,政委找了一套小学语文课本,要他一课一课读下去,还要他抄写生字。一二年级课本只个把月就在业余中读完了,三年级课本,他难读了,政委指定营部书记分课教他,到四年课文读完,还不到一年,就能看文件、报纸和写简单信了。他提高了学习的兴趣和信心,早先一直压在箱子底层的《战斗条令》《游击队怎样动作》和《社会进化史》等书籍都成了他的亲密伴侣了。近年来到白色区域,还找白区报纸看。有时,他还把有价值的材料送给郭楚松看看。大家开玩笑说,朱团长快成为吕蒙了。

郭楚松想到朱彪说"少了点文才"时的模样,好像他还在自己的眼前一样。

黄晔春来了,看到他在看信件,问道:"看什么信?"

他低声而深沉地回答:"朱彪的信。"

"就是今天上午火线上写的那封信吗?"

"是。"

黄晔春知道郭楚松的心情比自己还沉重,就以宽解的口气说:"睡吧! 明天还要走路,还要打仗呢!"

黄晔春有意不在他面前提起朱彪,就回政治部去了。

第二十一章

天一亮，红军又出发了。前卫通过了岔路，接着是直属部队，因为有伤病兵和小行李，行军时不如战斗部队的轻便和整齐。

忽然岔路前面响枪了，无数的弹丸从东边飞来，许多人都带着一点侥幸的希望，以为又是靖卫团保安队捣乱；可是，郭楚松、黄晔春、黎苏、冯进文，却十分警惕。他们知道响枪的方向有国民党的一个军部驻在那里，不可大意，等到机关枪响了，郭楚松就叫冯进文到警戒阵地去督战，掩护全军通过。同时又叫前卫赶快走——用不着顾虑后面；叫后续部队迅速跟进。

冯进文到了警戒阵地，立即传达了郭楚松给警戒部队的任务。警戒部队接连打退了敌人三次冲锋，但本来人数就少，又有很多伤亡，而敌人第四次的冲锋又来了，于是他从通信员手中接过一把白晃晃的马刀，打开战斗旗；挺起胸膛站在散兵线上。他伸直左手把红旗向上高举，右手挥着马刀，高声叫道："同志们！坚决打！党团员起模范作用……"

散兵线上立即像火山爆发一样地怒吼起来："打倒国民党！"

国民党军队疯狂地冲向红军阵地。红军在敌人进到手榴弹距离以内后，一排手榴弹打去，接着是反冲锋，于是敌人第四次冲锋又被打退了。

行军纵队在敌人弹丸的催促下很快通过了岔路。冯进文命令警戒部队退出战斗，当了后卫的后卫。国民党军队乘机追来，而直属队和前卫的左侧、前后都响枪了。这时候后卫不知前卫的情况，前面也不知后面的情况，只有一件是大家都清楚的，就是坚决和敌人拼命。

枪声愈响愈密，最激烈的是直属队一段，但他们能够担任战斗的，只有由六个班编成的警备连。警备连还没有占领好阵地，敌人已经到了大道，于是伤兵、病兵、担架、行李，乱七八糟的混作一团，离开大道，从右侧田垄中走，企图弯路过去。

前卫在发现敌人之前，并没有判明整个敌人的企图，只是机械地遵照郭楚松——不要顾虑后面，只赶快向前走——的指示，等到自己眼前出现了敌人，同时听到后卫的枪声越响越近，才醒悟是强大的敌人有计划展开成宽大正面来侧击，于是一面停止抵抗，一面向后面联络。

郭楚松在前卫没有发现枪声之前，就上了警备连的阵地。他见到掩护部队太少，命令后卫团的先头营占领警备连的左翼，其余的人随着伤病兵，向大道右侧的田垄中撤去。

冯进文从警戒阵地撤退后，听到前面响枪，忙飞快地向前走。他走到郭楚松那里，气喘喘地向他说："警戒部队撤退下来了，敌人追得很急哩！"

"这地方不要紧，等后面的人过了就撤退。"

冯进文再没有说话，同郭楚松站在反斜面上，有时上山顶观察敌情，有时回头去看田垄中正在退却的部队，有时左右游动去监视部队的战斗动作。他对于身前屡立战功并坚决抵抗敌人的警备连，虽然和郭楚松一样，有很高的信赖，但人数太少，总有点不大放心。可是，这时候他也和过去战争紧张的时候一样，很关心郭楚松的安危。他从郭楚松手上接过望远镜代替他观察;可是郭楚松又把望远镜抢了回去。他只好在郭楚松观察的时候,不时向他说:"我来吧?"但郭楚松并不给他,他也就不多嘴了。

战斗经过了一小时,部队快通过完了。郭楚松叫冯进文写通知给正在战斗的左翼部队,准备退却。

冯进文坐在反斜面上,纸垫在图囊上,专心写着。忽然"扎"的一声,接着身旁飞来一架望远镜,同时又听到短促而带着一点惊奇的"唔"的一声。冯进文向后一看,只见郭楚松空着两手斜向右后方,几乎倒下了。他大惊,仓皇地说:"怎么!怎么!"同时身子向前倾一下,一跃地站起来,两手带笔带纸去扶郭楚松,但郭楚松已经站稳了,右脚向后退一步,眼光扫在附近的地方找望远镜。冯进文没有去找望远镜,他那锐利的眼光在郭楚松身上看来看去,用安慰的口气说:"没有什么吧?!没有什么吧?!"随即向郭楚松走近了一步,看着郭楚松的左手,惊慌地说:"手出血了啊!"

话还没有落音,在他右后方二三步处捡起望远镜的司号长说:"呵!望远镜打破了。"

冯进文完全没有理会望远镜破与不破的问题,他在郭楚松举起血手来审视伤痕时,看见流血的地方——左手的中指和无名指的第二节——凹下去两分多深。他觉得伤势并不要紧,于是把望远镜接过来审视一下,子弹是从右眼镜中间穿过,进口大如指头,中间的轴和镜筒里面的三棱镜都破了。他抬起头来,看着望远镜微笑了一下,眼光便转到右前方的远处去了。过一会儿,后面的人过完了,冯进文觉得是撤退的时候了,想向郭楚松建议,但郭楚松已经吩咐另一个参谋,下达了撤退命令。

于是战斗队形逐渐变成行军队形,原来的后卫被指定为本队,原来的前卫则为后卫，那群没有武装没有秩序的勤杂人员和伤病员成了所谓“前卫”，哪里没有敌人就向哪里走，后面的部队，也盲目地跟着走。

冯进文一面走一面回忆这一带的地形，并用指北针定了定方向，忽然急促地叫道：“不对，不对！前面走错了，向正西去了。”

郭楚松也惊奇地说：“谁在前面领头？”

“谁知道！恐怕是勤杂人员伤病担架自由走的。”

“恐怕就是，那方面没有响枪哩！”

“那怎样办呢？”

郭楚松一时不知道怎么办才好，他向前遥望一下，随即深深地吸了一口气，好像帮助脑子思维似的。

“好，就跟着前面走。”他在说话中吐出大气，随即大步前进，并用血手从胸前平着眼睛向左侧划了一下，眼睛随手转动，“叫所有的部队都走这条路，以免前面的回头而迟延行动。”

“那不是更向西面去了。”

“不要紧，等一下可以转向南面。这样才可以保持整个军队集中行动，同时还可以迷惑敌人。”

“是！是！”冯进文肯定地说，“那么，我就到前面去，把路弄清楚。”

“好。向西走一程后，就注意找到转向南面去的道路，队伍最好找个适当地点集合一下，以保持建制。要派出前卫。”

冯进文飞快地去了。道路平铺在一条长长的田垄中，他从道路的侧面赶上去，快到田垄尽头，才赶上那批无武装无次序的所谓前卫，他们无次序地在那里乱叫乱跳，有的主张继续走，有的主张不走，谁也在做主，但谁也不能做主。主张走的说：“后面还在响枪呢？敌人一定会追来。”主张不走的说：“队伍都在后面，怕什么！等他们来再走。”

冯进文到了之后，他们不再争论了。他叫他们集合，等部队来，自己就去问路，这时战斗部队陆续来到，他们以营为单位，疏散在田垄中集合，所有的枪都退出子弹，靠在左肩，那群混合部队——这时已不混乱——见到部队来了，都自动归还建制。顷刻之间，所有的人，都找到了一定的位置，队列于是又整齐严肃起来。

冯进文把道路问清楚后，就同顾安华医生坐在路旁，等郭楚松来。

郭楚松到了，他们两人同时起来向他敬礼。郭楚松的目光立即射到冯进文身上，同时说：“找到向南去的路了吗？”

“找到了。”冯进文把身子向右一转，指着南山上说，“就是从那小路上山。”

“路好走吗？”

“听说还可以走。”

郭楚松看着黄晔春和杜崇惠，说：“已经逼到西面来了。现在虽然已经摆脱了战术上的危险，但战役上仍有危险，要脱离被动，就要向前面走。”

黎苏看了一下地图，有点怀疑地说：“我们离敌人很近，从这里向南，敌人可能发觉，就会取捷径回头截我们。”

这时大家面面相觑，一时拿不出主意。郭楚松又去看地图，问了一下路线后，说：“马上向南是危险的，最好是继续向西，但不要深入太远。敌人看到我们向西，就会跟踪追击，我们再向西走一天半天，然后突然向南，钻敌人的空子，渡过刘江。”

冯进文说：“刘江不易徒涉，沿岸有许多碉堡，没有多大把握。”

黎苏说："碉堡再多也不怕，只要没有正规军。问题是刘江好不好徒涉。"

"刘江冬天水干，"冯进文说，"徒涉场是有的，但一下子不易找到，而且徒涉场附近多半有碉堡。"

黄晔春说："那问题就不大。"

郭楚松说："今天只能从这两条路选一条，我看还是向西然后向南，马上向南危险太大，很可能碰上敌人的主力——我们现在一定要避开敌人的主力。继续向西再向南，敌人就会被甩在我们后面，至于碉堡，只要没有敌人的主力守就好办。"

郭楚松在人群中穿来穿去，手上的血痕早已被冷风吹干了。冯进文和顾安华紧随着。

冯进文看到郭楚松把要紧的事都处理了，就对顾安华使眼色，给他上药。

顾安华拿着绷带，不断地看郭楚松的脸色，好像要趁着他说话的间隙而有所请求似的；可是，他那严肃的神情使他到了口边的话，又收回来。他这样耐心地等了好久，看到郭楚松有处理不完的问题，便鼓起勇气向他请求说："司令，上药吧？"

"慢点！"郭楚松不耐烦地回答。

顾安华并不离开他，冯进文知道他的脾气，同时伤势很轻，就向顾安华小声说："你走吧。"

顾安华离开了，这时来路的枪声还在不缓不急地响着，而遥远的空中，又听到微小的飞机声，郭楚松怕部队拥挤，同时为了迅速转移，没有等后卫到齐就命令已经集合的部队出发了。他趁前卫逐渐开进的时候，在道旁不远约二尺高的田埂上一坐。草正露青，坐下很松软，这是他从清早起床后一天最安闲的一刻。

护士长拿起绷带到他面前，既不敬礼，也不征求他的意见，用指令的口气说："司令，上药！"

护士长还像苏区小青年的样子，根本不等他回答，叫另一个小护士端弯盘，从行军壶倒点开水，棉花一浸，左手抬起郭楚松的左手，镊子夹起药棉擦洗了。郭楚松把手指分开，服服帖帖叫护士包扎。

前面队伍在路上伸开了，郭楚松和司令部的人也上道了，山路还是崎岖曲折，国民党的飞机来来去去，他们对付的办法，还是老一套，到头上就隐蔽，飞过去就走。有时知道飞机炸弹打光了，飞机故意在头上盘旋威胁，他们就根本不隐蔽，继续走，有些老兵，还向飞机打几枪。

太阳快下山了，到了一个村庄，冯进文领着三个穿便衣的来找郭楚松，他们都带着手枪。

"这里是苏区，有个三县联合县委。"他指着第一个人，"他是县委代书记，不用介绍了吧。"对着那两个人，"张同志、陈同志是县常委。"

郭楚松一眼就被第一个人所吸引，一来她是第一个进门，二来面熟极了。她穿一身灰布棉衣，戴块青色家织布头巾，他猛然想起了："这不是刘玉樱吗？"

刘玉樱落落大方地在郭楚松对面坐下，并送给他一小篮带壳的花生。又解下头巾，头发仅盖住耳朵，刘海轻轻垂到眉睫，眼珠显得更为明亮。

在这一瞬间，郭楚松下意识地从敞开的店门看着村中的队伍和老百姓，黄晔春正在那里同老百姓谈话。

"郭司令，"刘玉樱的声音依然像从前那样清脆悦耳，"你们辛苦哇!”

郭楚松忙说:“你们在这山上打游击,也艰苦得很。”

黄晔春听说司令部来了几个本地干部,高兴得向司令部走去。一进门,他谦和地向几个客人扫一眼,看到刘玉樱,刘玉樱正注视他。他根本没有想到她会到这里来,这个有革命经验的人,一时茫然,停一会儿才说:“今天到你们这里,好像到了娘家,群众多好呵!”

“这里的群众确实好。”几个客人都说,刘玉樱对黄晔春半看半避地接上说,“已经通知两边山上的群众送米来。”

黄晔春兴奋地说:“刚才看到已经有人送米来了。这么快!”

“红军侦察员一到,我们知道有部队来,就想到队伍要吃饭的。”

“啊呀!你是又主动又热情。你们知道是我们的部队来吗?”

“我哪知道。问侦察员,他们还保密。不过听到他们的口音,我估计是你们的部队。”

刘玉樱还是以前的刘玉樱,只是她不再是老黄的妻子。他们现在谈话,全是公事公办。郭楚松很想知道仅二十多天她怎么一下就到这个苏区来了。刘玉樱把来的经过和任务,简单说了一下。她旁边同来的人补充说:“这个地区位于幕阜山西端南面,全是山岳地带,是个联合县,后来敌人不断进攻,根据地缩小了,我们书记又害了痨病,没有一年半载也难好,上级就调刘玉樱同志来了。”

郭楚松立即高兴地说:“玉樱同志,你提升了!”

刘玉樱脸有点红了,不大自然地说:“我我……本事不大。”

和她同来的另一个人抢着说:“有本事,有本事!她来我们这里才二十天,就办了几件好事。一件是加紧生产,除农活要精耕细作外,还组织会采药的人上山采药,国民党封锁我们,但药材在外地可以换些东西来。第二,对逃跑的地主,通过他们的亲戚朋友,叫他们回来,我们这里这几年人口少了,田土多,让他们耕种,愿开荒的,也由他们。他们和外地关系多,来往买卖方便,要盐也容易些,他们的子弟当靖卫团的,有些也不干了。第三,办好小学。要各村砍些树木把桌几板凳修理好,动员没有上学的孩子的家长送孩子读书,路远的带午饭,这样孩子上学的就多了。还有……”

刘玉樱说:“那是大家一起干的。”

“是。但还是你出主意多,跑得多,不知道累呵!”

室内人越来越多,他们有些人是认识刘玉樱的,甚至有因为她和黄晔春的婚事而起过哄的,都以好奇的心理来看这个独立领导一个独立区域的女书记。郭楚松不仅把他过去因他俩的婚事作过“多管闲事”的不平之鸣,消失得干干净净,而且引起对她的敬服。黄晔春早就看到刘玉樱是有作为的人,但他们的婚姻,究竟是封建社会的产物。他的思想在一九二二年衡阳师范大闹学潮时期就比较解放了,近年来在苏区强调婚姻自由的风气下,他接到刘玉樱解除旧式婚约关系的信件后,虽然感到不快,但一想到十九世纪后期俄国一位伟大的民主主义者的小说《怎么办》中,说到一个男子在接到他夫人提出要求解除婚约之后,经过考虑,只说了“尊重自由”四字。二十多天前,知道她另结婚时,他亦有同感。当有些年轻人起哄时,他心里还是想着应“尊重自由”。

郭楚松在黄晔春谈话的时候,吃开了花生。刘玉樱说:“花生还没有炒呀!”

黄晔春说:“花生生的也可以吃呀!”

刘玉樱笑了,是她进房以来第一次笑。她的笑声是直接回答黄晔春的,于是引得大家都笑了。

笑声刚停，言归正传。郭楚松问刘玉樱说，他们明早要行动，还有百多个伤病员，能不能留下？刘玉樱和同来的两人同声地说："可以。我们一定照管好。不过要留点药。"

郭楚松说："那当然。"又问刘玉樱，"你们要枪吗？"

刘玉樱说："有就要。"

"要多少？"

"随你们，三二十支就行了。"

"多些行吗？一百支？"郭楚松问。

"我看各部队所有的多余的枪，一概留给他们。"刚刚进门的政委杜崇惠立即插了一句。

"好！"郭楚松马上赞成。

"玉樱同志，我们枪有多，带起来也不方便，现在把多的统统留在你们这里，你们用多少算多少，如果用不完，就坚壁起来。不要落到敌人手上。"杜崇惠又嘱咐了几句。

"好！好！"刘玉樱精神振奋，很自信地说，"绝对不会落到敌人手上！"

许多人散去了，跟刘玉樱来的也说有事走了，黄晔春呆坐着，郭楚松朝杜崇惠使个眼色，对黄晔春说："你们单独谈谈嘛。"

……

山上农民三三五五挑起粮食，背起担架下山来了，红军看到他们，感激得要流出泪来，在这几天的恶战和长途行军中，几乎处处是黑暗，在这里，遇到了亲人的接应，能不激动吗？

第二十二章

无线电队到宿营地就赶快架电台和省委同红军总司令部联络。但只通了四十五分钟的报就停止了。

电台是三瓦特的,机器小,便于行动,大家都很重视,设队长和报务员各一人,四个挑夫,六个监护兵,何观是队长,还有一个指导员兼监护班班长。

何观放下耳机,到郭楚松那里,向他说:“没有电了。”

“刚才同哪里联络了?”

“同省委。”

“把电池取出来晒晒罢?”

“前几天已经晒过了,再晒也不行。”

“找参谋长,请他把手电筒的电池收些来。”

“收过一次了……”

没有电池,电台是块废铁。大家都非常着急。何观急中生智,说:“我去问问朱理容,看他有没有办法搞到电池。”

大家都说:“快去快去!”

朱理容挑了几天行军锅之后就复职了,还到一团一营当营长。一营驻地离电台不远,何观找到朱理容,把困难说了一遍,又说:“朱营长,大家都说看你的了!”

“没得问题。”朱理容答应得十分干脆,就像他答应请别人的客一样,“你回去吧,晚上给你。”

何观有点怀疑地看看他。

“走吧,我晚上给你。”朱理容好像有绝对把握。

这次,朱理容可不是吹牛,因为他知道洪再畴喜欢夜间走动,有时是查铺查哨,有时是到朋友那里去闲谈,他的电筒历来不缺电池,不过他不肯借给别人。关键时刻,他不会不拿出来吧。

朱理容正想去找洪再畴。洪再畴却先来了。洪再畴一见朱理容,说:“正要找你呢。”

“我也要找你。”

“去,到那边去说。”洪再畴指着不远处的一片不落叶的树林。

朱理容说:“什么保密的事? 还值得到那边去说?”

“走吧。”洪再畴拉他一把,“现在是春天,不冷不热,那边空气多好呀。”

“前面没有什么情况吧?”

“没有什么大的情况,只听说前面三十里地方有湖南保安旅的一个营。”

“是吗?”朱理容有点惊讶地说,“要注意。”

洪再畴往前面观察一阵,等了一下,说:“咱们走前几步去看看。”他一面说一面向前走了,朱理容跟在他身后。

洪再畴拖长声音说:“这两三天我们损失多大! 下级干部和战士莫说了,就是你们的朱团长也牺牲了,二团政治委员受了重伤,还有三团政治委员也牺牲了,死都没有关系,连尸首都没有拉下来啊!”

是啊,这几天的仗打得太激烈了。朱理容心想。

洪再畴又说:“后面是追敌,向西走是粤汉铁路,离长沙、洞庭湖不远了,北面是没盐吃的地方,南面是浏阳河,老朱,你说到哪里去?”

“不大要紧吧?”朱理容似乎感到他思想有问题,有点惊讶地问道。

“是不大要紧。”洪再畴用严肃而带讥讽的口气回答说。

“上级有办法的。我看,我们从前还不是碰到过好多次危险,最后都克服了,我们在秦山在九宫山都是这样嘛!”朱理容又补充了一句。

“办法!”洪再畴的口气沉重而带感叹。

朱理容感到问题严重了。只听洪再畴又说:“老朱,这里没有别人,我看咱们不妨……”

洪再畴不往下说,而是看朱理容怎样表态。他认为朱理容会听他的,跟他一块走。

朱理容这时才有所警觉,莫非洪再畴想拉自己“开小差”?他试探着问:“那么怎么好呢?”

他没有做声,等了一下,说:“这一带的地形我熟悉,朝哪里走都不是路。你是知道我的心的,难道我愿意离开革命吗?我在革命队伍里吃空饭也有五六年,什么事都见过,什么苦也吃过,但是现在有什么办法呢?……”

“洪营长,你这么说……你说现在没有办法,那么,你的办法怎样,难道要脱离革命?”

“不。”洪再畴一口否认,“我只是说现在没有办法,怎么愿意脱离革命?”

朱理容从他的言论和行动,逐步认识到事情极端严重了,为了挽救他,坚定地说:“总会有办法。如果脱离革命,等于出卖自己的光荣历史。”他一面说一面鼓起眼睛去窥察他的脸色，为了防止意外，他还轻轻地把枪取出来。

“啊！哪能这么说！本来我是不愿离队的，但现在根本没有出路，我们留在这里也不过多死两个人罢了！你仔细想想，难道多死几个人就是革命吗？难道回去就不能革命吗？”洪再畴相信朱理容即便不同意，也不至拉住他，就装着诚恳而又直率的态度说，“老朱，我们也是几年的朋友了，有两支驳壳枪，走到哪里都可以革命，都有饭吃。我们另找条路吧！”

“老洪，你说……”朱理容问道，“革命，几千人一起干好，还是两个人干好?!”

“当然人多好，不过，现在人多没饭吃，目标又大。我们有两支枪，还怕找不到买路钱。”

“买路钱!”朱理容恍然大悟。

“洪再畴要逃跑。”朱理容心跳骤然加快。心里说:真算我看错了人。洪再畴啊洪再畴，儿不嫌娘丑，狗不嫌家贫。在这支队伍困难的时候，你要逃跑，你还不如一条忠实的狗。

朱理容气得一时不知说什么好。片刻，他才说:“真的没一点出路了吗?”

“不知你还留恋什么？上次你不就犯了那么点错吗，他们就给你停职，罚你挑行军锅，还叫拿二三十年锄头的朱老大来指挥你这个背驳壳枪的。”洪再畴装出很气愤的口气，“也太看不起人了!”

“不要扯那些，我看你还是别走。”

“你这人不识好歹。”

“你才不识好歹呢!”

……

他俩争吵起来。吵嚷声惊动了住在村边的部队。丁友山、何云生等五六个人跑了过来。

“干什么！干什么?”

“他……他……”朱理容一着急,说话都结巴了。

“快抓住他,他要叛变投敌!”洪再畴来个恶人先告状。

“他才要投敌呢!”

“你叛变!”

“你投敌!”

洪再畴说着举起手枪,丁友山吼一声:“住手!”

说时迟,那时快,枪声响了,子弹擦着朱理容的头皮飞过。

朱理容急了,也举起了手枪。何云生夺过朱理容的手枪,丁友山和刚刚闻讯赶来的二团的几个人,也下了洪再畴的枪。

他们这时还不了解洪再畴和朱理容冲突的内容,只听到一个说你叛变,一个说你投敌。在场的人感到问题严重。大家一起动手,七手八脚地把他俩捆起来,押着他们到司令部去。

朱理容边走边叫骂:“你这个东西一贯落后。”

“落后?”洪再畴说,“你以前当过白军,流氓意识很重,爱发洋财,违反苏维埃法令,破坏红军政治影响。司令指着谁的鼻子骂过?停过谁的职?罚过谁挑行军锅?”

“我以前是当过白军,那时我才十六岁,在白区被国民党招募欺骗去的,当了一年多,认识了国民党反动,就跑回家,又报名当红军,自愿来的嘛!”

他们一行人吵吵嚷嚷来到司令部,找到郭楚松。洪再畴大叫:“郭司令,朱理容要逃跑!”

朱理容也不示弱,说:“是他要逃跑,叫我抓住了。”

郭楚松拎起一盏马灯走到他俩眼前，照照这个，看看那个。然后突然命令丁友山："把他俩的衣服脱下来。"

丁友山一时不知是怎么回事，忙和战士们给他俩松绑，同时脱掉他们的棉衣。

"抖一抖。"郭楚松又命令。

一抖不要紧，洪再畴的棉衣里传出叮当响声。

郭楚松问他："洪再畴，你的衣服里有什么？"

洪再畴扑通一声跪下来，说："司令，我不是想叛变，是想回家看看母亲。"

"啊？"郭楚松气愤地说，"照你说来，你倒是个孝子了，你不想叛变，为什么要带枪走？为什么想拉朱理容同你一起走？"

洪再畴理屈词穷，哭丧着脸说："司令，饶了我吧，饶了我这一次。"

郭楚松接过棉衣，嘶啦一声扯开，里面掉出几块银元和一个金条："说，还带了什么逃跑？"

"没有了，郭司令，饶命啊！饶命！"

郭楚松再不理他，他向丁友山和在场的人说："把他带走，严格看管，听候处理。"

朱理容这才把他找洪再畴要电池的事讲出来。郭楚松立即说："你马上去搜查。"

他们很快从洪再畴的行李包袱中找到了几节新电池，朱理容立即送到何观手中，电台又开始工作了。

何观拿出过去用来镶电池的小木盒，又拿出随身用的电台修理工具，把几节小电池连接，电力集中，以代替过去要到白区秘密购买或在战场才能缴获的 AB 大筒电池，忽然听到门外面响了两枪,他知道是处决企图叛变的洪再畴,愤激地说:“该死!该死!”

夜深,除卫兵外,都在睡觉,报务员闭着眼睛用右手不断地打键,机上不断发出嗒嗒嗒的声音,这声音和熟睡的人发出的呼噜声交织着。

一连打了好久,还没有得到对方的回答,只好忍着疲劳继续呼叫。

“嗒嗒嗒嗒嗒……”

“呼呼呼呼呼……”

又半点钟,报务员紧张起来,停止打键,只剩下呼呼呼的声音了。他把电报发出后,又收对方的急报。可是天电太大,总是收不下。他没有办法,只得向着何观喊:“台长,台长,台长。”

何观突然坐起,急促地说:“什么?什么?”

报务员又叫了他两声。何观揉了几下眼睛,才从容地问:“怎么样了?”

“天电大,收不下来——有急报。”

何观打了几个呵欠,站起来,走到机器旁边,说:“我来。”

他接过耳机挂上,耳鼓里有不断的“济济济”的声音震荡。他一面听,一面在收报纸上用阿拉伯字四字一组地记下来。

记不上几个字,他的右手指头又在不断地打键,发出嗒嗒嗒的声音,打不到几下,又涂掉些字码,在旁边补上新字码,再按次序写下来。

这样翻来覆去,费了比平常多好多倍的精力,才结束同红军总司令部的通报。他放下耳机,立即将电报送到司令部。

电报很快被译出,上级同意他们的行动方案,命令他们保存有生力量,返回苏区。

第二十三章

炊事员快要做好的早饭，被敌人一个突然袭击，吃不成了，这意外的事，对于走了一天一夜的人，是多严重的问题啊！队伍沿着石板铺的路往上走。横列在面前宛如驼背的山峰，东西绵延，又高又陡。从山腹到山顶，是一片密密麻麻的竹林。大路倾斜向上延伸，到两峰相接的凹地，就隐没在竹林里。微弱的太阳，也像疲倦了一样，没有光辉。大块的浮云，沉重地压在山顶，就像压在人们的头上。蜗牛一样往上爬的人们，走不到几步，又停下坐在石阶上，面向来路休息。山下汨罗江长长的流带，从东边起伏着的山边的阴影底下出来，消失于西边夹在两岸的山峡的曲折处。那里，银色的飞机正成群结队从东边飞来，流连于汨罗江两岸的上空；那里，野蛮的国民党军队正跟着红军的脚迹，从北岸渡过南岸，用火力向南搜索。看着这，上了山的红军，虽然非常疲倦，但只得奋力前进。

这样走一程，又休息一程，到了中午，前卫上了大道的最高点徐家垄。左边高不可测，无边无际的茂林修竹，右边是深邃的险壑。从溪豁通视过去，又是绵延的高山峻岭，山腹像许多蚌壳，不规则地排列在倾斜面上，比较平坦的地方有小块竹林，竹林外面，有许多荒芜的梯田；竹林里面，隐约可以看到茅屋，但没有人影，也没有鸡犬的鸣叫声。回过头看，又是一片青色的竹林、枯萎的荒草。路旁,星星点点散落着被火毁了的破垣断壁。这时人们忘记了一切,不管地下怎样潮湿,虫蚁多少,都就地一躺。四面没有一点声响。马垂着耳朵,有的横卧地下,有的啃着枯草,又抬起头来轻轻嚼几下,随即半闭眼睛,闭着口,口中露出几根枯草……

郭楚松、杜崇惠、黄晔春、黎苏都在想办法找饭吃。向导告诉他们要粮食就得走路,或者后退三十里,退到敌碉堡能打到冷枪的地方;或者前进四十里,进到南山山脚下的小村庄中。可是,后退是谁也不愿意的,因为不仅是违反南进的方针,而且要受到追击的危险,同时空着肚子已经走了十几个钟头的人,谁也没有气力再走三十里了。前进是最好的,但既然没有气力走三十里,当然更不能走四十里了。他们望着莽莽山林,一筹莫展。战士们渐渐醒来了,有的抬着洋铁桶,有的拿着洋瓷面盆,也有用洋瓷茶杯或其他东西下到深壑中去汲取清泉,回来以后,掘开地下或架起石块,做临时灶,又采拾些干柴野草作燃料。于是道旁的烟火便一股股地升了起来,战士们不断地添火,不断地添水,水开了,他们一碗又一碗地喝,这样虽然能解渴,但肚子越喝越慌。

忽然有个电话员指着一匹不大瘦的青马,那是那群瘦马中最肥的,笑着说:“这匹马倒有几斤肉……”

“还有几个轻彩号跟着这匹马呢!”有人说。

电话员的话似乎提醒了饿坏的人们,他们叽叽喳喳,打起马的主意来。“把那匹驮东西的杀掉吧。”“太瘦了,没有几斤肉。”“对,杀了! 杀了它!”

人越来越多,后到的人喊:“怎么还不动手?”

大家都喊杀,但谁也没有动手。

正在吵闹的时候,人墙外面响起了一个粗大的嗓门:“站开点!”

他们虽然没有看叫喊的人,但都听出是朱老大的声音。

“谁说要杀马? 这匹马驮着司令部的东西,把它杀了,你来驮?”

人们看着红了眼睛的朱老大,反问他:“你这火头军给我们弄饭吃啊!”

“没饭吃也不能杀马!”朱老大说着,爱怜地拍拍马头。马抬起头拱拱他的手。

“别吵了,杀吧。”人们听到了沉闷的声音,转头看,是郭楚松牵着他的马过来了。

朱老大说:“杀你的马更不行。”

郭楚松眼看着远方,他懂得“军无辎重则亡,无粮食则亡,无委积则亡”的道理,要保存有生力量,只有这样办了。历史上能征惯战的军人,谁不爱马? 但到了“无粮食则亡”的时候,就下决心杀马。他回头看看大家,坚定地说:“现在只能这样了。快杀吧!”

“我不杀。”

郭楚松把缰绳递给朱老大,说:“执行命令。”说完转身走了,并要黎苏派人到各团去传达杀马的指示。

朱老大看着马,马看着朱老大,人们都不再说话。沉默了片刻,朱老大抚摸着马的脖子,说:“我,我,你们谁有本事谁干吧。”说完,含泪走开了。

几十分钟后,不晓得多少把刀把马分成几千块,管理员按着人数的多少,分配马肉,于是在大伙食单位中又分成好多小伙食单位。各单位的人都围着锅灶,打水的,烧火的,采樵的,挖冬笋的,没有一个人袖手旁观。

火焰从来没有那样多。千百条心想的是马肉,千百只眼睛盯着的也是马肉。他们从来没有杀过马吃,更没有整个队伍在同一时间、同一地点,菜是马肉,饭也是马肉,而且还是无油无盐的马肉。可是,谁也没有怨言,也不失望,千百人这时只有一条心、一个动作,就是煮马肉。

火焰虽然那样多,火力虽然那样猛,由于肚子在闹,总觉得慢了。在马肉还没有切完的时候,水早烧开了,马肉下锅的时候,各人都拿起了碗筷,伸长脖子等了好久了。

肉汤沸了不久,千万只眼睛都集中在锅里,喜洋洋地说:“差不多了!”

但谁也没有动手,几分钟后,都忍耐不住了,于是有人提议:“行了,拿下来。”

“对!”没有半点不同意见。

于是,许多人都端碗围在锅台边,由掌勺的按次序分马肉。他们或坐或立,没有一个说话,只有筷子拨碗和咀嚼的声音。

吃完饭,郭楚松用望远镜向来路看了一下,敌人还没有追来,但村庄和树林里面,有很大的烟火,看不清什么,只知道敌人还在那里。这时他和大家一样,也很高兴,而且还有点得意,觉得五六天以来,强大的敌人总是想把他们向北面赶,把他们赶到战略上非常不利的鄂南地区。但敌人的算盘落空了,敌人原来是在南面,自己在北面,经过五六天来的艰苦奋斗,敌我两方变了个方向,敌人不能不跟自己跑,自己却向预定的战略方向前进。他虽然不是看轻敌人,但也觉得红军的英勇善战,真值得在敌人面前骄傲。红白两军不仅在实战上有高下之分,就是战略思想上也有高下之分啊!他再向北面看,汨罗江的大流带横在眼前,于是联想到屈原,这时他周围的气氛正和《楚辞》上有一段相照应，他不觉地哼起来：

后皇嘉树，橘徕服兮。

受命不迁，生南国兮。

深固难徙，更壹志兮。

绿叶素荣，纷其可喜兮。

他周围有好些人虽然不知道他念的什么，但知道他是很得意的。只有黄晔春说：

“老郭，你念的是《楚辞》吧？”

“是啊！”

“《楚辞》好啊，屈原是个有骨气的诗人啊！”黄晔春也改变腔调哼起来，“受命不迁，生南国兮。深固难徙，更壹志兮。”

他们把屈原投汨罗江和龙舟竞渡的故事给大家说了说。一谈到龙舟竞渡，插口的就多了，顿时热闹起来。正热闹着，冯进文来了。何观说：“你们知道吗，冯参谋本来不姓冯，是姓马的。”

“老冯，是真的吗？”

冯进文点点头。

何观看着他，狡猾地笑道：

“老冯，我们这样做不算坏罢？”

“当然。”

“我看实在太残酷了。”

他警觉朋友的话有点酸味，反问一句：“你说的什么？”

“哎呀！”何观故意惊叹一声，“你还装傻！我就同你解释一下吧。我说残酷，难道不是事实？一个军队到了吃到你的伙计头上来，就不能不承认战争残酷得很了。张巡守睢阳，拿破仑从俄国退走的后半期，不是都吃过你的同伴吗？”

“够了，够了！我不要你解释了。”冯进文这时窘迫得很，想从舌战中退却。大家看到这个从来讲笑话都是占上风的人受了挫折，都有点得意地笑起来。冯进文自己也只好跟着笑。

笑罢，冯进文突然张大眼睛，抬起头，傲然地说：“你怎么拿我们同拿破仑来比？拿破仑进攻俄国是侵略，俄国军民奋起反抗，他才走了死路。现在我们虽然杀马吃，但一定会克服一切困难，一定胜利。看吧！这个山上，有许多冬笋；翻过山去，又有白米了。”

“哎呀！”许多人都说，“那太好了。”

“好，”冯进文趁这机会，转变形势说，“那么，出题另做吧？”

“好，”大家都说，“你出个罢。”

“我出……”老冯把尾音拖得很长，皱了一下眉头后说，“提议小陈唱个禾水上游的山歌好不好？”

“好！”大家同声叫起来。

这时陈廉附近的人，把他推到中央位置，他大声笑着说：“我不会唱，不会唱。”说完又跑回原位置。

“不行，不行。”大家把他向前推，“难道你当宣传队长还不会唱歌吗？”

“我又不是歌咏队长。”

“宣传队长当然是歌咏队长。”

“职责上没有这样规定。”

“职责上也没有规定你不唱歌……你平时到宿营地手不离笔，今天到这荒山上，不用你动手，只请你动动嘴。”

“我一个人不唱。”

“那好办，增加一个。唱个‘小放牛’。”

“‘小放牛’我不会。只会唱‘大放马’。”

“好好！一个调，就唱‘大放马’。”

于是从人群中推出一个来，两人相隔六七步，对唱起来。

> 共产党宣言是谁起草？
> 做农民运动是谁最早？

对唱的人：

> 共产党宣言，马克思起草，
> 做农运澎湃毛泽东最早……

歌声彼伏此起，许多人都跟着哼唱起来。这个歌曲在苏区很流行，据说是一位在省委工作的青年知识分子给一个姑娘的求爱信中写的歌词，姑娘不仅把歌词公开了，而且还用熟悉的“小放牛”曲调唱。那时，年轻的情人来相会，也要对对这些歌。所以，部队的战士们也差不多都能哼几句，就是记不住词的，现编几句也来得及。

歌声停了。人们三三两两地钻进竹林，拣些干草枯叶垫在地下，又把毯子铺上，大部分的人便在上面擦拭开了武器，一些机关枪射手在上面修理机枪的小毛病。有的则在补衣服，有的则取出麻绳，坐在地床上，伸直两腿——他们抓紧时间在打草鞋呢！

黄昏时分，只余下打草鞋的了，擦好武器的人，有些也在打草鞋，这样打草鞋的人更多了。黄昏后，弦月虽然上来，但天色仍然很黑。为了明天脚板有武器，大家都勉为其难地工作着，睁大眼睛吃力地去看草鞋边沿，看看整不整齐，看不清楚又细心用手去摸，直到一双草鞋打好了，才安心去睡。

第二十四章

第二天,罗霄纵队又继续向南转移。冯进文还是同尖兵班一起走。不过,今晚同他在一起的不是司令郭楚松,而是政委杜崇惠。

熟悉首长秉性的冯进文知道,郭楚松司令员在紧急情况下,常同尖兵班走在一起。他不知道兵书上写过这种做法没有,但这一招很管用,郭楚松常在敌情复杂、军事上顷刻千变万化的情况下,能迅速决定行动,调动部队,从而化险为夷,转危为安。杜崇惠政委则不同,他一般都是在指挥机关,几乎没有跟尖兵走过。今天真是大姑娘坐轿头一回。但今天的例外倒使冯进文非常感动。

当时,郭楚松带着尖兵班正准备出发,杜崇惠赶上来了。

"老郭,今天我走前面,你在后。"一见面,杜崇惠就以不容辩驳的口气向郭楚松提出了自己的要求。

郭楚松一愣,怎么回事?冯进文也觉得意外,政委为何要到前面来?稍停,便听到杜崇惠解释说:"你这几天太紧张了,没睡觉,再这样下去会垮的。我来换换你。这一带我较熟悉,你就放心吧。"说完,转身招呼冯参谋就要走。

郭楚松还想说什么,杜崇惠语重心长地说:"就这样吧。我们走了,再见。"

郭楚松连忙叮嘱冯进文:"主要任务,你都知道。但今天要特别注意两条，一条是设路标，天黑，容易迷路，搞不好会失去联络；第二是注意政委安全。快走。”当冯进文跑步跟上政委时，尖兵班已出发了。走在冯进文前面的是两名侦察兵、一位向导，后面是杜政委和设路标的侦察员、警卫员。

杜崇惠今天没有穿军装，披在肩上的是件驼绒里布面大衣，里面穿的是什么，看不见。可能还是那件西装，足下蹬的是皮鞋。这西装革履他一般是不大穿的，只有同驼绒大衣配起来才偶尔穿一下。头上当然还是那顶灰色军帽。这种打扮在他身上倒很合适。杜崇惠政委这些天明显消瘦，胡子拉碴，面色灰白，尤其是那一对小而不亮的眼睛布满了血丝，就像一潭死水中又长满水锈。向外翻的厚嘴唇上起了不少血泡和溃疡点。冯进文心想，真够难为他的，就这样还坚持跟前卫尖兵行动。

一路上，冯进文跑前跑后，了解情况，观察地势。一到岔路，就叫尖兵注意设置路标，有时还查看一下，看到路标设置不明显时，就补上一张白纸片，并用石块或土块压住，以防被风刮走。有时碰到重要的岔道、十字路口，就留下标兵，尽力避免失去联络的可能。杜崇惠倒也落得清闲，他同向导走在一起，谈论着这一带的地形、路况、敌情，走得很快，不一会儿，就同大部队拉开了一大段距离。

夜深了。先前还挂在西山树梢上的月牙儿已经躲进山里去了。一阵凉风过后，天地间充满了雾气。路本来就不平，在黑幕之下就更显得高低不一。大家跌跌撞撞，走走停停，直到黑幽幽的夜把道路完全吞没，向导也认不清前面的路了，杜崇惠才命令尖兵班停下，原地休息。他要冯进文赶快回司令部，叫大部队休息，待天明以后再作打算。

冯进文没有立即回司令部，他在四下张望。因为他看到不远处有灯光闪烁。

杜崇惠也看到了。但他不许冯进文独自前往,而坚持和他一起向灯光闪烁处走去。

这是一个小村庄,大约有四五户人家。冯进文摸到一家窗前,从窗子缝里向内看,屋内有一个穿布棉衣的男子,坐在床沿上,面朝窗子,在“叭答、叭答”抽烟。

冯进文用本地话叫道:“老哥,开门。”

里面的人一惊,一口把灯吹灭了,立刻就是一片漆黑。冯进文瞪着眼睛看窗内,什么也看不见。

“老哥,你开开门,我们是问路的。”冯进文很和气地又低声喊了几句。

里面依然没有声响。

冯进文有点火了,举手就要打门,杜崇惠一把拉住,低声喝道:“不能发火,这是游击区。”随后,他对着窗子悄声说,“老哥,打扰你了,我们是红军,从这里过路,现在迷路了,请你指点一下。你要是不开门,我们就只好在你们这里住下了。”

房子内咔嚓一声,灯又亮了,那个汉子站起来,把烟袋往床边的桌子上一放,拿起灯和蔼地回答:“我来开门。”

“好,麻烦你老哥了。”杜崇惠也很和气地回答。

门开了,冯进文跟着杜崇惠进去。房主人在灯光下仔细打量着冯进文和杜崇惠,看着他们的红星,红领章,灰布军装和绑腿,高兴地说:“我不知道同志们来了,还以为是白狗子呢。快请坐。”

杜崇惠讲明来意,并为深夜来打扰他而表示歉意。

房主人连忙说:“没关系,这是我们应该做的。你们是好人,好队伍。三年前我们这儿也有红军,我虽然没有加入红军,但加入了农会，后来国民党军队把我们包围了，天天搜山、清乡。红军撤走了，游击队打散了，我们东躲西藏，我是前不久才回来的。”

“呵，你还是个老革命，今天我们要麻烦你。”

杜崇惠与冯进文在桌子两边坐下，询问了一下这一带敌情和路况。

“这儿离浏阳河有多远？”

“二十里。”

“有桥吗？”

“有。”

“桥边有碉堡吗？”

“有，这一带的路口、桥头都修有碉堡。”

“碉堡之间相隔几里？”

“两三里。”

冯进文眼睛闪了一下，怀疑地说：“有这么多碉堡？”

“是这样的。”房主人说，南面二十里河边本来没有桥，也没有碉堡，两个月前，当地人为了行走方便，架了一座便桥，桥刚架好，保安团就来修碉堡。抓了好多老百姓，正在日夜加班干，恐怕现在都修得差不多了。

“白军多吗？”冯进文又插了一句。

“多。听说都住满了，都是湖南兵。”

情况变得复杂起来了。杜崇惠和冯进文出了门，两人商量起来。

杜崇惠说：“今晚我们不急于渡河，先宿营，天亮再说。”冯进文迟疑了一下，试探说：“情况没有那么严重吧，还是按原计划行动吧。政委？”

“不行。”杜崇惠心事沉重地回答，“小伙子，刚才老表讲的还只是这个小地区的情况。现在我们军队还没有回到老区，即便回去，据我所知，在南面有广东军队，在西面有湖南广西军队；东面是赣江。我们方圆几百里的苏区，眼下正处在蒋介石五十万大军的所谓五次‘围剿’的包围下，我们即使回到老苏区，也在他拉的大网兜内。”杜崇惠停了停，又说，“索性都告诉你吧，蒋介石在帝国主义帮助下，对全国苏区和红军的进攻，有个总部署，除了对中央苏区专用的五十万兵力之外，对于其他苏区也增加了兵力。他们的意图就是要把红军消灭在苏区内。在白区，就是追堵截击。冯参谋，打大仗打苦仗的日子还刚刚开始，要有思想准备啊。”

冯进文被杜崇惠说得有点丈二金刚摸不着头脑，他搓了搓手，着急地说：“那我们现在怎么办?”

杜崇惠略一沉思，说：“大的战略方案，要从长考虑。现在，你快点回司令部，把这里的情况告诉郭司令，我的意见是就地宿营，待天明之后再视情况而定。汇报之后，你就在那儿休息，明早再来。”

“那你呢?”冯进文不放心，问了一句。郭楚松要他注意政委的安全，他不敢擅离岗位。

“我不要紧，我们大家在此地宿营，这里的群众好，不会有什么问题。我们有两支手枪，怕什么！你快走。”杜崇惠说。

冯进文还想说点什么，没有张口，杜崇惠不耐烦地说：“你是军人，怎么这么多的顾虑？走罢。”

“是!”冯进文转身就消失在夜色之中。

杜崇惠打着手电，在老表引导下，来到小村后面一个紧靠土墙的柴棚。柴棚里堆了好多柴，尚有六七尺空地，杜崇惠拿手电左右照射，得意地说："好地方，就在这里休息。"

他要丁长生靠墙睡，他睡外边，两个地铺中间，放挎包水壶和皮包。丁长生盖床军毯，杜崇惠和衣而睡。

丁长生很快睡着了。杜崇惠思绪万千：刚才同冯进文谈到蒋介石的五次"围剿"和苦战才开始的问题，实为由衷之言，而且他内心还有极深的隐衷没有说出。蒋介石勾结帝国主义采用新的政策和军事战略，向红军作第五次进攻，红军和苏区动员全部力量同敌人战斗，能不能打破"围剿"呢？一个五次反"围剿"反了一年还看不出结果，即使有结果，敌人再来十次八次又会怎样？像现在这样下去，精力耗尽了，人也会老的……在九宫山地区，知道"福建事变"失败、中央红军北上似无多少影响后，他认为他的想法更有根据了。从九宫山回师后，敌人正规军的追击堵截，飞机和地主武装的骚扰，更为严重，连打两个大败仗。他更怀疑能不能打回老苏区，即便打回去，也不知道要损失多少。自己是政治委员，上级和群众能谅解吗？他身体也不算好，不能长久拖下去。他在朱彪和三团政委牺牲之后就萌离队之念，但他觉得自己投身于革命好几年了，恨蒋介石，恨敌人，同工农兵有感情，是去是留，犹豫不决。随着战争环境的变化，情绪也时起时伏。他想起村里老百姓说浏阳河一带住满了白军，对他神经是个直接刺激，就由浏阳河想到一个苏区、两个苏区，想到整个形势，想到上级对他可能采取的态度，他觉得非下决心不可了，非离队不可了。又想到离队后的前途，认为自己有专业知识，有跑码头的经验，做生意，当教员职员，不怕没有路子。白区环境，他都可以应付。如果有条件，还要从不同角度做些革命事情。但离开也不能得罪队伍中的朋友。他轻轻坐起，从皮包中取纸,又看一下正面墙下打鼾的丁长生,他把皮包放在两腿上,拧亮手电写个纸条。

杜崇惠顺手把丁长生的挎包拿来,解开纽扣,把两份文件和纸条塞入他的挎包内,又把手枪连背带拿到手上,在星光下抚摸着,这个伴他三四年的武器,他多么珍惜呀!现在不能不分手了,他也塞入丁长生的挎包,扣紧扣子,放到原处。他轻轻起来,带着皮包,在星光下看了丁长生一眼,他还在酣睡,杜崇惠小声叹气,出了柴棚,又回头看他一眼,然后出村向东去了。

杜崇惠在柴棚辗转反侧的时候,冯进文正向郭楚松汇报。郭楚松觉得这块小谷地,有稀疏的树林,北面是山,便于警戒,也是罗霄纵队向南必经之路。在这里宿营,就军事上说,是合要求的。同时为尊重杜崇惠的意见,就在这里半宿半露。只有炊事人员和卫生队与伤病人员,进附近几个小村休息。

天刚麻亮,就有人跺脚、跑步,那不是操练,而是运动取暖。他们三三两两到林旁的小溪边洗脸。有些露营的炊事员们则急忙打灶,烧水煮饭。

树林中,小溪边,村舍外,升起了一缕缕炊烟,雾朦胧,烟袅袅,一幅恬静的晨炊图。忽然,从西北方向传来了枪声,紧接着东北角又响枪了,枪声打破了宁静。炊事员们跟枪声争时间,理也不理,照旧做饭。枪声激烈起来,顺着枪声看去,红军的东北角和西北角各有一座碉堡,在天未大亮的时刻,火光映照出一个个矗立的怪影。司令员郭楚松放下望远镜,不由得抽了一口凉气。

紧接着,冲锋号响了,碉堡里冲出了一群持枪者,吆喝着,向树林这边冲过来。

“这是保安团。”不知谁喊了一句,整个部队顿时显得轻松了许多。靠近碉堡的部队上好刺刀，马上向敌人反冲，吓得那些保安团立即缩回碉堡内。但他们还不住地打枪，火力都集中在烟火附近。郭楚松和黎苏都觉得此地不宜久留，便决定饭后立刻前进。

参谋冯进文带着杜崇惠的警卫员跑过来了，他俩神情紧张，气喘吁吁。

"报告司令，政委不见了。"

"什么？"郭楚松简直不相信自己的耳朵，"怎么搞的，我不是告诉你要保证政委安全吗？"

"是这样的，"杜崇惠的警卫员解释说，"昨天晚上，政委叫冯参谋回来报告情况后，我们就在老百姓的柴棚下露营，我和政委睡在一起，可是早上起来一看，政委不见了。我到处找，没见到人影，就赶快回来，觉得挎包比平常重些，伸手一摸，是他的手枪和子弹。"小警卫员边讲，边抹眼泪，语调中还带着哭腔。

"我看政委八成是跑了。"冯进文摸了一下脑袋，说。

"昨天晚上，他跟向导一起谈话时，总是问向西走的路况，而少问向南走的情况。从老百姓家出来后，他又把我支开，叫我回司令部报告情况，他自己却留在那儿。还有，这几天，我就看到政委总是愁眉苦脸，没有一点精神。而昨天，他却来精神，破天荒地要跟前卫尖兵行动，走之前，把西装穿上了，我看他就没安好心。"冯进文一连串说出了他的想法。

"是的，他在信中告诉我，他走了。"警卫员丁长生忽然记起了还有一封信和两封文件，赶快掏出来交给郭楚松。

郭楚松急忙打开，只见那张白纸上，寥寥几个字：

长生战友：

我就离开你们了，你知道我的身体并不好，要我这样长期

紧张下去是不行的。手枪和两份文件留下,请您转交给黄晔春主任。至盼

祝您健康!

杜崇惠

看完信,郭楚松把它放进了自己的图囊内,对着那含着眼泪的警卫员和怒气冲冲的冯进文,严肃地说:“在没有得到政委的确切消息之前,谁也不许瞎议论。纵队直属队和本队,还有后卫,各隔半小时出发。”郭楚松又告诉通讯员,“通知各团首长到前卫团开会。”

部队向前运动。郭楚松望着远山,心里禁不住嘀咕:“他上哪儿去了呢?”

郭楚松尽管同杜崇惠共同战斗了一年,但还没有真正了解杜崇惠。

杜崇惠是新安江上游一个小市镇的人,家庭是富裕中农,父亲以农为主,还开个小铺,做小生意。杜崇惠出生于一九〇七年,七岁读私塾,三年后,即插班入初级小学二年,又入县高等小学,毕业考入中学,读了一年半,父亲感到家务较重,又要抚养两个较小的子女,就叫他管账,也做些农活。因他善于算计,小铺开得更顺手了。有时跟父亲到新安江中游买货,顺便去书店买些创造社的小说和《新青年》等,开阔了眼界,交了不少朋友,并加入了中国共产主义青年团。一九二六年冬北伐军打到新安江一带,偶遇一个团的辎重队长,是浙籍同乡,经他介绍,当上了会计股准尉见习官。他随军一直进到苏杭。同事们都认为他是左派。经介绍,秘密加入中国共产党。“四·一二”事变后,杜崇惠就在组织分配下离开军队到地方工作。为谋职业作掩护,他投考了地方会计训练班,毕

业后的二三年,都在银行、公司、工厂当职员,从事工人运动。后来因党组织遭敌人破坏,经上级决定他来到中央苏区。他做过工会、县委、省文化部、省委组织部等工作。打破四次“围剿”后,调到军队,任罗霄纵队政委,这才同郭楚松一起工作。

郭楚松认为杜崇惠虽然出身于小职员,但入党后看过不少革命文献,对国内外政治情况和党的方针政策理解较好,对上级的决定执行很坚决。但是,他缺乏中国历史知识,军事知识不足,文化修养不深,对战略决策,不求甚解。只知机械执行上级指示,在九宫山,他主张继续北去;在徐家垄,他主张那地区的独立师一起南下,只是由于郭楚松的反对,他才保留了自己的意见。这几天,郭楚松见他比较消沉,情绪低落,认为是太累之故,没想到他会走。他会到哪儿去呢? 郭楚松的思绪是“剪不断,理还乱”。在这十分紧张的战争时期,作为军队的高级领导人,当了逃兵,真是令人费解。

郭楚松想起了他同杜崇惠曾经议论过的一首诗:

一个明星离我们几千万亿里,
他的光明却常到我们的眼睛里。
……
一个星毁灭了,
别个星刚刚亮起。
我们的眼睛昏涩了,
还有我们的兄弟我们的儿子!

这首诗是中国的民主革命家朱执信写的,诗名《毁灭》。每当他们诵读这诗时,都为诗中那种不屈不挠的精神而激动不已。如今,杜崇惠在紧张时刻离他而去,虽然是“封金挂印”地走,但也诚属卑下。郭楚松愤愤地说:“由他罢! 自己的历史自己写!”

第二十五章

天已大亮，郭楚松、黄晔春、黎苏都到了前卫团团部。接着各团的首长也到了，他们都坐在三个地铺排成的凹字形地铺上面。两个洋铁公文箱平摆起来，上面的马灯已拧熄。附近十步八步远的竹树下，露营的人都起来了，三五一群，七嘴八舌地议论着杜崇惠出走的问题：

“哎，知道吗？杜政委走了。”

“你怎么知道的？不要乱说。”

“我听到政委的警卫员告诉冯参谋说政委走了，冯参谋还骂了几句‘逃兵’。”

“什么政委，真是可耻的逃兵。”

“连政委都走了，还有什么干头。”

“他走他的，我干我的。”

“……”

黄晔春坐在凹字形的左边，向大家看一下，小声地说：

“今天我们利用部队出发之前的时间开个师党委扩大会，除党委委员还有各团团长和团政委参加。会议的议题有两个，第一个是整编队伍问题；第二个是坚定全军的斗志问题。”

郭楚松伸了一下懒腰，疲劳的眼睛突然放出光辉，接着说：“首先说一下政委杜崇惠的问题。他在昨天夜晚离开队伍走了。革命不是强迫的，要走想留也留不住，更何况他是个受党教育多年的人。在他突然离队的情况下，我建议让黄晔春同志当我们的政委。在上级没有批准之前是代理。根据红军政治工作传统，政治委员不在政治部主任就可以代理。同志们有意见没有？”

杜崇惠的行为，团以上干部都知道了。听郭楚松这样讲，大家都说没有意见。郭楚松顿了顿，又说：“没有意见我们就这样执行了。等电台通了后，立即给上级报告。下面我来讲讲前一段的行动问题。

“我们从突出敌人对九宫山的包围后，艰苦地向南走了几天。那时候我们认为敌人的主力都落到后面，同时还根据一些不足为凭的侦察材料，认为厉鼎也落到后面或者还在攸水方面，所以在行军中只注意后面侧面不注意前面。走到巨溪，结果厉鼎蹿出来了。厉鼎明知他有一个师，人员充实，是在有计划地堵截我们。我们的部队要同敌人一个师打，是不行的。可是，觉得前面有敌人堵，后面有敌人追，想打开一条生路，于是拼命向前冲，结果，反而打了个败仗。如果我们事先警觉前面，注意侦察，是可以避免同优势的敌人打的；打响之后，如果好好掩护，向西撤退，也可以脱离敌人；可是，我们没有这样做，一错再错。朱彪牺牲了，三团政委也牺牲了，队伍伤亡三百来人，损失不小。造成了很大的困难，这件事我负主要责任。

“现在我们过了枫阳坳，行动的方向有两个，一个是向南，一个是向东。向南是回罗霄山中段苏区，向东是到幽居苏区。两个方向哪个好些呢？我的看法是继续向南为好。本来我们在九宫山向南突围之前，曾经把向南到幽居苏区的意见报告了总司令部，但因时机紧迫，没有等到回电就行动了。走了两天，得到总司令部的指示,不仅同意我们的意见,还要我们在必要时进到袁水流域行动,这样就给我们的机动范围大得多了。由于袁水南面是苏区,这样就使我们可以靠近基本苏区去活动。我们到袁水后,如果敌人不来,就在袁水上游的北岸活动,做发动群众和筹款扩兵工作。如敌人追来,就进苏区配合苏区党政及广大群众来打,中央苏区几次战争的胜利,就是这样取得的。

“不过不管怎样行动,有几件事是要特别注意的,也是要马上办的。第一件是严密注意敌人拦头堵截,这是我们这几天的教训。我们现在是从连云山南渡过浏阳河,敌人会判断我们是向南,就一定会设法拦头堵截。根据过去的经验来看,曾士虎在部署上还是很快的。同时由于敌人兵多,白区有广泛的电话网,加上飞机,对我们的情况了解快。交通又便利,所以队伍调动快。我们万万不要以为敌人的主力都甩到后面了,前面没有问题了,这样可能又会吃亏。因此,在向南行动中,要加强侦察警戒,特别要加强侦察员的教育,不要因为疲劳就马虎。每天到宿营地,干部一定要先看地形,要迅速布置警戒,规定紧急集合场,注意防空后才能宿营,等等。第二件事同样重要。从我们北上以来,减员大,没有补充,现在许多连队,零零落落,不整编一下,不好打仗。我的意见,把三个团整编成两个团,如果人数还不够,有些连编六个班也可以,不一定通通编九个班。我的意见就是这些。”

郭楚松讲完了,黄晔春接着说:“我完全同意老郭的意见,我现在说两个问题。第一,关于坚定全军的斗志问题。由于近几天伤亡大,日夜走,吃不饱,喝不够,部队情绪有不小影响。有些不坚定的分子,像洪再畴,经不起考验,叛变了;还有杜崇惠也当了逃兵。据反映,大家最关心的是行动问题,不晓得向哪里去。如果决定向南，就不妨宣布，要大家同心协力，向南面打。并且还要指出：向南的时候，敌人一定会来追，会来拦路，只要大家一条心，就会克服任何困难，一人拼命，万虎难挡，何况我们还有三千人?! 第二，是注意群众纪律的问题。最近由于粮食困难，有些单位借打土豪来没收富农的粮食，这是不对的。富农就是富农，怎么能当土豪来打?没有粮食，可以向富农征购，这虽然有些强迫意味，但我们可以按价给钱。我们现在有现洋，完全可以这样做。同时，对于一般群众纪律，如买卖公平，上门板，捆禾草，借东西等等，也要注意。各团要告诉各连队，利用行军集合的时候，给大家讲清楚，特别是要同司务长上士讲清楚。”

在详细讨论了整编方案后，黄晔春又说：“今天的会议，开得很好，把当前的几个重要问题弄清了：第一，对最近我们的行动做了检讨。这个检讨，是为了在以后的行动中取得教训。我们从九宫山突围南下以后，是有错误的，主要是对于敌人估计不足和有些疏忽大意。以后对任何行动，对付任何敌人——哪怕是小股敌人，都要小心。关于情况的估计，要看远一点，不要被一时的顺利情况或困难情况圈着了。前几天从九宫山脱出敌人包围后，以为敌人都甩在后面了，就大摇大摆向南，侦察疏忽，不能在同敌人主力接触之前发现敌人主力，这样就成了仓猝应战，而且是同优势的敌人应战。对于敌情估计，也是这样。刚才郭楚松同志说的，根据一些不足为凭的侦察材料，认为厉鼎落在后面或者在攸水方面，就肯定前面不会有大敌人，结果恰恰相反。莫说那些侦察材料不足为凭，就是完全靠得住，由于敌人有火车汽车，调动并不困难，何况还可以从其他方面调队伍来。一句话，就是对敌人估计不足和疏忽大意，这是一个严重教训，以后司令部要特别注意情报工作。第二，关于行动方面，我们执行总司令部的指示，马上向南，这是当前唯一正确的方针。也是全体指战员大家拥护的方针。

“第三个问题，怎样执行南下的方针问题。南下是肯定了，但敌人一定要追我们堵我们，特别要警惕的是敌人的堵截。从这里到袁水，还有二三百里，都是白色区域，敌人交通便利，调动快，袁水能不能徒涉，还不大清楚。现在已经开始发春水了，我们要看清前面还有一段艰苦斗争的过程。这里面有两个关键：第一，要团结一致，要相信新的行动方针的正确性，要相信上级的领导和指挥——前几天领导上虽然犯了点错误，但我们取得了教训，以后不犯就行了；要相信我们的队伍是经过长期而严峻考验的，指战员是要坚决革命到底的。因此要反对个别人员的悲观情绪、自由脱队以及个人找安全地方休息的行为，反对洪再畴的可耻的叛徒行为；第二要时时刻刻决心打仗。只有打破敌人的追击堵截，才能达到南下的目的。当然不是说对任何敌人都蛮打一顿，而是找弱的打，可打就打，不可打就不打。至于走大路或走小路，也要看情况。当打而不打，当能走大路而不敢走大路，是消极的，不能达到行动目的的。即便回到苏区，也不能要求补充后才打仗。难道敌人等你补充好了才进攻吗？难道没有补充就不能打仗吗？所以说来说去，就是要打回去，不是跑回去。今天决定把第三团撤销，分编到一二团，就是为了便于行军和打仗。关于改编方案，一面走路一面传达师里的决定，以便利用煮饭吃的大休息时间，立即改编。”

新的番号指定后，黎苏叫各连排长马上登记番号、所属人员的姓名和检查统计人员武器数目。这些事做完后，他把整编后的队伍集合起来，向他们说了一些整编后要注意的事项，强调各人要记住自己的新番号，官找兵，兵找官，一级管一级，人人要定位。他看到所有的人,虽然还没有吃饭,都挺起胸膛,张大眼睛,显出饱满的神气,队伍更整整齐齐,就向着郭楚松说:“队伍整齐了!你讲话吧。”

郭楚松站在队前,亮开嗓门说:“同志们——”

队伍刷一下立正了。“稍息。今天,我宣布,我们要打回我们的老家去!”

战士们发自内心地鼓起掌来,不知是谁带头呼起口号来:“打回老家去!”

一人呼,千人和,在山谷里响起巨大的回声。

第二十六章

后卫正在和追来的敌人交手的时候，前卫已走到一个向右去的岔路上。岔路前面，有座小山，左右两边，都是高山，向导指着向南的大道说：“前面有大碉堡，不好过。”

“离大路多远？”接替朱彪担任团长的陈瑞云问。

“百十来步。”向导说完又反问，“怎样走好？”

“走小路弯过去就是。”

陈瑞云不愿去冒敌人近距离火力的危险，决定从右边小路过去。

二三里后，绕过了小山，只见到左边不到两里的大路边，又出现一座三丈高的碉堡，战士们立即火烧心头，大骂起来：“该死的乌龟，累得老子又多走几里路！”

只好折回来又走了四五里，回到大路。行列中新的议论又起了：

“会不会再碰上碉堡了？”

“天知道。”

他们在大路上走了一段，然后又离开大路向右边一个山峡走去，二三里后，又碰见一个碉堡。这碉堡和大路上的碉堡，东西平列对峙。他们又从右边的岔路插进去，画一个半圆形。一路走一路痛骂国民党，但骂也没奈何，只得走小路，而且是山路。

回到大道上又走了七八里，向导告诉他们：再走三里，路旁有座大碉堡，里面有两排保安队，除了都有步枪和手榴弹以外，还有两门土大炮。

又要走山路，大家心里当然不高兴。随前卫营走的陈瑞云团长问向导："你看不弯行不行？"

"不弯？"向导有点惊讶，"土炮子打来可像下雨一样啊！"

"那就要弯，从什么地方分路？"

向导向右前方二三百步处一指，"就从右边那个小岔沟进去。"

"弯多少路？"

"十五里。"

"好走吗？"

"不大好走。"

前卫团长听说要弯那么远，又看到时间不早了，迟疑起来，用不信任的口气向向导说："碉堡离大路到底有多远？"

"不远，"向导认真地说，"只百十来步。"

"我们从大道走，碉堡里面打不打得到？"

"打得到，"向导说，"莫说步枪打得到，就是土炮也打到了。"

陈瑞云不再说话了。弯路吗？已经弯了不少了；再弯，行军计划就不能完成了。不弯吗？又太危险了。心中拿不定主意，恰巧冯参谋来了，就和他商量。冯参谋主张不弯，说那是一座孤零零的碉堡，看到我们人多枪多，多半不敢打。可是，陈瑞云驳他说："如果他们干我们几炮呢？"

冯参谋说："不要紧，我们先摆个架子给他们看看，把前卫团所有的机关枪架在碉堡附近，派人警告他们，如果他们打的话，我们就不客气。如果不打，大家就马虎一点算了。"

“我们机关枪子弹并不多!”

“不要紧,多少没有多大关系,你十几挺重机枪指着他的鼻子,他知道你子弹多少?”

“这个办法固然不坏,但也难保他们一定不打。”

“当然不能保证,但这是很可能的。”

“可能是一回事,他打不打又是一回事。”

“弯路算了,再走十五里的山路。”

这时郭楚松、黄晔春、黎苏都来了。他们把情况一五一十地问了一下,又听了双方的意见。郭楚松看手表,觉得时间已经不早了,如果再迟延,就会到深夜才能宿营,既吃不成晚饭,也得不到充足的睡眠,肯定会影响行军计划。他认为冯进文讲得有道理,因为孤立的碉堡,不管如何坚固,见着大敌当前,总是有点害怕的。同时他们为消极防御的战术思想所束缚,只要你不置他们于死地,他们又何必惹祸?

虽然如此,但谁也不敢肯定碉堡里面不打枪。郭楚松觉得要防止敌人不打枪,只有尽量摆出自己的威风来,使他们感到敌强我弱,便“不求有功,但求无过”。

郭楚松叫队伍赶快通过三岔路。当队伍进到离碉堡两里的干田中,他命令打开旗子,面向碉堡集合。随即又叫冯参谋派两个侦察员到碉堡附近,向碉堡里面喊话,说明是红军要借路。

队伍进到指定的地点后,郭楚松又叫前卫团所有重机枪手继续前进,把机枪架在碉堡里面能看清楚的位置上。

冯进文觉得这件事要搞好,主要是要善于利用自己的优势,从心理上压倒敌人,他想自己带个侦察员到碉堡前面去。

张山狗挺起胸说:“冯参谋,你不要去,我带个侦察员去。”

“今天不同，”冯参谋说，“今天不是靠枪……”

“那要什么紧，我一定完成任务。”

陈瑞云看到他们在争，同时觉得张山狗也可以担任这个任务，于是向冯进文说：“老冯，就叫张山狗同小朱去就行了。”

冯进文身旁不远的团机关枪连，许多人都听到他们讲的话，一个背驳壳枪的走到冯进文面前说：“冯参谋，我同张山狗去。”讲话的是机关枪连连长张生泰。

冯进文有点迟疑地说：“你现是机关枪连连长，你走了，你连谁指挥？”

“现在是靠口讲，不是靠枪打。何况我连还有副连长。”

冯进文同意了。还交代了他们几句：“第一，要大胆。你们接近到碉堡五六十米远的地方就可以，使碉堡里听清楚你们的讲话；第二，接近到碉堡两百米远的时候，就用扇形前进，这样万一他们打枪也难打准。第三，不要随便同他们对骂，以免恼羞成怒，张生泰还可以用你当过白军班长的名义同他们说话。第四，万一他打枪，就暂停隐蔽。”

张山狗和张生泰接受了任务转身就走了。他俩离碉堡约百步，就听到碉堡里面叫了一声：“哪里来的？”

“北面下来的。”

“站着。”

两个张站着了，碉堡里面又叫道：“前面是什么队伍？”

“你们自己看嘛。”

“究竟是什么队伍？”

“红军。”

“你们来干什么？”

张生泰一面前进一面回答说:“我们是来送信的。”

“站着,请你站着。”

张山狗和张生泰又站着了,这时碉堡中没有声音了,他们以为敌人在准备射击。可是,也不能示弱,依然挺起胸大声说:“保安队兄弟们,你们好!刚才听讲话有长沙口音,我们还是老乡。”

“老乡怎么样?”

“亲不亲故乡人。”

碉堡里依然没有声音,张生泰、张山狗又前进了七八步,继续说:“今天红军要借路。”

碉堡里还是没有声音,张生泰的嗓子本来就高,讲话的尾音拉得长而动人。他大声说:“我姓张名生泰,家住在洞庭湖东南离长沙不远的地方,从小在湖里打鱼,也跟着父亲租种财主几亩地,租钱太高,吃不上饭,只好离家到湘军当兵,也同你们现在一样住过碉堡,后来当过传令班长。师长、旅长、参谋长、副官长都认识。去年五月我们在禾北同红军打仗,好多人都把枪送给红军了,我就当了红军。红军看到我会打机关枪,升我当了排长、连长。弟兄们,今天我来向你们借路。不是来找麻烦的。”

“借路就借路。”碉堡里又说话了,“为什么前面摆那么多机关枪?”

张生泰和张山狗又前进了几步,说:

“我们队伍在集合,你们如果借路,我们就走了。”

“路通天下,有什么借头?”

两个姓张的相互看一眼,知道碉堡里面动摇了,就说:“好,河水不犯井水,我们就走了。”

张山狗立即叫张生泰回去。他朝着碉堡,又讲了一阵抗日救国的道理。

郭楚松看见他们到碉堡附近，也没有听到响枪，就看出碉堡已经被吓住了，于是命令部队开始前进。

然而他们这种行动毕竟是带着冒险性的，所以他命令队伍在前进的时候，加大距离，以便在万一受袭击时减少损害。

先头部队很快就通过了碉堡，碉堡里面依然没有枪声，也没有人声。

张山狗的胆子更大了，又前进了几步，说："弟兄们，请你们告诉我一件事。"

碉堡里面依然没有枪声，也没有人声。张山狗又说："南面有大队伍没有？"

碉堡里依然没有枪声，也没有人声。

张山狗又前进几步，说："弟兄们，我们都是穿草鞋到处跑的人，在家靠父母，出外靠朋友。从你们这里过，连一点消息都不告诉我们，也太……"

碉堡里面还是和从前一样。

张山狗又说："告诉我们罢，客去主人安。"

碉堡里面终于说话了："没有大队伍。"

张山狗猜测他们说的是真话，又问："湘东保安团在哪里？"

"不知道。"

张山狗谢了他们。这时队列中后面的人看到前面的顺利过去了，又听到张山狗在同碉堡讲话，行列中的距离不知不觉的逐渐缩短。他们平常为保守军事秘密，总是卷着旗子，现在却把所有的旗子展开，人马辎重，大摇大摆，好像平常开纪念大会游行一样。

两小时后队伍完全通过了。后卫尖兵通过后,回转头来,面对碉堡说:“谢谢你们啊!”

碉堡里面依然鸦雀无声。

第二十七章

“借路”成功，使他们少走了许多冤枉路。晚上，他们在离碉堡五六里的几个小庄中宿营。村庄相距不远，坐落在一个一二里宽四五里长的田垄边上。田垄四周，都是高大的山岭，只有北面是连绵的小山。红军向北面部署了警戒，以便于在夜间能控制主要道路。

一转眼间，四面的山峰，附近的树木、田园……都见不到踪影了。一种昏暗阴森的气氛，充满了天地之间。

郭楚松一觉起来，第一件事是到门外看天色，他从脸上受到凉气润湿的轻微感觉中，知道在下细雨。他的眼睛在暗夜中什么都看不到，他睁大眼睛，但周围依然是漆黑一团。他回到房子里面，有点失望地说：“什么影子也看不到。”

“是呀。”冯进文随口应道。

郭楚松不再说话了。他坐在小竹凳上，低头系紧鞋带，忽然站起来，向参谋们说：“叫各部队打火把走。”

队伍立即点燃准备好的火把，从房子里出去，火把在黑暗中显得更加光亮，天地都改变了颜色。

可是雨越下越大，由无声的细水滴变成有声的大水点，衣服快打湿了，火把逐渐熄灭了。郭楚松只好下命令等雨停了再走。可是前卫部队已经上路了。

郭楚松站在门外,看着去路上雄伟的火龙。火龙慢慢由大而小地逐渐熄灭,光明的天地又沉没于昏暗之中。随即迅雷高叫,电光闪闪,风从远方急剧地吹来,森林发出可怕的声音,整个的天穹上黑暗与光明不断地交替着。

郭楚松看到前卫部队还在挨风吹雨打,就叫司号员:“吹号,叫前卫部队进房子休息。”

号音一声两声……都沉没于风云雷雨的怒吼声中了。风声停了,雷声雨声却更加猛烈。

“哒……”

一阵机关枪声从司令部西面后山上突然急剧地怒吼起来,这一出乎意外的枪声,简直是晴天霹雳,天地间好像火山爆发一样。黎苏惊讶地说:“怎么?后面山上响起机关枪来了!”

“敌人在昨天黄昏离我们还有二十里呀!”郭楚松问冯进文,“我们的警戒呢?”

“敌人一定是避开我们的警戒,弯路爬到后面山上来的。”

郭楚松沉默了一下,说:“是不是从西面来的?”

冯进文说:“西面没有什么大的敌人。”

“这倒不一定是很大的敌人,湖南保安团都是按正规军的编制,有机关枪的。”

他们都不说话,冷静地注意枪声的远近疏密。有些人惊慌地看着郭楚松。

“不要紧!”郭楚松从容不迫,“天黑得很,我们走不动,敌人也下不来,叫各部队紧守住房,一律熄灯。”

黎苏立即通知各部队,并命令如果敌人不到眼前来,不准乱打一枪。

雨声风声仍然是哗哗而来，雷声仍然隆隆不止，机关枪和步枪手榴弹的声音仍然在山上怒吼。它们好像互相配合一样，此起彼落，彼落此起。有时是各种声音同时怒吼，汇成一团洪大而无从分辨的声音，好像林涛咆哮，巨流奔泻。守在住房的红军战士们，咬着牙关，忍住气。他们就是不动，用沉默来对付敌人的乱打枪。

东北山上也响枪了，后山上的枪炮声更疯狂起来。可是红军住房内，依然是黑漆一团，无声无响。

郭楚松认为罗霄纵队在渡过汨罗江后，情况稍为缓和一点，但从昨天起，又紧张起来，眼下如果弄得不好，还有失败的可能。他在这十分严峻的处境中，曾经自己问自己："难道罗霄纵队要完了吗？"

"眼前的危险，主要是战术上的危险，由于敌人主力一批又一批地甩在后面，战略上的情况比以前改善多了。只要沉着应战，战术上的危险是可以克服的。红军在多年的斗争中，像这样的危险碰着不少。就是从罗霄纵队北上以来，也有几次，但哪一次都克服了，难道今天晚上就不能克服吗？"

这时，郭楚松忽然仿佛从漆黑一团的茫茫大海中发现了一个小岛，这小岛好像越看越大越看越明——他从敌人浓密的枪声中看出他们的严重弱点：真正厉害的敌人，是不会在深夜中看不到确实目标就猛烈射击的，更不会老远老远就打手榴弹的。敌人之所以如此，完全暴露出不熟悉夜间动作和不敢拼刺刀，也就是怕他的敌人。他想了一下，对付这种敌人，可以采取虚虚实实的办法，于是叫参谋们用电话或徒步通知两个团，在驻地找个广场，而且是离山上的敌人不远的地方，烧一把火，烧五分钟就熄灭，再隔半小时，又烧五分钟。让敌人迷迷糊糊。因为风雨交加，山上灌木柴草很密,敌人是不便也不敢下来的。黎苏、冯进文、何宗周一听都说:“这个办法好!”

黎苏立即亲自打电话。司号长和何宗周已经从灶房把一把茅草拿到手上,又用小桶打半桶通红的火炭,走到门外小晒场按规定时间点火。这时对面一里地村庄也点着火了。霎时东西两边山上的机关枪,对着火光打,子弹乱飞乱跳。这些身经百战的英雄,听到枪声和子弹呼啸声,都知道是根本没有瞄准的乱打。白军的弱点更暴露了,他们坚守营房的信心更坚定了。只五分钟,所有火光都熄了,山上的枪声也停了。过了半点钟,火又从原处燃起来,两边山上的机关枪步枪声又惊天动地响了,五分钟后,红军把火熄灭,山上的枪声也停了,好像是红军发讯号指挥他们一样。

“哗啦——”忽然房顶上震动起来,随即是瓦片落在楼板上。郭楚松、黎苏都不约而同地抬头去看楼板,同时紧张地说:“怎么?”

刹那之后,黎苏从容地说:“流弹,流弹。”

枪声依旧在不断地怒吼,雨依旧在不断地倾泻,雷声依旧在隆隆地呐喊,宇宙依旧是光明与黑暗互相交替着。在风雨雷电流弹横飞包围的暗室中,依然没有一点声音和光明。

门口有人短促地大叫一声:“报告!”

“进来。”房子里面几个人不约而同地说。

门开了,又关住。手电一亮,见是个全副武装的通信员,后面跟了两个年轻的老百姓。黎苏走到通信员面前,通信员从衣袋中取出一封信交给黎苏。黎苏拆开一看,问通信员说:“两个地方党员呢?”

通信员向后一指,说:“就是这两个同志。”

郭楚松从黎苏手上接过信来,看了一下,就去和那两个便装的青年谈话。一个穿学生装的拿把纸伞,头发平分在两边,但并不整齐。一个穿农民服装的,拿个斗笠,戴一顶破旧的小毡帽。他们被淋湿了,手脚有点发抖。

"哪位是朱平同志?"

"我。"穿学生服的说。

"你是张长发同志吗?"

"是。"穿农民衣服的说。

"今晚雷雨交加,又在打枪,你们辛苦了。"

"不要紧。"

"你们那里昨天下午到了国民党军队吗?"

"我说一说。"穿学生装的说,"昨天快黄昏的时候,他们就到了。"

"有多少人?"

"我们眼睛看到的,恐怕也有千多人,后面还在拉线来,不知究竟有多少。我们不敢问他们是哪部分的,但听他们的声音,大部分是湖南的。他们到了不久,我们就听说红军也到了这里,所以没有等他们到齐,我俩就临时约定,到你们这里来报告消息。"

"你们来的时候,他们向这里前进没有?"

"没有,只见到他们向这里派出哨兵。"

"他们让你们过来吗?"

"我们怕他们不让我们通过,就弯过他们的哨线从小路来,所以弄得这时候才找到你们。"

"你们怎么知道我们来了?"

"我们那里人到这里赶圩,他们是在你们到这里之后才动身回去的。他们回去的时候,白军比他们还早一点到。"

“你们在路上就听到响枪了吧?”

“离这里三四里地就听到了。”

“你们怎样找到队伍的?”

“我们听到今天从这里回去的人说,你们有队伍住在这些村子里,我们就走到这里。”

黄晔春也来了,兴奋地听他们讲话。这似乎是一昼夜以来最振奋的一次,他和郭楚松一样,看到两个没有一点军事经验的地方党员,冒险跑来报告军事情况,感动得几乎流下泪来。郭楚松一把拉住他们那冰凉的手,热情而感激地说:“朱同志,张同志,谢谢你们,谢谢你们!”

黄晔春、黎苏、冯进文同声感叹道:“你们真是布尔什维克! 布尔什维克!”

是啊,红军之所以能存在,地方党的支持是十分重要的。朱毛红军离开井冈山的时候在大庾打了败仗,向龙南、定南转移,敌人跟踪追击。有一天红军在黄昏前到达宿营地,而敌人则在黄昏后进到离他们只有五六里的集镇上。这里有一个三个共产党员组织的支部,他们乘夜找到红军,报告白军行动的消息。于是红军提前出发,才避免了敌人的危害。后来红军到了东固,军政治委员毛泽东,在总结这一次的行动经验时,把地方党的作用也估计在内,而且是重要作用之一。郭楚松立即和黄晔春、黎苏、冯进文商量了一下,认为东面那股敌人,比眼前在后山上向他们打机关枪的敌人还危险得多。这股敌人,很可能在他们向南走的时候,由东向西侧击,也可能协同山上的敌人来个拂晓进攻,同时敌人在不断地射击,就是在房子里也得不到休息,应当迅速离开这个宿营地。

郭楚松出门去看了看天色,这时候风停了,雨小了,但依然是漆黑一团。他使劲眨眨眼，黑夜出门后要经过二三十秒钟才能看到东西。但过了一分钟，他依然看不到，又过了两三分钟，还是看不到，他才醒悟到在出门以前，本是处在黑暗中，如果开始看不到，就是再看好久也不行的。

他回到房子，向着有人不见人的厅堂说："立即命令出发——老黎。"

黎苏在他右前方应声了。通信参谋立即通知各单位要按次序出发。冯进文是直接指挥司令部的人，一般说来，出发之前，先要在门外集合一下，但冯参谋反而叫人检查窗户房门，是不是比以前关得更严密了。他擦洋火，点起洋蜡，站在大门内，面向里面叫道："集合——就在屋里集合。"

屋里人很快集合了，他又小声地叫着口令："立正，对正看齐。"

冯进文命令各人用白手巾，捆在帽子上面做记号。郭楚松、黄晔春、黎苏都照此办理。冯进文带着向导，叫通信员每人背一捆稻草，靠近他身边。看到大家准备好了，他说："吹灯，一个跟一个走。"

屋里又恢复黑暗，山上依然是猛烈的枪炮声。

大门打开了，但谁也没有看到哪里是大门，只一个跟一个，走着小步，探寻门槛，出门之后，都不约而同地看天，不仅见不到星光的影儿，连天空的轮廓也看不出来。再看四方，房屋、树林、山岭……依然没有踪影；看地下，虽然听到脚步踏入泥沼里拔出来的扎扎声，但却看不到脚。眼睛没有用处了——闭着睁开都差不多。他们在前进中，一只手拉着前面的人向后伸来的棍子，一只手把自己的棍子伸给后面的人，这样一个连一个，缓慢地蠕动，任凭你脚板怎样平稳地落下，走不到几步就有人滑倒。两三尺的小沟，一根茶杯大的圆木架在上面当桥，泥水沾在上面滑得很，许多人用脚试了一下，又退回去。只好从桥的两旁下到沟里趟上对岸。这样在黑暗中慢慢爬，千百个人都像瞎子走路一样，小步小步地试探地下的虚实后才敢轻轻踏下。有时低下头去，张大两眼用力地看；有时抬起头来，眼睛使劲追寻前面的白影——虽然白白使劲，但谁也不愿把眼睛闭起来。有时和前面失了联络，也不敢高声发问；有时前面停下来，也不敢催促；有时掉下河沟和水田里，也不敢叫痛。背着稻草走在前面的通信员，试探到特别泥滑的地方和倾斜的坡道，就铺稻草；走过一些人后，稻草上又成了泥沼。后面的人继续把草铺上，这样一面走一面填，填了又滑，滑了又填，人流在田野中一转一拐地前进。

山上和碉堡里的枪声，依然在疯狂地怒吼，雷声依然在隆隆地响，电光还是不断地闪。

走了好久，才走上大道，又走了二三里，就是碉堡。碉堡虽然离大道只七八十米，而且在向外打枪，但红军利用夜幕的掩护，就硬过去了。

夜幕渐渐破裂，笨重的脚步轻松了，部队运动加快了。国民党军队看见红军退了，又跟踪追击。

这时，红军行军纵队的左边的一条通向东方的路上，也发现了敌人，但他们早已派了有力的部队在这里警戒了。所以当东面响枪的时候，他们并不慌张。这时他们更加感到昨晚那两个地方党员来报告敌情的意义。他们同声感叹道："多亏了他们。他们真是布尔什维克啊！"

第二十八章

枪声停止后，队伍越来越慢，伤病员、落伍兵、担架，三三两两无次序地夹杂在队伍中。他们走几步停一下，停一下又走几步，仿佛要等候后面的人。黄晔春见着一个慢慢走而且在啜泣的小鬼，像慈母一样地抚慰说："小鬼，走快点，再走一两天就到苏区了。"

"脚痛，走不动。"小鬼忍住抽噎边走边说。

"我扶你走吧。"黄晔春抓着他的小臂，加大速度。

一边走，一边督促别的落伍兵。他和宣传员虽然不断督促，但落伍的人依然越来越多。

中午，黄晔春同后卫部队到了一个村庄，他看到伤病兵和落伍人员都拥挤在村庄里，有的找水喝，有的买东西吃，有些担架只有一个小看护兵招呼，没有人抬，心里很着急。后卫营营长、教导员从村庄南头来了，对他敬礼后说："司令吩咐我，要我们掩护伤病员，作全军的后卫。司令员说今天半夜前卫一定要赶到袁水，占领渡河点。"

"你们队伍呢？"

营长指了一下南面不远的小山说："上山去占领阵地了。准备打敌人追兵。"

"你们去好好布置一下，我在村里办一点事就来。"

黄晔春好不容易才把村里的轻伤病兵、落伍兵都督促走了，把重伤病兵抬走了;没有人抬的,他命令医生、看护和宣传员轮流背出去再说。

伤病兵刚搬走,位于村北来路的排哨响枪了。黄晔春急速出村,看见许多重伤兵由看护和医生背着或挽着慢慢地走。这时敌人快到山脚,黄晔春见到营长,头一句就说:“伤兵还没有走完……”

朱理容不等黄晔春说完,就立即坚决地说:“已经准备好了,敌人来就给他一个反突击。”

朱理容走到部队面前,向他们说:“同志们,伤兵还没有走完,干!”

“干!”所有的人同声回答,“要死一起死!”

国民党军队冲来了,红军卧倒隐蔽起来,不说话,不打枪。白军疏开后以为红军撤退了,大摇大摆地上山,红军等敌人快到身前,突然站起来,大声叫道:“瞄准——放!”一阵快放,队伍反冲锋了,国民党虽然兵多枪多,但山地和田野小路只能单行纵队行军,先头部队并不多,红军抓住敌人这个弱点,杀了个回马枪,敌人纷纷向后溃退。红军追了一场,俘虏了七八个敌人,又从敌人死尸和伤兵身上解下十多条长长的子弹袋,回到原来的阵地。国民党军队吃了亏,停止前进,等后续部队。

红军虽然打退了敌人的追击,但原来的伤兵不仅没有完全弄走,还增加了新的伤兵。黄晔春他们商量了一下,决定采用三个办法来解决。第一,命令国民党的俘虏抬;第二,动员自己的同志抬;第三,再派宣传员到前面沿途请民夫。

这三个办法,头一个是最好的而且是马上就实现了。第二个虽然可以马上实现,但有很大顾虑,因为他们担心敌人追来,没有人打仗。但他们反过来想了一下,觉得这样虽然减少了战斗员,但比伤病员插在队伍里慢慢走好些。第三个办法,只是可能,但时间来不及。他们立即实行第一、二个办法,大部分伤病兵就弄走了。可是,路上又出了新问题:抬伤兵的战士是经过长途行军和恶战的,早已精疲力尽,加上抬伤兵又还要带枪,他们走了不久,就开始落后了。落伍的担架越来越多,队伍越走越慢。

这样下去太危险了,黄晔春忽然记起郭楚松同他讲的一个故事:一九二九年二月,红四军在大柏地反击追敌刘士毅。他那个营伤兵有四十多个,除能走和能骑马的以外,还有十八九个要抬,那里的老百姓被敌人欺骗,都走了,只好动员战士抬。战士自己有枪,受伤同志的枪没有人背,同时还缴了敌人百多支枪,这么多枪一概得带走。因此,许多人背两支,抬担架的也背一支。走得很慢,走大半天,掉队二十里,后卫营被他们捆住了手脚,不仅不能及时到宿营地,还要随时准备和新来追击的敌人作战。晚上,郭楚松要求上级接收他们多余的枪,回答是各部队枪都多,辎重队也缺运输工具。郭楚松左思右想,没有办法。第二天清早集合出发,他命令部队留下枪机,把多余的不好的枪,全部破坏甩掉。部队这天按时出发,按时到宿营地,后卫营对他们也没有意见了。黄晔春想到这里,觉得只有学郭楚松的办法。于是站在道旁叫道:“同志们,有双枪的把一支枪的枪机下下来,把枪身砸掉!”

“砸了?”

“是,砸了好抬伤兵。”

有人说:“枪还是不砸好,是我们拼命抢来的呀。”

“不要紧,有人就有枪。”

“对!”许多人都同声说,“有人就有枪!”

还有人说:“留得青山在,不怕没柴烧。”

“砸吧! 砸吧!”

黄晔春首先把自己背的两支枪放在地上,拣了一支较旧的,取下枪机,装在口袋里,就把枪高高举起,用力向石头上猛砸几下,枪身砸弯了,枪托也断了,向路旁一甩。于是好多人都和他一样,把多余的枪都砸得破破烂烂,乱甩在路旁。这办法真灵,不仅真正减轻了大家的体力负担,而且使大家精神兴奋起来,他们迅速地把伤兵抬走,快步往前赶。

半下午了,大家的气力又消耗得差不多了,掉队的又多起来。黄晔春看到许多担架摆在道旁,抬的人头上一颗颗的大汗珠。有些担架走不了几步,又停下了。他正在没有多大办法的时候,忽然看到前面有个人提起小洋铁桶,喘着气,满头是汗,好像是个老头,快步跑来。他后面有八九个老百姓,他一看清是陈廉,老远就喊道:“小陈。”

陈廉往前几步说:“来了八九个老表。”

黄晔春和他谈了几句,叫他休息一下,他不但没有休息,并说要再回头去请抬担架的民夫。陈廉走了,黄晔春就和老百姓攀谈,他知道这一带在三四年前红军打长沙的时候建立过临时革命政府,就不多讲道理,只请他们帮助抬担架,并说要给辛苦钱。老百姓都没有二话。可是,还不能把所有落伍的担架通通抬走。

他走到一副担架面前,对两个担架兵说:“我来帮你们一肩。”

两个担架兵,早已起来了,好像有些抱愧地说:“黄政委,我们抬得动。”

话还没有说完,两人已把担架上肩。黄晔春看到一个轻伤员走得很慢,便走到他面前,亲切地说:“好,我扶你走。”

伤兵不肯，但黄晔春钻到前面，把他的左手向自己肩上一搭，右手提着他的裤带走。

伤病兵行列的运动又快起来了，好像停止了的机器得到新的燃料一样。许多轻伤兵，都起来赶快走，勉强走得动的也愿意自己走。黄晔春扶着伤兵，不久就到了附近游击区红军小医院。他向医院负责人交代了几句，就回政治部去了。

这是个无名的狭长山沟，四面都是山峰，竹木参差，路径狭小。山农利用山沟中很小的平地和倾斜的山坡种植稻子、番薯和其他农作物。低小的茅屋星星点点地散布在山沟里面。

这里是没人注意的地方，就是二十万分之一或十万分之一的地图，也找不到它的地名。苏维埃政府在这里设立小规模的修械所和病院，罗霄纵队和湘鄂赣边区一个独立团在半月前一次战斗后，留下不少伤病员——其中还收容了敌方的伤病员。这天上午，国民党军队到了离这里二十多里的地方，医院里的负责人虽然很快地知道了这个消息，有些警觉，但认为这里从来没有到过敌人，更重要的是罗霄纵队医务主任顾安华送伤员到这里，正利用机会给大家看病。因此，医院除加强侦察警戒之外，没有进行足够的应付敌人的准备工作。

太阳西斜了，医院中还没有结束诊断，忽然东南方向枪声砰砰地响。这对于没有任何抵抗能力的伤病员，真似晴天霹雳。

“啊！打枪了！”

“枪声好像不远呢？”

所有的伤病员和工作人员觉得如果是靖卫团、守望队，保安队也许可以抵住，如果是大敌人，就不好对付了。从当前枪声的密度判断，一定是大的敌人。

枪声愈响愈密。从他们的作战经验中判断，敌人已越来越近。

整个的医院都动荡起来，勉强可以走动的伤病员，都带着轻便的用品走了；医院里的工作人员急忙收拾重要的医药器具，有的扶着伤病员，有的背着伤病员，有的几个人抬着伤病员，向树林中逃走。然而由于人员太少，他们虽然来回转运，也不能把伤病员通通弄走。

敌人快到医院了，没有运走的伤病员，依然躺在病床上，互相对着流泪，有时口里低声地念着："死！死！死！"

枪声在医院附近响起来了，医院里面依然没有任何动作，只有充满着愤怒的叹息声："死……死……死……"

重伤员张洪海所在连的连长在战斗开始不久就牺牲了，他奉令兼代连长，到最后夺取敌人阵地的时候，左腿负伤了。到医院后，伤口发肿，痛得日夜不能睡觉。这天他听到响枪后，和其他伤兵一样，不断地叹息。等到枪声在医院门外响的时候，他忽然眼睛一睁，牙齿一咬，十分愤激地叫了一声："他妈的！就算是十多天前打死的吧！我们总是胜利地死！"

"是！"旁边躺着的战友都说，"就算是仙梅打死的，我们总是胜利了。"

眼看就要落在老虎口上，只有一死！与其恐惧地等死不如慷慨地拼死！这样一想，他们的神经不像开始听到枪声那样紧张了。张洪海是吉安人，读过五六年书，他有个教师常以吉安历史上出了文天祥而自豪，他把他的《正气歌》和《过零丁洋》两首诗写成一寸多大的字贴在墙上，他常常自然而然地读，叫学生也跟着他读。张洪海在这绝望的时刻，自然就想起文天祥，想起最感动他的诗句：

惶恐滩头说惶恐，

零丁洋里叹零丁。
人生自古谁无死，
留取丹心照汗青。

伤兵中有一部分是国民党方面的，那是在不久以前，褚耀汉、孟当仁从仙梅溃败的时候，把他们抛在战场上，被红军救护起来的。他们认为自己是国民党兵士，不管是谁来，大概不会伤害他们。但他们也很着急，因为救护他们的红军的伤兵处境危险。他们觉得以前的红军，虽然是仇敌，但在他们受伤之后，红军不仅不把他们当仇敌看，而且抬到医院，和红军伤兵一样对待，使他们非常感动。到这之后，知道红军给穷人分田分地，他们不忍心看着朋友死。于是诚恳地对红军伤兵说："红军弟兄，他们快到了，你们少说话，由我们来说，说是十八师和六十二师的——反正你们有些人的衣服帽子和我们一样。"

张洪海那血红的眼睛，立即润湿起来，声音沙哑着说："好，新同志，托你们的福，我们都是穷苦人，本是一家，本是弟兄，只有蒋介石、何应钦和何键他们才是我们的仇人。"

进攻医院的敌人正是孙威震的部队。孙威震仇恨所有的红军，对罗霄纵队更为痛恨。他没有一时一刻忘记在梅香山上被罗霄纵队打得从山上滚下去的惨状，也佩服罗霄纵队的英勇善战。他虽然时时刻刻都想报仇雪耻，但也时时刻刻谨慎持重。罗霄纵队在仙梅和褚耀汉将军大战的时候，他虽然碰上了报仇雪耻的机会，却缺乏报仇雪耻的勇气，罗霄纵队离开仙梅以后的一个月中，他奉曾士虎的指示，或追击，或堵截，部队几乎没有休整。现在又接近红军，他当然想有所作为。但看到红军有戒备，就命令大军宿营。忽然，前卫司令陈再修向他报告，说红军离开之后，留下一些伤病兵在什么什么地方，还有游击队保护他们。他用怀疑的眼色问：“确实吗？”

“确实。”前卫司令肯定地说，“这是本地隐藏的反共分子报告的……”

“他能担保吗？”

“能。”前卫司令又肯定地说，“他愿意给我们带路。”

孙威震的眼睛突然睁大，右脚用力向地下一蹬，右手向空中一挥，头一昂，大有“欲勇者贾余余勇”之概，同时大声地叫道：“前进！消灭他们！”

陈再修向他报告的时候，本来是带着请缨的口气的，他虽然命令前进，却没有指定方向，他和孙威震一样，没有忘记从梅香山上滚下的仇恨，他也猜透了孙威震的心理，就以肯定的语气向他说：“我们马上向敌人进攻。”

“好！快点！”

前卫司令立即回到他的部队面前，宣布了对游击队和红军医院进攻的简单命令，就前进了。离医院七里，就遇到游击队的抵抗，他一鼓气把游击队打退，冲向医院，边走边拔出白晃晃的战刀，忽然，看到一个身穿白大褂，衣上缀着红十字的人出来。这个人身材较高，脸额稍宽，梳着分头，一副金丝眼镜在额下闪光。他拿把镊子，大大方方，跟着两个十五六岁的小护士，端着弯盘子，里面摆着镊子纱布。他大声向着端起刺刀的人说：“弟兄们，请不要惊动伤病兵。”

陈再修怔住了，因为他没有想到在这山沟里，出现穿红十字白大褂、戴金丝眼镜，讲话大方，还像有点身份的人。他迟疑了一下，才挥着战刀走到面前问：“你！你是什么人？”

穿白大褂的把镊子向身上的红十字一指，大大方方地说："我，是这个。"

"你是土匪的医生吗？"

"我是医生。"

"你是医生为什么给土匪服务？"

"这个……"他带着讥笑的脸色说，"老兄，你误会了，当医生的就是为人治病，救死扶伤呵！"

陈再修把军刀向空中一挥，咬牙切齿地说："我是问你为什么给土匪治病？"

他又微笑，似乎不值得回答，慢条斯理地说："我们当医生的，对病人一视同仁。"忽然严肃地大声说，"我这医院不仅有红军的伤兵，也有国民党军队的伤兵。"

陈再修怒目直视，问他的名字，他直率地说："顾安华。"

陈再修又盘问顾安华几句，顾安华依旧不冷不热。他立即叫兵士把顾安华看管起来，就进入病房，战刀指着伤兵吼："土匪，你们也有今天！"

病床上的人没有动作，也没有回声，只有许多等着死的眼睛，盯着那些对伤病兵"很勇敢"的军官。

"你们队伍到哪里去了？土匪！"

忽然一个伤兵眼睛一睁，把盖在身上的毯子一掀，露出全身的国民党军队服装，他坐起来，怒目看着陈再修，理直气壮地说："你骂谁？你问我们的队伍哪里去了，我告诉你，我们的队伍一个月前打垮了，把我们伤兵也甩了！"

陈再修在他身上打量一下，声音缓和了些："你们是哪个师的？"

“我们是十八师和六十二师的。”

“真的吗?”

“怎么不是!”伤病兵同时回答。

张洪海和有些伤病兵都盖着国民党军毯。他们没有开腔,有时还轻微地呻吟,国民党军官没有理他们,只向着答话的伤兵发问:“你们怎么弄到这里来了?”

坐起来的伤兵,生气地说:“我们在仙梅带了花,他们把我们甩了,老百姓把我们抬到这里来的。”

“那么,土匪的伤兵哪里去了?”

“哦!他们的伤兵,有些跟他们的队伍走了,有些今天上午走了,留下我们。”

陈再修突然眉毛直竖,眼睛凹入眼眶内,徐徐摇头,用极不信任的态度说:“难道他们都走了吗?”

伤兵都同声回答:“都走了。”

他又徐徐摇头,就挨次走到每个伤兵面前,问他们的番号、编制、官长姓名和生活习惯,红军伤兵因为事先和敌方伤兵打了商量,一般都答对了。但他们的口音,大都是罗霄山地区和赣江一带的,有时不知不觉地说出“老表”二字,陈再修用战刀指着他们,质问说:“你们讲的口音,是那边的。”

坐起来的那个伤兵抢着说:“不是!不是!他们是我们的弟兄。”

其他敌方伤兵也左一句右一句为他们辩护。但陈再修还是不相信,于是向着他们和悦地说:“弟兄们,我问你们,你们的伤口是谁打的?是土匪打的;你们的敌人是谁?是杀人放火的土匪。你们怎么这样帮他们来打掩护!”

很多伤兵都没有次序地说："官长，官长，不要误会了。"

"他们是我们的弟兄！"

"他们是我们的弟兄！"

"……"

陈再修原形毕露，咬牙切齿，向着被俘虏的国民党兵狠狠地说："我不是问你们，是问那些讲赣西和客家话的。我再问你们，你们认识他们吗？"

"有的认识，有的不认识。"

"既然是一个部队，怎么不认识？"

"一个部队有几千人，怎么能个个认识？"

陈再修下令检查，顷刻之间，说客家话和赣西话的人，所有的东西——军毯、干粮袋、包袱、荷包——通通搜遍了，他从伤兵身上拉下布军毯，向地下一掷，随即冷笑着说："你们还想打土豪吃猪肉吗？"

他们都没有做声，他们身上的零用钱、手套和其他可以拿走的东西，通通被抢走了；还有许多不便带的东西，有的打碎了，不能打碎的也甩到地下了，整洁的医院，很快就成了垃圾堆。

张洪海在响枪的时候，把钢笔和日记本塞在稻草枕头里面，国民党军队经过仔细检查，找出来了。陈再修把他的日记本看了一下，向着他冷笑说："张洪海，你还在装疯卖傻吗？你还是一个共匪的政治指导员呵！"

张洪海依然不做声，而且闭起眼睛。

国民党军官愤怒地大叫道："张洪海，你不会说话吗？"

张洪海突然眼睛一睁，愤怒地回答说："你知道我是张洪海，还有什么可说！"

“有什么可说！你把你们队伍的情形一件一件告诉我。”

“我是伤兵，住医院好久了，不知道队伍的事。”

“不知道！”军官冷笑着，“张洪海，老实告诉你吧，你把你们队伍的情形说出来，把医院的共产党员说出来，我可以从轻发落——枪毙！不然就砍头！”

张洪海不做声，他在敌人没有发现他的日记本之前，还存着一线生的希望，但这时候，死的决心已安定了他的心，他的眼睛自由自在，好似是说：“随你吧！”

陈再修又说：“张洪海，枪毙和砍头，是有很大区别的。枪毙你，是对你的优待。”

张洪海依然不做声。

陈再修这时灵机一动，想用别的办法引诱他，声音小了一些，而且比较温和地向他说：“张洪海，你是什么地方人？”

“中国人。”

“我知道你是中国人，听你的声音，是江西人，我是问你哪一县的？”

“江西庐陵人。”张洪海回答之后，又反问道，“你是什么地方人？”

“你问我干什么？”

“我不知道你是哪里人。”

“你问我是哪一省哪一县的？”

“不！我和你相反，是问你是哪一国的。”

“啐！你瞎了眼！你难道把我认成外国人吗？”

“我没有瞎眼，因为我看你们的行为一点也不像中国人。”

“你竟敢和我开起玩笑来了！”

张洪海大声说:“不是开玩笑,如果你是中国人的话,你的枪怎么不对着日本强盗,却来打救国救民的红军,而且对着红军的后方医院,对着伤病兵!”

陈再修哑口无言,又气又恨地“呀！呀！呀!”了几声之后,说:“你们土匪才不是中国人。”

张洪海小声了一点,从容地说:“你本来也是中国人,但你的人格已经卖给帝国主义了。你虽然生在中国,但忘了自己的龙脉。日本占了东三省和热河,你们不去打日本,却来杀自己的同胞,这是丧尽天理良心的事。说句不客气的话,你们虽然穿着中国的衣服,但合着中国的一句老话,沐猴而冠呵!”

国民党军官愤怒地跳起来,大叫道:“呀！呀！呀！抗日必先剿匪！攘外必先安内,杀!”

陈再修立即命令他的士兵,把张洪海和红军伤兵七八人,又把几个积极掩护红军伤兵的国民党伤兵,一概拉出来,按坐在五六尺高的倒了一截的土垒墙下,叫士兵在离他们十多步处,排成一列。这时小广场有不少国民党官兵,形色沮丧,有些人掉过头去。顾安华被带到人群中,他看到那个场面,心如雷击,七窍生烟,眼睛一瞪,几个大步跑到伤兵前面,面向准备开枪的人,大吼一声:“刀下留情!”他把镊子举在右额前,向后一看,“他们是伤兵,有红军伤兵,也有国民党伤兵。”

所有在场的国民党官兵都被他震住了。陈再修向着顾安华,大声斥责说:“你胆大妄为！你不怕死吗?”

立即有两个兵去拉顾安华,顾安华好像钉在地上说:“让我再说两句,我现在是医院主治医生,两年前是国民党第九师的少校军医,少校军医！我中学毕业后,有南丁格尔之志,考入北京陆军军医学校，毕业后回老家鄱阳湖，投北伐军来了，我当了军医，我的志向就是救死扶伤，‘恻隐之心，人皆有之’，何况对待伤病兵！”

陈再修旁边有个中校军官，问他：“你真是北京陆军军医学校毕业的？”

“是。九师的军医处长，就是我的前班同学。现在我的同学在各军各界的很多，你们查查我们的同学录。”

“你既然是九师的军医，为什么不回去？”

“我刚才说过，我是医生，回去是治病，在这里同样是治病。”

“看你穿的鞋袜和叫花子差不多——还说什么当过少校军医！”

“是。我从前确是中央军的少校军医，现在，我为了自己的理想，苦一点也不要紧，当着北伐军打到南昌，我投笔从戎，不是都喊不要钱不怕死吗？”

顾安华站在伤兵前面，故意同他们拖时间，希望情况变化，保住伤病员。在他讲话的时候，陈再修句句听在心里。他也曾参加过北伐，也曾喊过那些口号，从一九二七年七月宁汉合流之后，早已随着国民党蒋介石汪精卫叛变革命，改变了原来的理想。他听到顾安华的话，既腻味又好像翻他的疮疤一样，恶声恶气地叫道：“还讲什么，你跟着共产党跑，一概干掉。”他叫特务连长执行。

陈再修身旁的中校向他耳语，他说顾安华在蒋介石军队和医界有不少同学，建议把他押回去。陈再修想到自己少将军衔的前程，立即点头，中校叫特务连连长把顾安华押走。

几个大汉把顾安华一左一右夹着推走，他大叫道：“不行！不行！”他又对陈再修说，“我是红军的医务主任，我的岗位在这里。要杀先杀我！”

陈再修挥挥手,他被推走了。这时国民党军队都作预备用枪姿势。张洪海鼓起眼睛大叫道:

“打倒祸国殃民的国民党!”

“打倒帝国主义的走狗蒋介石!”

“共产党万岁!”

“打倒! 打倒!”“万岁! 万岁!”的声音咆哮起来,枪声也接二连三地响个不停,淹没了悲壮的口号声。

第二十九章

前卫团拂晓前抢渡过袁水，除留下五个连担任警戒外，其余的和后渡河的人直上南山。他们上到山腰，就来了一个向后转，坐下休息。放眼看去，四面八方都是连绵不断起伏的山峦。山峦向远处奔去，轮廓渐渐模糊，绵延到天边则分不清是山影还是浮云了。

过了一会儿，东方泛起了一片稀薄的白影。白影越来越大，越来越明。随着白影逐渐展开，宇宙的一切，也逐渐展现在眼前。

渡河点附近的狗叫了，接着，两岸许多村庄中的狗，也接二连三地疯狂地叫起来。狗吠声结束了神秘而寂静的夜。

狗叫了不久，枪声也从狗先叫的村庄中响起来，和狗叫声一样，两岸好些村庄也接二连三响起枪来。袁水两岸所有的军队和老百姓都惊动了。

山上的人都站起来观察山下的动静，有个人忽然指着渡河点附近一个大村庄叫道："看！那个村子有个大碉堡。"

大家顺着他所指的方向看去，刹那间都用同样的口气叫着："呵！是！离我们过河的地方不远。"

忽然又有一个人指着另一个村庄叫道："那里也有一个！"

大家又寻找一番，接着你找到这一个，他找到那一个，一时几乎数都数不清楚，好像一群小孩数天上的星星一样。

陈瑞云用望远镜向来路看，有点惊奇地说："来路上还有不少零零星星的人。”

“是，”身旁的战士回答说，“都是落伍掉队的。”

“侦察班回来没有？”

“没有。他们要等落伍掉队的。”

忽然左前方有人大声叫道：“敌人出来了，敌人出来了！”

这个声音立即传遍了整个队伍，都自动地背好包袱，检查武器，又解下手榴弹。

陈瑞云看到大家都自动做好战斗准备，就没有再说什么。这时，他想到前卫团和纵队部都上了山，想到郭楚松曾吩咐他在后面等人马到齐了就走的指示。现在敌人出来了，打不打呢？他不好决定，就同团政委罗铁生商量。

“打不打？”

“好不好打？”

“我们阵地好得很。”

“可队伍很疲劳。”

“不要紧，刚才睡了一觉。”

“大家想打吗？”

“想打。刚才大家听到敌人来了，都跳起来说：‘老子到门口了，你还来拦路！’”

“敌人出来多少还不清楚。”

“我们在山上看得清楚的，多就不打少就打；好打就打不好打就走。”

罗铁生也觉得自己的阵地居高临下，敌人沿山路来追，不好展开，队伍又睡了一下，就同意了陈瑞云的意见，准备杀个回马枪。于是就分别向部队动员，他们把能打的道理简单地讲了一下。本来战士们对于敌人已经恨透了，现在敌人又到苏区门口来截击，心中顿时燃起一把熊熊的怒火。因此，当罗铁生、陈瑞云问他们准备好了没有的时候，他们响亮地回答："准备好了！"

从萍乡方面出来的国民党军队，是先一天黄昏从长沙调来堵截罗霄纵队的。这个军队名义上不是正规军，实际上是正规军，而且是装备很齐全的正规军。何键所以没有给它以正规军的名义，是因为蒋介石用不给名义来限制他。可是，你尽可以不给他名义，何键还是可以招兵买马，扩充实力。何键把这支军队放在长沙作机动，罗霄纵队快渡袁水之前，他们接统帅命令，由段栋梁直接指挥。命令才到一天，段栋梁的命令就来了，要他们立即赶到袁水上游，协同他从禾水派来的一个旅，堵截红军南渡。他们到目的地后，看到罗霄纵队还远在北面；罗霄纵队的前进方向又有强大的友军堵截，根本没预料到红军会在拂晓之前到达袁水，更没有想到会从袁水上游两个大镇之间狭窄地带中通过。直到拂晓听到袁水两岸有枪声，才知道红军已经到了。可是他们还想来个补救，立即由东西南三面，沿袁水北岸的马路向红军合击。快要接近红军时，见到昨夜派出的通信汽车，残破不堪地躺在道旁，几具穿白军军装的死尸，横陈在它的周围，可见红军大队已经渡过袁水上南山了，他们仇上加仇，立即从马路上展开向红军进攻，于是人声、马声、枪声、炮声，惊天动地。

可是，红军阵地上不仅没有枪声，也没有人声。

国民党军队一步一步前进，冲到半山腰时，忽然，在他们左翼的后方响起了枪声。他们受到袭击，一时进退两难。

但他们看到响枪的方向，并不是红军的来路，同时子弹稀薄，估计是地主武装误会，于是一面高举白旗，表明是国民党军队，一面继续向山上进攻。

陈瑞云这时和其他红军战士一样,听到敌人的后面响枪也很奇怪。他们估计,一是敌人自己误会;一是某个部队夜行军失了联络,走错方向。但不管怎样,对他们反击敌人,总是有利的,于是发出反击的信号。

枪声浓密地响了一阵,凹地和草叶灌木中就钻出好多红军,全线都冲下去,国民党军队被红军突然恶杀了一场,夹起尾巴滚下去了。红军一直追到马路上,国民党军队拼命向来路跑,腿不快的统统做了俘虏。

陈瑞云很快到了马路上,他见到配合他们夹击敌人的是个穿杂色衣服小队,头一个背的驳壳枪,还带了红军战斗旗,他高兴地举起手来叫道:"同志们,你们是哪里的游击队?"

带战斗旗的回答说:"我们不是游击队,是罗霄纵队的!"

"是罗霄纵队?你们是哪个团的?"

"哪个团的都有。"

"你们是失联络的吗?"

"是。"

"什么地方失联络的?"

"过修河以后失联络的。"

"啊呀!"陈瑞云叫了一声,"快一个月了。"

"参谋长,我是桂森!"

陈瑞云已认出走在前头的是桂森。他头发很长,身上的衣服破破烂烂。肩上背着枪,手里握着枪。要不是有枪有红旗,准得以为他是个讨饭的。

桂森啊桂森,你终于回来了!陈瑞云心里说。他朝桂森喊:

“你到哪里去了?”

桂森跑过来紧紧握着陈瑞云的手,一时无语。须臾之间,竟哭了起来。边哭边说:“总算找到自己的队伍了……”

陈瑞云问:“你是怎么掉队的?”

“那天打仗,我脚痛,又发烧,就掉队了。我坐在路旁休息,天亮后,又来了四五个人,都走不动了,就在路旁小饭铺买饭吃……”

“怎么不早点赶队?”

“怎么赶得上?我们是第二天正午才走到石霖附近,这时武兴的敌人已经到了石霖街,我们没有办法,回头向后跑,在山上躲了两三天,打听石霖敌人走了,才从石霖东面五六里地,半夜过河。以后就跟你们后面走,因为人数太少,有时不敢白天走,这样就赶不上队伍了。”

“他们都是哪个团的?”

“我们是路上东一个西一个凑的。我们开始只有六个人,十多天后,这里碰到一个,那里碰到一个,一共十三人。”

“由谁指挥?”

几个人都指着桂森说:“由他指挥。我们有人认识他是机枪连的排长,他有主意,有胆子,就听他指挥了。”

“你们一路吃什么?还打土豪吗?”

几个人一听都大笑了一阵。笑罢,桂森才说:“打什么土豪!我们人少,多半走小路,晚上住山庄,山沟里哪有土豪?有几个富农就不错了。好在一个月前,每人发了两块零用钱,我们都用钱买。这样七八天,钱快用完了,怎么办呢?真是天无绝人之路,我们在山庄听老百姓说,有人到圩上买盐,盐价涨了。都在抱怨。我们就向买盐的人调查,圩上有食盐公买处,在街道南头。还有个碉堡，在街道北面小丘上，只有二十多人。两地相距半里多，我们就乘夜去打食盐公买处。离圩三里，兵分两路，一路四人，进到离碉堡二三百米隐伏，另一路九人，直到食盐公买处，规定第一路任务，是在第二路响枪时，就向碉堡打枪，掩护第二路，否则不打。快鸡叫了，两路都按时到达目的地，食盐公买处虽然有两条枪，也睡觉了，我们前后包围，冲进去，只有两个店员和三个警兵，我们搜查，没收了一百五十块钱，立即撤退，转移到另一个山村。从此，我们有钱了，正式选了个供给部长。”说话的指着左手一个人，“就是他。管我们十三个人的供给部长。”

“第一路谁指挥？”

“是他。”指着前面一个人。

“第二路谁指挥？”

说话的指着拿红旗背驳壳枪的说：“是他，是我们总指挥兼任的。”

桂森不好意思了，退后两步。这时，又有人问：

“你们有党员吗？”

“有四个。”

“组织了支部没有？”

“组织了。”

“谁当支部书记？”

“也是他。”又指着桂森。

“开过会没有？”

“开过的，我们对行动、给养、纪律都讨论过。”

“你们到过修铜宜奉苏区吗？”

“到了。但到那里以后，听说你们走了，我们就去找县政府，县政府要我们赶队伍。后来听说你们向南走了,我们也就决定回来。有天晚上,我们走到华林西面,在马路上打了一辆汽车,里面有二十多个人,其中有八个保安队的,一支驳壳枪,八支步枪,都被我们缴了。我们原来只有七支枪,打了汽车后,增加了八支,每人一支,还多出两支,背不起,就把两支坏点的摔破,扔到河里了。过了锦水,又走了好些天,到昨天才到离这里十三里的山上,天还没有亮,听到河边上响枪。天亮后,接着又响。我们看到这里离苏区不远,估计是红军打敌人,所以向这里来。快到河边,看到马路上从东边来了很多白军,我们就隐蔽起来,后来白军向上进攻,这样我们就肯定山上是自己的人了。”

周围的人都说:“啊,你们真有本事。”

陈瑞云对桂森说:“你快到司令部去一趟,告诉郭司令和黄政委你回来了。”

桂森问:“你说的是黄主任吧?”

“是。他现在是我们纵队政委了。”

他以前也感到杜崇惠看他不那么顺眼,现在由黄晔春当政委,感到高兴,由于刚回来,没有多想那些领导人的事,立即命令队伍集合,上山归队。

当他们上到山顶,遥望巍峨的武功山,蜿蜒起伏,连接九龙山、秋山、禾山,千里烟霞,群峰耸峙,故乡风貌,尽在眼前,精神为之一振,高声地叫道:“同志们,到家啦!”

“胜利地回到苏区了!”

第三十章

罗霄纵队打了两个败仗，被迫向西后，国民党西路剿共总司令部及南京统帅部，弹冠相庆。他们判断，红军会继续向南，到袁水上游和武功山及禾水地区。这一带碉堡林立，交通便利，是消灭红军最好的时机和地区。为了统一这个地区的指挥，他们认为一月前攻占苏区中心的段栋梁中将，是最理想的人选。因此，除让他指挥所属一个师外，还把这一地区其他部队归他指挥。段栋梁感到事关重大，立即统一筹划，全面布置，大有“灭此朝食”之概。

段栋梁受到国民党统帅部的青睐是有历史原因的。他毕业于保定军官学校，素喜涉猎古今军事典籍，加以多年的军旅生活，经验颇为丰富，故有知兵之名。红军打长沙的时候，他还是少将，长沙战后，升为中将。此后和红军作战，更卖气力，曾得到蒋介石和何键的赞扬。一九三三年春天，何键在长沙成立西路剿匪总司令部，以大军进攻苏区，他是主要将领之一。在一年的战争中，何键进攻苏区的军队，有五个师十五个旅，先后都吃了或大或小的亏，只有段栋梁将军是例外。罗霄纵队指挥员，常常想好好打他一下，但始终没有找到好机会。罗霄纵队离开苏区北上的时候，他乘虚占领苏区中心一个县城。从此，更加自负。

来围攻罗霄纵队之前，段栋梁听说国民党政府军事委员会要派大员到他的军队校阅，他想在校阅官面前显点本领。就用全部精力，进行练兵。他的目标，是要求部下达到如军事典籍上所说的“赴汤蹈火，视死如归”的标准。为达到这种目的，就要把兵士造成毫无理性的机器人，确切点说，就要造成一具具没有灵魂的行尸，盲目地供他驱使。

检阅那天，除了国民政府校阅大员外，段栋梁请了上流社会中许多头面人物来参观。他命令参谋长为检阅场总指挥，除了按检阅的一般规定动作外，还暗嘱其在检阅时表演特殊动作，使检阅时分外生色。阅兵场在湘江右岸，队伍站好后，他和总司令部派来的大员同到校阅场，一声号响，千万只脚马上立正，整齐严肃得像按着一定距离打入地下的木桩一样。大员和贵宾们看到他的军容，连声称赞说：“细柳之风！细柳之风！”

检阅的最末一项是正步步伐。各部队按次序开步走，将近河边，指挥的人不是叫左转弯，就是叫右转弯，使部队从河岸上绕走。河岸边是一个陡壁，下面是深潭，稍一失足，就会掉到河中。

最末的一队是段栋梁的警卫队。这一队人的装束，与其他稍有不同，其他部队的服装都是灰色，而这一队都是黄色。脚下不是胶皮鞋，而是短统革靴。警卫队的后面，还有一个小队是执法队，个个提着大刀。他们的任务表面上是随警卫队同时检阅，但兵士们都知道他们的实际任务，是来监视他们在检阅中的动作的。在警卫队受检阅的时候，不是像其他各部队一样由各部官长发口令，而是由总指挥亲自发口令。

总指挥命令他们成二路纵队，一伍一伍地排得很整齐地前进。快到河边，走前面的人都以为总指挥发左转弯的口令，谁知总指挥并没有发口令，他们只好依然向前直走，这样第一伍连人带枪掉下河里去了。这时第二伍第三伍……正盼总指挥快发左右转弯口令时，第二伍的人又落下深水去了。他们直沉水底，河中虽然发出水流的巨大的震荡声，却没有一点人声。等到第三伍快到河边的时候，总指挥忽然叫一声："左转弯。"

第三伍的人好像没有听到口令似的，来不及转弯，也落到深水去了。总指挥勃然大怒，用军刀向前一挥，第四伍及以后的人都左转弯了，他们在转弯的时候，眼睛平视，和身体同时转动，差不多意识不到自己在干什么。

落到深潭的人，只有两个人顺着水流泅水走了，其余的人根本见不到影子。水花在无规则地荡漾，无数的水泡从水底下不断浮起，先浮起的还没有破裂，后面又浮起了；等后面的浮起后，先浮起的才破裂。于是不断浮起，不断破裂，不久，泡沫慢慢减少、消失，水面终归平静。

看到生命一对一对地死亡，中将和校阅人员站在一块，仍谈笑自若，好像小孩踩死蚂蚁一样。水面平静的时候，校阅大员向中将说："我要把你们的大无畏精神和尚武的气概报告蒋委员长和何总司令。"

中将两手向左右一分，似乎有点不好意思地说："这算什么！这算什么！"

校阅结束后，段栋梁心中非常得意，不断地对自己说："今天成功了！今天成功了！"

他回到住所不久，书记送来书面报告给他。他看了一下，是副官长请他批准淹死的人的棺材费的。副官长建议给每人买口价值三十元的棺材，他不假思索地批了"照准"两个字，就放在桌上抽起雪茄来。

半根烟后，他无意中又溜了一眼那份报告，这次检阅共死了四个人,他盘算一下,三四一十二,就是一百二十元。他立即把报告拿到身边,改批为:“每人发棺材费十五元,抚恤费另议。”随即叫参谋发还,并吩咐他告诉副官长写信给长沙的招募处,赶快招兵。

晚上,段栋梁辗转反侧,玩味这一天的成功,推测他的上级和社会名流,对他会产生什么印象。他忽然想起“一将功成万骨枯”这句唐诗,写得多好啊！这是历史的必然。历史上有成功之将,就自然有“万骨之枯”;有“万骨之枯”,就自然有“成功之将”。他这种人生观,是多年带兵确定的。特别是近三年以来,更加深刻。以前他觉得招兵买马,不是容易的事,因而对兵士的生命,总还爱惜一点,一九三一年江淮河汉大水灾的时候,有一天蒋介石问他:“你们队伍充实吗?”

他回答说:“不大充实。”

“怎么不充实?”

“招兵很困难。”

“吓!”蒋介石惊讶地说,“困难……你们招兵的区域在哪里?”

“在上湖南,我们的防区内。”

“难怪!”老蒋很惋惜地说,“你驻在上湖南,眼睛就只看上湖南,其实招兵有什么难！你不知道吗?今年入夏以来,各地阴雨绵绵,长江流域,尤其是淮河流域,不是发了大水吗?灾民不下一万万人,直到现在,还有一百七十县的水没有完全退。这些人没有饭吃,没有衣穿,他们就是我们的后备兵。你只要派人带点钱去,招多少也有。江西剿匪部队,今年差不多都是这样补充起来的。这样,不仅增强了我们的实力,而且救了他们的命,做了一番大的慈善事业,岂不是一举两得?”

蒋介石还没有说完,中将恍然大悟,连连点头说:“是!

是！是！”

“你想，”蒋介石又用教训的口气说，“中国地方好大，人口好多……四万万以上，几乎占全世界五分之一呀。水旱天灾，年年难免，不是上年，就是下年，不是这里，就是那里，你要兵吗？到灾荒的地方去招就是。政府现在提倡救灾，这样既救济了灾民，又补充了队伍，我重复一句，一举两得呀！”

听到这里，段栋梁不觉浑身热血沸腾起来，一种不可思议的魔力几乎使他陶醉。他觉得他多年来没有解决的问题，一下子就解决了。“与君一席话，胜读十年书”。他觉得蒋介石的召见才十来分钟，就远胜于一夜话，他是多么伟大啊！

他平素对于蒋介石，五体投地，认为蒋介石是当代三大伟人之一，并且拿他作为自己模范。但这时候段栋梁顿觉得他对蒋介石的伟大实在认识不足。自己虽是个英雄，但在大英雄面前，却相形见绌。他手足无措，一种惭愧的感觉涌上心头，几乎使他无地自容。从此，他不仅注意研究蒋介石的一切著作言论，而且注意学他说话的口气、举止，学他在部下面前的态度。特别对于蒋介石这一天所讲的话，经常玩味。越玩味他越认识到人比水贱的道理。俗话说：“冷水要人挑”，没人挑，水是不会来的。那么，人呢，他是有脚的，只要印上几张布告贴到水旱天灾地方，他就会自动跑来的。因此，今天当他看到他的部下一伍又一伍地死在水里的时候，他什么也没想，只想到这是他成功的秘诀。现在蒋介石委他以重任，要他扫荡苏区，他决心把苏区化为一片汪洋的血海。

第三十一章

段栋梁的住所里,外间照例有办公桌、靠几及其他办公和会客用的摆设,四壁糊着炫目的绿色彩纸,既可以办公,也可以会客。里间是卧室,一张四方桌和床东西相对靠在两边墙上,桌上面的墙上,悬着他夫人的一张八寸照片。微笑姿态,一双流媚的眼睛衬在浓密的卷发下面,雪白的牙齿微微露出。他在休息的时候,常常坐在床边,眼睛盯住她的影子,他觉得越看越漂亮,有时看到最得意的时候,还摇头摆尾地和她微微对笑。

这天黄昏,他坐在床上,得着他的军队击溃了红军后方的战报,认为是他受命指挥更多军队以来的第一个胜利。他得意忘形,摆出一副志得意满的样子。忽然看见他的夫人向他微笑,好像向他示意:“我的爱,来罢!”

他于是背脊一伸,两脚向地下一跺,站起身来,慌慌忙忙地跑到桌子面前,伸手取下相片,两手抱着,深深地吻着,牙齿不断地碰在盖着相片的镜子上,发出格格的响声。

中将狂吻了一阵,就靠墙坐在桌面前,打开美人信笺,悠然自得地写起来:

我的天使——素,已是夜深人静,我独坐房中,忽然接着一个捷报,派出的部队,摧毁了共军罗霄纵队后方。这是我从禾水向东进军以来的第三次大胜利。

我正在被人类历史最辉煌的英雄事业的光辉所照耀时，忽然看见你在我面前，嫣然一笑，好像是说："我的爱，来吧！我庆祝你的胜利啊！"

我于是走到你的面前，抱着你吻了一阵，这时候我完全陶醉于你的爱的甘醇中，不知道有天，不知道有地，不知道一切……

我想到你，便想到我的事业；想到我的事业，就一定联想到你。假如，没有我，世界的历史——英雄的事业——还有一点光辉吗？假如，没有你，世界的历史——巾帼的一页——不是也会失去风韵吗？

最近这一时期，是我十多年军旅生活中所最得意的时期——有这一时期，也不算虚度半生了。

打开日历一看，从禾水上游向东进军那一天起，不到一个月，拔天险的七谷岭，破匪区的腹心——禾新城，破坏土匪的后方——被服厂、兵工厂，进兵的迅速，战斗的英勇，就是孙武复生也不过这样吧！亲爱的素，这是人生中多痛快多光辉的事迹呵！昨天袁水上游驻军的朋友来电，土匪已经从浏阳河向南。他们奔走千里，人疲马乏，弹尽粮缺，伤兵累累，三个团缩编为两个不足的团了，这群快死的穷凶极恶的匪徒，还想窜回到老巢，真是不知死活呵！我请他们睁大眼睛看看：今日之赣西，是谁家之赣西！

我现在正计划消灭这股残匪，估计不要多少时间就可以肃清。那时候，我肩章上的金花，也许会有点变动吧！那时候，我一定要到你的身前，紧紧地拥抱你，要你还我的吻债，要借助你那圣洁的唇舌，润泽我这苦战后的枯燥的心肠。亲爱的素，请你耐心地等待那一天吧。

我这几天很好，每天清早起来，趁着队伍出操的时候，上城墙环绕一周，城墙南临禾水，水面上点缀着许多小舟；两岸都是良田沃野，长着绿油油的红花草和油菜，春风带着媚意从南岸吹来，使人为之心醉。

中将把信写好了，亲自封得紧紧的，准备投入军邮，忽然门外有人喊："报告！"

他立即听出是那位屡立战功而且是他属下的旅长中资历最深的江将军，他好像受到袭击似的，立即把信反过来，同时有点紧张地回答："请进，请进。"

江将军进来了，对中将庄重地行了一个军礼。他回礼请他坐下。

江将军是保定军官学校毕业，和段栋梁中将同学而不同期，头的前部已秃，矮而结实，相貌很像猴子，一看而知是个聪明人，他的朋友们都给他加个猴将军的绰号，他也觉得这个绰号很和他相称。

"师长，好吧？"江将军第一句向中将请安。

"好！好！"中将谦和地说，又转问他，"你好吧？"

"不敢！不敢！托师长和云公的福，没有什么。"

"今天的仗打得不算坏，师长知道了？"

"知道了，刚才不久知道的。"

"是，我早就听到过，现在这一块匪区，是一个省的规模。听说瑞金是国家的组织规模，俨然是他们的中央政府。"

江将军冷笑一下，说："说来又气人又笑人，找个县城做国都，找个镇子当省会。"

段栋梁中将也冷笑了一下，接着说："历史上的草寇，没有哪一个成了事的。远的不要说，就是拿最近三百年的两件来说罢，一个是李自成，一个是洪秀全，这两个最后怎么样？真是‘死无葬身之所’。现在的共匪，没有南京、北京，只有一个县城瑞金，就成立中央政府，我看他们将来的结果，不见得会比李自成、洪秀全好。”

“这是草寇的必然下场。”

两个人沉默了一下，江将军又放低嗓子说：“郭匪最近逼近袁水了。”

“是的。”

“那么会不会南渡袁水窜回老巢？”

“我已经命令省补充纵队从湘东开到袁水上游北岸堵截，并令我师第四十四旅开到茶州城，在长沙、衡阳征调军商汽车，迅速输送到袁水上游，协同补充纵队一起堵截，采取‘半渡而击’的战术……”

“好！”江将军高兴地说，“这比沿河堵截或随后穷追都好。妙计！妙计！”

中将在这位资历较深的下级面前，还是谦和的：“只好这样。”

“此后我们的担子加重了。”

“我早就想到了，前几天我听到土匪最近逼近袁水，就知道不好办了。不，不是不好办，只是他们不会办罢了。”

“对，”江将军停了一下，突然很愤慨而有点痛惜地说，“真奇怪。这一次土匪能向南走，真使人百思不得其解。如果说他人多吧，不过是三四千人；如果说他枪多吧，不过是一千几百条枪。至于我们方面呢？专门担任追击堵截的部队也超过他们十几倍，各个地方的保安团队还不知道有多少。本来土匪脱离老巢，正是自投罗网。可是，他们还能向南走，我不知道我们那些人是干什么吃的!”

“是的,昨天本成来信也说到这个问题。”中将拉开抽屉,取出一封信,“你看。”

江将军默读起来,看到中间不觉得读出声来。

“……赣西共军枪仅千余,前窜入袁锦修、九宫山等地,纵横驰驱,到处骚扰,国军以六师之众,分任追堵,乃该匪安然南窜,不知专任追堵之责者,何以卸其责……”

江将军冷笑一声,说:“这还说得客气。有人说国军是土匪的运输队。这可太伤委员长的心了。”

段栋梁说:“是啊,委员长说:‘……土匪没有后方,而我们一帮不争气的军队要做他的后方,要失败去接济他的一切物资,将土匪救活……土匪说我们的军队是他的运输队,这比挖我的心还痛,然而又是事实。’”

他俩沉默了。

勤务兵端着热水瓶进来了,他把两个茶杯斟满,茶面上起了一股云雾,江将军喝了一口,浓郁的香味沁入心脾,满意地说:“茶很好。”

“差不多呀,是洞庭君山茶。”

江将军又喝一口,闭着嘴巴呷了呷味,才吞下去,随即张开,深深地呼一口气说:“老实说,如果各军都能像我们一样,还有什么红军和共产党……”

“唏!”中将又冷笑一声,“他们用兵,好像老牛耕田,最大的弱点,是不善于临机应变。当着土匪从九宫山向南走的时候,谁都估计会窜回老巢,上峰也有命令,一面追击,一面特别注意堵截。但追击和堵截的部队,动作不很好协同。追击时,堵截不得力;堵截时,追击也不得力。此外堵截的只注意正面,不注意小路和侧面;追击的只知道跟踪尾追,不能判断敌人行动的总方向,取捷径拦腰截击。据长沙朋友来信,土匪从九宫山走到桃花港,我们的人在南面堵截,恶战一天,把土匪打垮,并压迫土匪向西走,这个胜利,论理也不算小。但他们在胜利之后,接着来个错误。什么错误呢?就是跟踪尾追。原来土匪向西后,忽然折而向南,深夜过了汨罗江,因为他们只跟踪猛追,土匪到这里的时候,碉堡虽多,因为没有强大兵力,当然挡不住。等他们追到河边,土匪已经过了河,上连云山了。这样一来,他们由堵变成追,由向北而向西,又由西而向南,完全做了土匪的尾巴,好像是归土匪指挥一样,说来又笑人又气人。”

两人同时又冷笑了一阵。

江将军忽然转为严正的语气问:“步岗呢?”

“你问曾士虎司令?他!……”中将一面说一面冷笑,“他老兄,已经回长沙去了。”

“喔!他这一次也辛苦了。”

中将随即叫参谋取一张电报来,好像不屑说话似的放到江将军面前。江将军仔细默念:“段师长宏宇兄:云密,匪此次南窜,我北线诸军,奋勇追堵,一败之于巨溪圩,再败之于桐禾,本日补充第一总队及厉彭两部,分途追至袁水之路溪、宣顺一带,虽未将匪全歼,然一周以来,斩获甚众,残部不及三千,昨夜已南渡袁水,判断该匪将窜回赣西老巢。弟已命孙师由公路经湘东到禾水上游之北,归兄调遣,余陆续返防。弟现在行军中,拟明日返省,将此役追剿经过,面呈总座。贵部一月以来,旌旗所至,远近披靡,拔七谷岭,攻占共军老巢中心城镇,进军之速,为近年剿匪诸军所罕见。

尚望再接再厉，歼彼丑类，功在党国，名垂竹帛，亦弟之荣也。曾士虎寅马。”

“呵！”江将军老气横秋地笑着说，“他老兄，回长沙了。”接着又说，“今后总部的大计划又会多起来的。”

“当然，他老兄在图上确实有几下。”

“这一次他却指挥了十万大军。”

中将又微微冷笑一下，随即摇头摆尾，拿腔拿调说：“云公所用非其所知啊。”

“是的！是的！”江将军似乎兴奋起来，又喝了一口茶，“天下如果只有所用非其所知的事，那也罢了；可是，不幸的是还有所知非其所用的事，或者说‘用而不及时’。”

这话正说出了段栋梁中将想说的话，他本来已经到了口边，因太露骨就收回去了。江将军说出后，他满意得内心狂笑起来，但却装着镇静，只微笑一下。江将军也察觉了他这句话使他的上司很满意，心里也很快活，等了一下，忽然转了念头，说：“师长，如果共匪真过了袁水，回到老巢一时很难恢复，也补充不起，我们应该趁着这个好机会，迅速进攻，不让他有喘息的余地……”

“对，等孙师来接防和四十四旅归建后，就可以行动。”

“他们几时到？”

“孙师现在袁水北岸，还在追击中。四十四旅到袁水上游后，力求消灭敌人。如敌南渡袁水，就依然用汽车运茶州，到茶州后，两天急行军就回来了。”

“北面部队这么多，怎么还要从我师调一个旅去？”

“谁知道！我也是为了剿共大局，不得已而为之。”

“孙师此次奔驰千里，现在也还在追击中，可谓辛劳。他们的情况怎样？”

“不大清楚。”

“守碉堡没有问题吧？”

“应该没有问题。”

“他老兄这一次也走苦了。”

“现在不会走了。”他不冷不热不轻不重地说一句，好像再没意思来议论这些问题一样。

“行动方向还是向甲石吧？”

“对。到甲石后再向北搜剿。”

江将军站起来，向中将告辞，中将送他到门口，小声说：“注意军事秘密。”

过了五天，孙威震率一个师到了，段栋梁师一个旅也归建了，段栋梁下达了准备出发命令，命令上只规定随时准备出发，没有说哪一天行动，向哪里去。部队接到命令后，有的买行军用品，有的制干粮拉民夫，有的向参谋们打听哪天出发，向哪里去。指挥机关和参谋们虽然有意保守军事秘密，却在无意中走漏了消息。隐藏在禾新城内的革命分子，很快就知道了国民党军队在准备进攻和进攻的方向。

又过了三天，就是出发时间了。中将在先一天晚上，叫勤务兵捡出行军时要带的东西，又亲自取出他夫人新由长沙寄来的秋绒服，准备第二天穿。睡之前，吩咐卫士说：“明天早四点叫我起床。”

第二天早晨，中将按时起床，穿上新军装，挂上肩章，紧束三八刀带，又把指挥刀系在上面。出了房门，走到街头，他那肥壮的海骝，见他来了，奋鬃长啸，好像预祝主人的凯旋一样。中将上了马，挺腰振臂，前呼后拥，威风凛凛向集合场前进。

集合场是块大草场，白军以团纵队并列起来，面向西方。最右边插着师旗，师旗左边是特务营营旗和营纵队内的排横队。横队左边八步是旅旗，旅旗左边四步是团旗，团旗左边四步是营旗，再两步是连旗，再四步又是团旗，这样按右翼团的次序排列，再八步又是旅旗，这样依次排列下去，一直接到禾水边上。各营的前面是乌黑色的机关枪。机关枪后是三个步兵连，再后又是机关枪连，又是三个步兵连……从侧面看去，第一列的旗，不管师旗或旅、团、营、连旗，都整齐在一条线上，机关枪和人的位置也分列得丝毫不紊。各团的连，也在一条线上。从正面看去，各团的营旗连旗，都是在一条线上。高级军官都穿秋绒军装和革靴，有些还背着指挥刀，上尉以下的官长，完全胶鞋，兵士是草鞋。所有的人都有臂章，臂章上面写着"国民革命军"的番号，而第七、八团则写着归他指挥的另一师的番号。中将刚到集合场，一声立正号音，从人海中雄壮地叫起来。他看着千万人的左脚向后一收，同时枪向右胯一靠，"嚓"的一声，整齐地响起来，他在马上举手回礼，扬鞭检阅，马头朝天，马足悬空，千万个人挺胸直背，千万双眼珠都像探照灯一样的随着马头目迎目送，直到他叫了一声"稍息"，才解除紧张的脸色。

中将看到他的军队，人肥马壮，刀枪整齐，特别英雄威武，不觉得欢欣鼓舞，心中自言自语道："以此制敌，何敌不摧！以此图功，何功不克！"

段栋梁于是立于全军的中央，高声叫道："弟兄们，我们建功立业的机会又到了！你们还记得去年秋天在茅村同我们打仗的那股土匪吗？他们最近在袁水以北地区，被友军打得七零八落，无路可走，又逃跑回来了。那些亡命之徒，人数不多，走了几千里，没有饭吃，没有衣穿，像叫花子，路都走不动，更说不上打仗了。他们的武器,你们是知道的,没有大炮,没有飞机,只有几杆烂步枪,他们的子弹,从来就少得很,现在更少了。我们应该乘着这个机会,一下子歼灭他们,免得以后再劳神!

“我们是百战百胜的军队,有智有勇,能攻能守,别的部队不能担任的任务,我们可以担任;别的部队打败仗的时候,常常就是我们打胜仗的时候。假如所有的军队都同我们一样,土匪早已完全消灭了。

“剿匪的任务,是神圣的任务,希望你们勇猛向前,谁的勇气不够,我分给他一些余勇罢!

“但是,我相信你们是有勇气的。古话说得好:‘强将手下无弱兵’,又说‘有不可战之将,无不可战之兵’,我既然勇气有余,难道你们还会不足吗?我既然不是不可战之将,难道你们还是不可战之兵吗?”

中将讲到这里,突然提高嗓子问了一声:“弟兄们,有没有勇气?”

“有!”人丛中发出一声千万个口合成的洪大而整齐的回声。

“打倒共产党!”

“消灭共产党!”

“蒋委员长万万岁!”

部队不可一世地向西前进了。中将随着前卫旅之后,不断地注意前面和左右两侧的情况,不时催促部队快点走,去迎接预期到来的胜利。

第三十二章

春分时节,天气暖洋洋的,太阳从淡白色的云阵中放出平和的光线;田野里长出绿茸茸的红花草和油菜;红花草开着淡红色的花;油菜花金黄灿烂;满山遍野,杜鹃怒放,红的黄的粉的,交相辉映。

这时期,大地复苏,河水解冻,蛤蟆、鳅鱼、鳝鱼、鲫鱼都在水田和沟渠里活跃起来。一群群的鸭、鹅,清早从笼里走出,奔赴田野、水塘;傍晚,它们大腹便便地一摇一摆地又踏上归途。牛羊相呼,结伴而行。大地充满了活力。

这里在红色政权建立之前,大部分土地集中在地主手里——多的到百分之八十,少的也占百分之六十,农民租种土地,勤劳耕作,也得不到温饱。工农兵政权建立后,农民平分了土地,深耕细作,放心下肥。农忙时期,不论春耕夏耘,秋收冬藏,只要有红军或党政机关驻扎的地方,就得到了他们的帮忙。农民除了供给红军以外,还有余粮酿酒、喂猪、养鸡、养鸭。一天三餐,早晚还有糯米甜酒。青年和儿童,模仿红军的装束,戴军帽,打绑腿,俨然是红军的预备兵。青年妇女,戴着青色或蓝色的头巾,赤着大脚,和男子一样打柴割草,下田做活,参加各种社会活动。闲暇的时候,三三五五地跳舞,唱歌,游戏;她们钦佩红军的英勇,羡慕红军的光荣,有的和红军交朋友或恋爱,有的鼓励丈夫、哥哥、弟弟去当红军。

老百姓热爱自己的军队,踊跃参军。还在井冈山时代,很多人参加朱毛红军。一九三〇年,组织一个小师,编入黄公略的第三军,参加长沙大会战。以后有许多人参加红军第五军、第七军和第二十军。至于罗霄纵队,绝大多数都是这个地区的人,他们生长在这里,向东南西北出击,疲劳的时候,就回红区来休息。他们把自己的心魂,寄在赤色区域这个大家庭中。雄壮的苏区！美丽的苏区！丰饶的苏区！自由而幸福的苏区！

罗霄纵队经过几个月的奔波之后又回到了苏区。苏区人民喜气洋洋,有的来找丈夫,有的来看儿子,有的来会兄弟。送慰劳品的,唱慰劳歌的,给红军洗衣服补破烂的,一队队,一群群,男男女女,老老少少,你来我往,络绎不绝。

北乡区政府设在村中大祠堂内。祠堂门口是块不大的草场。进了大门,横过走廊,是一块十五六步见方的院场,左右为厢房,上面是祠堂正殿。农忙时节,本来应该人少,但这几天祠堂里热闹得很,送蔬菜的,担猪肉的,还有提着鸡蛋的,带着油炸豆腐的,来了一批又一批。区政府的工作人员都出动了,清点数目,接收东西。把一个本来不大的场院挤得水泄不通。

从村子西面来了一群妇女,头上戴青色或蓝色头巾,手中拿着木槌,有些带了胰子,有些带着皂角和茶楂饼。为首的是个青年女子,齐眉短发,一束刘海整齐地排列在额前,浓眉,丹凤眼,大眼睛下的两酒窝平添了她女性的魅力。同其他妇女一样,她手中也拿了木槌,头戴着青色头巾,不同的是头巾略往后系着,一朵鲜红的杜鹃花插在左边头发上,在红花映照下,她面色红润,容光焕发,一双有神的眼睛更显得神采奕奕。她就是余贵秀,作战参谋冯进文的未婚妻,不过,这秘密尚未公开,知情者仅几个人。快到村口,余贵秀越发走得快了。士兵们站在村口，自动地列队欢迎，还有的情不自禁地鼓起掌来。余贵秀听见有人在小声说话："领头的是余队长，余贵秀！"

"是啊，有名的支前英雄。"

"听说同我们冯参谋是一个村的。"

"呵，关系还不错！"

她知道这里有熟人，但不知是谁。听到议论他们之间的关系时，脸刷一下红到耳根，更不敢抬头细看了。

"余队长来了，余队长来了！"有几个人同她打招呼。

"同志们，你们辛苦了。"她只得微笑着扬了扬手，头还是不好意思地抬起来。

分别了几个月，余贵秀时刻惦念她的未婚夫！出发之前，他们就说好了，这次回来就办喜事。现在大喜的日子就要到了，可他却一直没有露面，余贵秀心里像是揣了一只小兔子，扑腾乱跳。她整整两夜没有睡好，今天一大早，就把妇女们组织起来，为红军服务，当然还有另一层意思，借机来会会冯进文。

红军战士知道她们是来慰问的，不问缘由，就主动带路，把她们分到各连去了。余贵秀只好招呼大家帮助战士们洗衣服、补衣服，把另一个念头先压下了。

她们到井边提水回来，把衣服浸在水里，带皂角茶渣饼的，就用刀把它们砍成碎末，放入盆中，用热水泡七八分钟后，再用棍子左搅右搅，盆里立即浮起一层肥皂泡沫，然后掺上冷水，把衣服浸在里头，于是所有人动手洗起来，立即响起一片哗啦哗啦的声音。

半午过了，朱福德从外面走来了，他看见了余贵秀喜笑颜开地说："余队长，好久没见到你了。"

余贵秀也笑着说:“朱大叔,你好吧?”

“好——回苏区来了,什么都好。”

“我们望了你们好几天了。”

朱福德前面有个士兵,笑着说:“望我们?怕主要是望冯参谋吧?”

大家都笑了,朱福德也笑了,一双粗糙的大手搓来搓去:“嘿嘿,还没有见着进文吧?”

“没,咱们都忙着哩,不见他!”余贵秀答道,低头继续洗衣服。

“那怎么行,再忙也不在乎这一会儿工夫。我去找他。”说完就连跑带颠地走了。余贵秀喊了几声“朱大伯,你别去!”他理都没理。

余贵秀望着朱福德远去的背影,恨不得跟朱福德一起走才好。“我真笨,怎么就不能找个理由离开一下呢?”她在心里暗暗地自责了一句。

好不容易等到朱福德回来,却仍不见冯进文。朱福德的神态就像打了霜的瓜秧——蔫了,喃喃地对余贵秀说:“他不在司令部。”

余贵秀听得很明白但也不好追问。朱福德走又不走,没精打采地站着。

余贵秀手脚快,要洗的衣服快完了,她也忍耐不住了,问朱老大:“他哪里去了?”

朱福德走到他身边,低着头小声说:“听参谋说,昨天保卫局把他带走了,连郭司令事前都不知为什么。”

“保卫局?”余贵秀吃了一惊,手中的棒槌掉到地上,脸色刷的一下变白了。半晌她才说:“我去问问,如果他真是反革命,我就和他一刀两断,如果不是,我们就结婚。”

“不能去,孩子,”朱福德劝说着,在河边来回踱步,“郭司令都不清楚,你还能问清楚?”

“不,我要去,我要弄个水落石出。”余贵秀抽泣着,口气十分坚决地说。说完,便向区政府所在地跑去。

在郭楚松的司令部里,参谋们一个个垂头丧气,对着发脾气的郭司令,不敢吭声。冯进文被保卫局带走,他们也是莫名其妙。不过,大家心里都明白,一定是同抓AB团有关,冯进文的老家已经抓了好几遍,区乡干部一茬又一茬地抓走了。红军中也抓过很多人,有些人还是经过“自首”才工作呢。冯进文早就是怀疑对象,只是郭司令不同意抓,才拖下来。这两年当参谋,常常接触外界的人,他偶尔说些不着边际的话,被保卫系统的工作人员听到了,新旧账一起算,回到苏区就被抓走了。

这时,进来一个人,银铃般的说笑声打破了沉闷的气氛:“哎呀,郭司令,你在这儿,叫我找了好半天。”郭楚松一看,见是杜崇惠的老婆——李桂荣,便吃了一惊。杜崇惠的老婆还是那么贤惠,一进门就亲热得很,说起话来,声清气和,叫人觉着大方而舒服。

“你来了。”郭楚松脸上愠色立即换成笑容,不过,笑得不自然,只是嘴角稍微抽动一下,算是打了个招呼,“桂荣同志,坐吧。”郭楚松手一指椅子,抬头看了她一眼。

她二十来岁,蓝色头巾下一张圆脸,像新放桃花;一对圆溜溜的眼睛,在两道略向上飞扬的眉下闪着光;穿一件青竹布上衣,脚蹬布鞋,右手拎了一壶米酒,左手挂了个小竹篮,不用问,那里一定是鸡蛋花生之类。她旁边站着一位十二三岁的小男孩,牵着一条小黄狗,怯生生地瞪着眼睛看着这陌生的地方。

郭楚松向愣在一旁的参谋们努努嘴，示意他们回避一下，这才走到她的跟前，在桌子对面坐下了。

“几天前就听说你们回来了，等了几天，也不见你们回家，我想一定是工作忙，抽不开身，就和我弟弟一起把东西送到这儿来。你们就在这儿吃吧。”说完把米酒往桌子上一放，腾出右手，打开筐子盖布，里边不仅有鸡蛋、花生，还有蘑菇、木耳、腊肉，满满一小筐。

小男孩把手中的绳子交给郭楚松，说了声：“给。”

郭楚松问：“你牵小狗来干什么？”

小男孩眨了眨眼睛说：“司令喜欢吃小狗，爸爸妈妈让我送给司令的。”

“是啊，这条小狗是家里自己喂的，他早就说要送给司令的。这也是我舅舅和舅妈的一点心意。”杜崇惠的老婆在一旁帮腔。

“不行啊，嫂子，东西我们不能收，你拿回去吧！”郭楚松看了这位朴实的农村妇女一眼。当他们的目光相遇时，郭楚松马上移开了。

“怎么说呢？”郭楚松心里犯难了。

“郭司令，我姐夫哪去了？”小男孩的发问打破了窘境，说出了她想问的话。

“他……没有回来。”郭楚松结结巴巴地说，但又不能明说。

“他没有回来？”杜崇惠的老婆瞪大了眼睛看着郭楚松，眼泪已经在眼眶中打转转，“是不是牺牲了？”

郭楚松没有回答。李桂荣意识到是郭楚松默认她的猜测，又说：“怪不得好几天没有回家。”说着，眼泪夺眶而出。她低头用衣服一角擦了一下眼泪，抬起头来，询问的目光又朝郭楚松射来。当然，她是不愿郭楚松证实她的判断的。

郭楚松也看了看她，缓缓地说："没有。"说完又重复一句，"他没有死。"

一听到这里，杜崇惠的老婆心情和缓些，眼泪也停住了，但还是有些疑虑，进而又破涕为笑，不好意思地说："那他是不是执行任务去了，这个人，带封信给我也好，让我……"

"不是执行任务，"郭楚松带着同情和怜惜，向她说了一声，"他走了！"

"走了?!"李桂荣吓了一跳。刚刚阴转晴的脸一下子又变成愁云了。她试探地问："他被敌人抓走了?"

郭楚松答："不是。"

"是逃跑了?"

"还不能这样讲。"

"他到底怎么啦?"李桂荣着急起来。

郭楚松深沉地对她说："你不要着急。老杜是离开我们了。我现在把他离开红军的情况细细地跟你讲一下。"

郭楚松把杜崇惠出走的情况从头到尾讲了一遍。最后他说："老杜从前是个革命者，是值得你爱的。现在，他离开革命了，离开了你，连招呼也没有打就走了……"面对这位受过苏区小学教育而且对时事政策有一定了解的农村妇女，郭楚松不知怎样安慰她才好。

大家都沉默着，房子里的空气显得沉闷紧张。半晌，李桂荣停止了抽泣，抬起头来，自言自语："出发前我发现他情绪低沉，可没想到他会脱离红军，这实在不像话。但我相信他是好人，走的时候枪和文件都留下了呢。他会回来的，我等他。"

郭楚松自杜崇惠走后，从杜崇惠的出身经历、性格以及他在革命队伍的地位作了分析,认为他是不会回来的。他不愿李桂荣这样一个青年女子盲目地当一个痴情的人,就以开导而带劝解的口气说:“唉!他把你忘了,你何必再想他。”

李桂荣又抽泣起来。她处在突然出现的矛盾心理中,眼前的现实催促她尽快脱离这种处境,她站起身就走。

郭楚松拦住她说:“把东西带回去吧,你的心意我收下。”

“郭司令,这些东西是送给红军的,你要是不收,我会更难过的。”

“好吧!”

郭楚松把他们姐弟送出门外,天空起了一片乌云。他目送李桂荣悻悻地走开,烦躁的心境中又像多了一层乌云。

第三十三章

半下午了，罗霄纵队司令部的门口，来了一个小女孩和老太太。老太太像一般青年妇女一样，留的短发，只是头发倒梳，没有刘海罢了。额上虽然开始现出皱纹，头发也开始花白，但是两只眼睛，还是通亮的，特别引起人们注意的，是快六十的女人，也是一双大脚。一双布袜，走起路来，不弓背，也不低头，更不用说拄拐杖了。小女孩不过十岁，倒提着母鸡，走在老太太前面，有时回头去和她谈话。

这位老婆婆就是陈廉的母亲，大家都叫鄱湖婆婆。别看这位大脚老太太，她的经历可不一般。

鄱湖婆婆原籍在南昌。父亲是前清贡生，教了二三十年书，也做过八九年小官，积下了一些家私，在家养老。鄱湖婆婆小的时候，跟着父亲读书，读到十几岁。《论语》《孟子》《左传》《诗经》，都来得几下……

她十六岁那年，父亲没有教书了，她也就没有读书了。就在这一年，她家里把她许给南昌城外一个姓张的地主家里。十八岁那年，南昌办了一所女子学校，她得到父亲同意，就进这个学校读书。这年冬天，张家来求大庚，要过门。也在这个时期，听到一些消息，说那位张家相公虽是读书人，但品行不好，赌钱打牌，酗酒打架，她就以继续读书为名，向家里表示不愿出嫁。但是张家催了几次，她父亲母亲又动摇了。父亲说:“你已许人了,人家来抬,怎么好说呢?”

“我还要读书。”

“出嫁以后,我可以同张家说让你继续读书。”

“我差一年就毕业,毕业后再说。”

“你已经十八了,怎好说。”

“十八岁也不算大。”

“现在的姑娘,十七八岁的都出嫁了。”

“我现在是读书的时候……”

“张家几次来求,怎么能拒绝。好女儿,你从小就读孔夫子、孟夫子,知书明理,也该体谅爹爹。”

“孔夫子也没叫我不读书!”

“孔夫子固然没有叫你不读书,但是也没有叫你一定要读书!三从四德的道理,你早就知道的。”老人家有点气了,一边敲桌子一边说,“你读书读到哪里去了?”

“我读到肚子里去了。”

“你如果读到肚里去了,就该听圣人的话。”

“我是听圣人的话。”

“你如果听圣人的话,就该听爸爸的话。男大当婚,女大当嫁,‘父母之命,媒妁之言’。你不愿意,难道是听圣人的话吗?”

“根据圣人讲的,就不该现在叫我出嫁。”

“真是岂有此理!你难道不知道‘男大当婚,女大当嫁’是圣人讲的?难道不知道‘父母之命,媒妁之言’是圣人讲的?”

“不错,这是圣人讲的。但圣人还讲男子三十而娶,女子二十而嫁。我现在才十八,为什么就叫我嫁呢?”

父母没办法,只好答应她毕业后再说。在学校的后两年中,她接受进步思想,更不肯嫁给那个姓张的了。刚毕业,她父亲旧事重提,而她却一口回绝,于是,她和父亲发生了更尖锐的冲突。

“他吃喝赌博,我才不嫁他。”

“他是有钱人家,那些事,哪个富家子弟也难免的。”

“我不喜欢他的钱。”

“你嫁过去后,可以劝他改邪归正。”

“他不改呢?”

“那也没有办法,生庚八字写得清清楚楚,我们早两年就接了他家的婚书。”

“爹爹难道要叫你的女儿到他家去受罪吗!”

“什么罪?你到张家以后,不愁吃,不愁穿,福也享不完。张家是有钱有势的人,真是三里马来五里轿,比我这个门馆先生好多了。”

“婚姻论财,夷虏之道,爹爹,你是有功名的人,怎么这样说?”

爹爹发脾气说:“你倒要教训爹爹了,我费尽心机要你以后有福享,难道也错了?”

“我在家跟着爹爹妈妈苦惯了,难道不去享张家的福也不行?”

“不到张家到哪家?”

“以后再说罢,我这一生也不一定要嫁人。”

“你说的什么?”爹爹脾气更大了,“男大当婚,女大当嫁,从盘古开天地以来就是这样!”

“我要嫁也该嫁个好人家,难道爹爹还要女儿去陪别人赌钱打牌!”

“你……为什么不早说?你以前说要读完女学,要到二十才嫁，我两条都答应了。我也是这样叫媒人回答张家的。你现在又说张家不好，又说以后不一定要出嫁，这怎么办？咳！……”

“不要紧，现在世界讲自由了。我在学校看到上海出的女报，就是这样说的。”

这句话把爹爹惹得更火了，他生气地说：“那是胡说八道的。从来男婚女嫁，是凭父母之命，媒妁之言，什么自由？那是说不出口的话，你怎么弄得这样糊涂了。”

父亲又再三劝她出嫁。母亲既疼她又回绝不了张家，只眼睁睁地望着她不说话。这样又拖了半年。有一天正在吃午饭，忽然进来四五个陌生大汉和两三个中年妇人，一把拉住她要换衣。花轿到门口了，父亲母亲也来劝，她死命地哭叫，衣服也不换。抢亲的人硬把她抬上轿去，飞快地跑了。从此，她到了张家，一周之后哥哥把她接回娘家。几天之后，张家来接，她不肯去，过了几天，张家又来接，她在家庭的逼迫下勉强回去了。从此张家就再不让她出门。她实在没法就变更主意，在公婆和丈夫面前假装殷诚，并说怀孕了。张家以为她死心了，让她回娘家。她回去后，决心不回来。张家多次催也不去。张家相公自己来接，她就躲起来……

又过了半年，有一次，张家相公突然来了，死命拖她。房子里有好些人，谁也不敢帮她。刚拖出门，她右手抓住门框，死也不放。他抱住她的腰拖，她也死死不放。这时旁边看的人越来越多，在她家做木匠的陈师傅实在看不下去，大声喝道：“拖什么！叫她自己去！”

陈师傅带头一喊，邻居好些人都壮了胆，同声叫道：“放手！放手！”

张家相公早已拖得精疲力尽，听大家一喝就放了手。

从此，她还是住到家里。但是，婆家天天来催，并说要到衙门告状。娘家也无情地逼她，她吃不下，睡不着，心里想只有两条路，一条是死，一条是跑。死是不愿意的，跑又能跑到哪里去？她想到木匠陈师傅，半年前曾在她家做过两次活，在她家一起吃饭。木匠家在吉安，父亲早死，母亲改嫁，由伯伯抚养，长大学木匠，跟师傅在南昌和樟树镇一带做工。虽然认识不到几个字，但勤快而精明，家里的人都喜欢他。她空闲时，常同木匠说说话。木匠家里来信，就找她读，她连他家许多情况和住址都知道。这样一来二去的，有了些好感。年关快到了，木匠要回家，有一天他突然问她："你真的不回张家了？"

她直截了当地说："自然。"

他这样问也许没有什么别的意思，在她的心里却起了波澜。她内心很矛盾，他是年轻木匠，自己是书香闺秀，虽然天下讲自由了，也不好同他自由起来。

婆家和娘家天天逼她，更促成她快点跑。她决心去找他，但是要十分秘密，绝不能让家里人更不能让外人知道。

在那个世界，一个女子单独出门，是很艰难的。但是她父亲教她读《木兰辞》，知道木兰当了十二年兵，同伴都不知道她是女的。她也没有什么巧，随时随地注意就是了。自己是大脚，也会官话，跑吉安，不过四五天，看来不会有多大问题的，她借去姑母家为名，在姑母家住了两天。回来的时候买了双云头鞋，一件竹布长袍，一件马褂，一顶青色帽和零星化装用具回到家里，又偷了父亲编发辫用的旧青锁线。夜晚，趁着家里的人睡了，偷偷点上灯，对镜化装，果然像个小童生。不过在家化装好后逃走有许多困难：第一，白天很难穿男装离家；第二，易引起巡察、更夫的怀疑。可是，不在家改装，等出门后再改装就更困难了。她左思右想，决定还是在家里先化装，内穿男装，外罩女装，这样白天就可以公开离家了。一天晚饭后，她对母亲说到姑母那里去取两本书。母亲同意了。

第二天快天明，她穿上男装，外面套女袍女裤。云头鞋、青锁线则藏在龙须草提包里，外面再盖条手巾。天明以后，家人都起了床，她就大摇大摆地出了门。出门不久，她想脱去外面的女装，因没有机会，只好继续走。好不容易看到一个学堂，学堂旁边有个厕所。她进了厕所，脱掉女罩衣，把辫子的红头绳扯掉，换了青锁线，然后换上云头鞋，赶快跑出来。从此，就以男子的姿态出现在世界上了。正午，有去吉安的船，就搭船去了。

在船上，不方便的事，是大小便。为了避免别人怀疑，只有等船靠岸的时候偷偷进公共厕所。还有一件事是说话，女人声音尖，她就尽量少说，要说就故意放粗喉咙。

第七天，走到吉安北面四十里一个镇子，找到了木匠家里，她一见到木匠，就叫他的名字，木匠本来和她很熟，见到她变了装，一时惊讶得不知说什么才好。

他们在家庭长辈同意下结成夫妇。为了掩人耳目，小两口到禾新去做木工，做裁缝。他们靠两只手，成家立业，生儿育女。到了民国十六年，成立农民协会，他们都成了积极分子。一九三〇年红军打开吉安，他们又送唯一的儿子参了军。

快到祠堂门口，里面有人叫道："鄱湖婆婆，您老人家来了。"

老太太看了看，并不认识，一面进门，一面回答说："是，同志。"

"鄱湖婆婆，您又给红军送东西来了？"

"是呀，司令呢？"

"在里面，你跟我来。"

老太太和小孩进去了,快到场院边,看见郭楚松站在场院中间,正在和一个背驳壳枪的红军谈话。

郭楚松一见她,忙先打招呼:“鄱湖婆婆,您老人家来了。”

“哟,郭司令,你可瘦了。”

“从家里来的?”

“是呀。”

“呵!”郭楚松眼睛一睁,“走了十八里。”

“不要紧,我还走得。”

老太太说着把手上的鞋袜放在地上,又叫小女孩把母鸡放下,说:

“我送些东西给你们。”

郭楚松慌忙摆手,“不!不!您老人家留着自己吃,给自己补养补养身体!”

“唉,自己人还见外。鞋袜是我自己做的,鸡也是自己喂的嘛!”

郭楚松问:“见到陈廉了没有?”

“没呢。”

“我去把他叫来。”

“别急,别急,我还有急事哩。”鄱湖婆婆说着,解开衣襟,掏出几张小纸来,递给郭楚松。

郭楚松打开一看,忙问:“鄱湖婆婆,这是从哪里来的?”

“这材料是有用的吗?如果有用,那就不算白走一趟。”原来是份禾新城的敌人兵力布防的详细材料。

“用处太大了。”郭楚松高兴得跳了起来,“我们队伍刚回来,很需要禾新城敌人的情况,是怎么弄到的?”

鄱湖婆婆笑着说："'不入虎穴，焉得虎子'啊！"

"你自己去的？"

"是呀！"

"那多危险呀！"

老太太仍然笑着，说："五天前，县军事部部长到我们乡公所，要乡公所派人进城去探听城内敌人的情况。可是，禾新城的敌人，封锁很严，男子不准来往，除了小女孩和老太太，准进不准出。中午过了，还没挑出人来。我知道以后，就到乡政府，对他们说：'我去。'"

"他们都说：'你去是好，就是城里认识你的人太多。'

"我说：'认识的人大都是好人，就是坏人，也不会想到我这个快六十岁的老太婆是来搞情报的。'

"他们就同意了。第二天早晨，我把我的老行头——剪刀、尺、熨斗、针、线——拿出来，朝城里去。离城两里，到了国民党军队的哨所，我故意把行头露出来，哨兵瞄了一下，问也没问一句就放行。到城门口又一道哨，哨兵问我从哪里来，进城干什么，我从从容容回答，他们就让我进城。我一直到十字街，进了一间杂货店。老板娘和我还合得来，但当我突然出现在她面前的时候，她发愣了，问我来做什么，我说：'到城里来找点零活做。'

"她将信将疑。我又给她解释一下，她虽然没有怀疑我什么，但多少有点不满，认为在这兵荒马乱年头，随便出门，是不合时宜的。可是，她愿意我在她那里暂住。

"这间杂货店，铺面还宽敞，后面有几间较好的民房，我进去不到半点钟，就知道这里住的是十五师八十六团团部。团长和参谋副官住我后面，传令兵勤务兵也有住铺子的，也有住在后面的。我看到他们有的衣服破了,就帮他们缝缝补补。他们不给钱我不讨,给钱我也要。在做工的时候,他们常常来看,有时等着要,我就倚老卖老,问他们的家庭情况,问他们出来多少年月,有父母的问他们有兄弟没有,有老婆女儿的,问他们有人养没有;寄过钱回去没有。官长来了,他们就不讲,我也不讲,这样搞了两天,就同他们混熟了。我认识几个字,常常从他们拿的信件上看到他们部队的番号、住址,也听到他们讲部队的情况,有时候还专门问他们些什么,他们也告诉我。这样一来,只两三天,就把十五师的各团番号,团长以上当官的姓名,一个连有多少人,多少枪,士兵的情绪,伙食,甚至于某些军官太太的私生活都知道了。我一知道就死死记着,晚上睡觉,也念叨一遍两遍,我虽然认字,但不用纸写,就是抓住我我也可以辩驳和抵赖。回来的前一天,我到禾新西门门口一家小饭店,这是县军事部长在我走之前秘密约定的联系地点。拿了三张写满针头大字的纸,还有一张地图要我带回来。我就拉开鞋面,把纸和地图放在鞋底夹缝里,再加块粗布,再把鞋面绱起来。第二天中午,我就向老板娘告别了。可是,没有军队和反动派政府的条子,是出不了城门的。我从哪里去找呢?我跟一个交上了朋友的传令兵说,要回家看看,请他带我出去。他开始不答应,经我说些好话,就同意了。昨天上午,他托团部的两个采买带我,他俩正要出东门外去买东西。哨兵只准采买出去,要我留下来,两个采买很和气地向哨兵请求说:‘老太太要出去走走人家。’

“‘没有放行条,不能出去。’

“‘是老太太……’

“‘那是上面的命令。’

“‘命令当然是命令,不过一个老太太什么要紧——她懂得什

么。同时我们到村里去采买，她同我们一块讲句话也方便点。’

“哨兵同意了，不过要检查一下，我把剪刀、尺、熨斗给他们看，身上就是一件旧衣，他们搜了一下，什么也没有，这样我就随着采买出了哨所。里多路后，采买停在村子里找东西，他们不管我了。我和他们打个招呼走了。我想到情况紧急，一步也不敢停，直到昨天半下午才回到村里。我没有回家，直接到乡政府，我把几天来得到的情况，一五一十地告诉乡长，他叫文书记下来，我又把鞋面割开，取出文件，乡长立即让我送到这里来。”

“啊！太谢谢您老人家了！”郭楚松激动地说，“不是您老人家亲自去，难得到这样难得的情报啊！”

“算不了什么，今后如果用得着我，尽管说。”

第三十四章

郭楚松、黄晔春根据红军总司令部和苏区省委的指示，决心利用苏区的优越条件，在敌人从禾新城向其他地区进攻的时候，寻机伏击其继续深入的一路、二路。国民党军队集中在苏区中心的禾新城，力量大，声势也大，但他们四周在苏区人民及其武装的包围中，形成孤军，犯了兵家之忌。

罗霄纵队除北上回来的两个团外，还有原来留在苏区的一个团和一个地方独立团。伏击敌人那天，他们完全轻装，每人除枪支子弹而外，什么都不带。他们着装并不整齐，有的穿红军军装，也有极少数穿白军军装，有的穿草鞋，有的穿布鞋。只有一件是整齐的，就是头上戴的是红军帽。指挥员穿着和士兵一样的衣服，如果不是身上有手枪的话，就和普通士兵分不清楚了。他们脸上洋溢着临战前激奋的情绪。高级指挥员们早晨起来的时候，还披了风衣，去集合的时候，却激动得脱下了。

郭楚松到集合场，来到原来留在苏区的那个团前面，立即被眼前排列着的九挺重机枪吸引了，他看到九挺机关枪只有三个子弹箱，就问机关枪连长："怎么只有三个子弹箱?"

"没有子弹了，"连长立正回答，"其实三个箱子只有一个有子弹。"郭楚松走到子弹箱面前，打开一个箱子，里面空空如也；又打开一个，又是空空如也；等他去开最后的箱子的时候，连长先打开了,并小声说:“这一箱也只有一百四十二发子弹。”

他提起弹带头,看了看,的确是空的。他顿了顿说:“用三四挺枪上火线就行了。射手和弹药兵还是要去,以便缴到敌人机关枪或子弹时,随时有人可用。”

离埋伏的位置还有十二里地,为了不因队伍过早到达,增加走漏消息的可能性。郭楚松命令队伍就地休息。

这时李云俊带了九个人,都穿便衣,三人一组,每组带一支马枪,一支土枪,几个手榴弹,从郭楚松身旁走过。他们是担任在敌前进大队的中段的侦察任务的。郭楚松忙对李云俊说:“五里一组,敌人来了,不要死顶,打枪报信就行了。”

“是。”

李云俊的小队走过后,郭楚松问黎苏:“派到敌人行军纵队后一段的侦察队走了罢?”

“早走了。”

“谁带去的?”

“张山狗带去的。”

“也是五里一组?”

“是,和李云俊的便衣队相连接。”

半点钟后,下雨了。郭楚松很兴奋,说:“今天好天气!正利于我们伏击敌人。”命令队伍前进。只有点把钟,各团都到达离敌人前进路上的右侧约三里的起伏地段。他预定的主要突击方向是右翼,就是敌人的先头部队。他在担任突击队的三个团到达指定的位置后,叫他们在听到右前方甲石山上炮响的时候,就开始前进,并指定各团的攻击目标和前进路线、战斗正面以及预备队的位置。他说:“攻击的时候,各部队要迅速展开,分成多路纵队,在短时间内以全力投入战斗，以便迅速搞掉从杜合村到甲石五六里地段的敌人，”他用右手指着左前方三里远的高地，又转到右前方三里远的高地，“搞掉这一段，就协同独立团打他们的后续部队。”

他叫大家隐蔽休息，只等前面响枪报信。自回苏区以后，他对苏区的战局，不敢有半点乐观，但对于消灭敌人的先头部队，却有很大信心。他知道他们和敌人比较起来，不仅在战略上，优劣之势相差很远，就是从这一天的战术情况来说，自己的兵力也处于绝对劣势。但他却在敌人的优势中，找到了自己的优势，就是敌人无论有多少人，从县城出发到甲石的四十五里中，只能单线行军。打他的前卫，他的后续部队不可能一下子集结上来。他们以全力对敌的先头部队，在数目上也不算优势，但他们是预伏于敌人行军纵队的侧面的，便于同时迅速展开所有兵力和火器，苏区利于封锁消息，红军可以发挥很大的突然性。关键决定于时间，就是不等敌人后续部队集结上来，不让他的前卫构成战斗队形。这种时间，是十分短促的，他把这个意思告诉他的干部，他们很快就明白他的意思，或者说，他们早就大体理解了这种形势——这是他们从多年的战斗经验中体察得到的。

郭楚松又进到更前面的小土岗。土岗原来没有树木，不便隐蔽，但黎苏清早就派人在这些秃山上临时栽了些正长着青叶的灌木。他们到那里后，都坐在灌木下，用望远镜观察。

不久，左方传来枪声和土炮声，随即响起了较密集的步枪声。有人喊道：“来了，到了。”

郭楚松叫各团团长都回到自己的部队去。半点多钟后，左前方又有枪声和土炮声，他们都知道敌人离自己不过八九里的光景了。

第二次枪响后不久，黎苏用望远镜观察，突然叫道："看！敌人正拉着线从前面两个小山的空隙中通过。"

郭楚松接过望远镜看了一下，问道："那里离甲石还有多少路？"

"大概四五里。"

"发出准备前进号令。"他吩咐通信参谋。

通信员站在土岗下，把旗语上下左右地摆动了几下，各部队也用旗语回答。

刹那间，枪声土炮声又响了，这次枪声他们都认定是布置在甲石附近的侦察员打的。

郭楚松又叫通信参谋："发前进号令。"

通信员又摇动旗语，各团立即前进，一个向左前方，一个向右前方，一个向正面——各团又分两三路展开前进。郭楚松的司令机关，紧紧跟着正面部队。

二十分钟后，右前方山岗上枪响了，枪声越响越密，手榴弹声也连续地咆哮起来，岗上好多股青烟缭绕而上，斜面上冒出许多小团的白烟。向着小山岗前进的部队，展开成多路纵队，看到哪里有烟火，就冲向哪里。他们不停止，不打枪，也不勉强迁就地形地物。

左前方山上也响枪了，更左的远方也起了剧烈的枪声，大家都明白这是独立团在钳制敌人的后续部队。

右翼团钻入浓密的白烟中去了。利用浓烟的掩护，连续向上投弹，于是白烟中翻卷起黑烟团。这时候，刚到的白军，还来不及构成战斗队形，就被优势的红军打退了，后续部队，正遇着溃兵向后跑，既影响了士气，又扰乱了建制，红军一到，就像洪水冲来，一起卷走了。红军占领了山头，猛烈追击溃退的敌人。左前方向山上攻击的部队,也占领山头。只有从正面前进的红军,到了山脚,遭到山头上敌人的猛烈射击。他们前进到半山,山上投下好多的手榴弹,在烟火蔽天的时候,红军后退到离敌人两百米处的小岗上,他们都卧倒,准备继续前进。

这个连是丁友山指挥的,前面八九十米处,有几块水田,这是敌我两个山岗的天然分界线。水田旁边插着三寸宽的木板,木板上写的什么字,虽然看不清楚,但他们都意识到那是分田牌。这在苏区,举目皆是。

敌人反冲锋来了。他们接近水田,到了分田牌附近,一个军官挥了一下指挥刀向左走了四五步,拔掉牌子,用力一丢,同时骂道:"他妈的!分田罢!"

这时红军都看到了敌人的举动,听到了他们的恶骂声。丁友山不等敌人过来,首先对敌军官一枪,接着吐出沉重的声音:"快放!"

他的口令一发,左右的战友都跟着他一齐快放,敌人停止前进了,他站起来叫道:"前进!"

他走在前面,顺手捡起分田牌,又插起来,大声叫道:"前进!"

离敌人三四十米处,双方都向对方投出了手榴弹,手榴弹爆炸后,红军都作预备用枪姿势,一阵大叫:"杀!杀!杀!"

敌人向后退了,红军重上山岗。但山岗过去六七十米处,还有个小岗,敌人增援上来,继续抵抗。红军队伍已经不整齐,要集结一下才能前进。

郭楚松这时带着特务连来了,他看到右翼团已攻占敌人先头团阵地,正在侧击小岗上顽抗的敌人。他们认为只要把这个阵地夺取,打敌人前卫的战斗就可以解决。于是,他跑步来到丁友山的位置。丁友山看到郭楚松，立即向他报告：“司令，敌人动摇了！”

郭楚松看了一下地形，指挥身边的预备队——两个连从丁友山连的左边向敌人攻击。丁友山乘势前进，在同敌人肉搏的时候，一连投了五六个手榴弹，红军一下子杀了过去，右翼团也有人打过来，截断敌人退路。山上烟火随即熄灭了，白旗换了红旗，死尸、白帽子、白徽章、步枪机关枪、子弹……遍地都是。丁友山和许多战士谁也没有去理会。又向前进了。

国民党军队的前卫旅败退了，毫无秩序地向来路乱跑。红军左翼团向南截击，右翼团向东追击，许多指挥员和战士，都不管队伍，拼命抢到前面，向着溃退走的敌人叫道：“缴枪！缴枪！”

人马太多，道路拥塞，加上红军越追越急，国民党的溃兵急不择途，越过大道南面，奔向禾河边，想渡过河到南岸去。但刚刚走到河中，对岸的许多村子和小山包上出现了许多人，有拿洋枪的，有拿土枪和锄头的。他们有的是少年模范队员，有的是地方苏维埃工作人员，有的是赤卫军，有的是青年队，还有些是儿童团。他们在敌人前进的时候，隐蔽在村里和山上。战斗开始后，他们从原来以躲避敌人为目的转为配合红军作战。看到白军溃退的时候，不管男女老少，都欢呼跳跃地向河边围过来，他们一面前进一面叫道：“缴枪！缴枪！”

于是“缴枪！缴枪！”的呼叫声，震动了禾水两岸，溃兵逃到了岸边，既不敢前进，又不敢后退，犹豫之间沉落水底了。还有些人，回头向来路跑，于是道路上更加拥挤起来。红军用手榴弹向着不缴枪的敌人投去，敌人死的死伤的伤，没死的都当了俘虏了。

丁友山带两个战士扭着一个中年敌军官，弄得浑身是泥，郭楚松见那军官穿着秋绒服，挂三八刀带，问道：“是什么人？”

“他不说,看样子是大官。”

这时前面有许多士兵押着俘虏走过来,郭楚松对押俘虏的士兵说:“等一下,我问问他们。”

俘虏停住脚步。郭楚松自视俘虏,指着穿秋绒的军官,问道:“他是什么人?”

“他? 他? 是……是……”俘虏吞吞吐吐地说。

“是什么?”

“是,是……我们不认识。”

郭楚松叫丁友山把军官带开,又向白军士兵说:“弟兄们,他是大官,有洋房子,小老婆,你们是条光棍,瞒着他也不会有你们的好处。”

“是,是,我们说,他是江旅长。”

“好,你们走。”

郭楚松听说是江将军,回头走了几步,带着讥讽口气说:“久闻大名! 久闻呀!”

郭楚松见到后面的部队都追上来了,追在前面的是第三团一个营长。郭楚松忙对他说:“陈营长,快追到离山去。”

“是!”营长急忙又说,“司令,我们捉到了敌人第八十五团团长。”

“在哪?”

“押到后方去了。”

“好,赶快前进。”

“是。”

江将军从红军营长对郭楚松的称呼中,知道他是罗霄纵队司令,立即张开笑脸恭维地说:“你老哥,久仰! 久仰!”

“不客气，你们今天来了多少队伍？”

“我们十五师三旅六个团和十六师一个旅两个团。”

“你是前卫吗？”

“是。”

“禾新城还有多少？”郭楚松右手向东指一下，还没有等他回答，左手又向西一指，“鲁场有多少？”

“禾新城还有十六师师部两旅四团，鲁场有补充旅两个团。”

又一批俘虏押下来了。一个红军押五个俘虏，俘虏虽然都有枪，但都卸下了枪机。

郭楚松看到敌人兵力还十分雄厚，恐怕敌人反攻，没有再多盘问江将军就向前走了。他想乘敌人先头梯队溃退混乱的时候，一鼓气冲散敌人的后续部队。

快到离山，枪声又逐渐剧烈起来，他看到山坡上，很多敌人占领了新阵地，正在构筑工事。

郭楚松觉得自己的部队零散得很，敌人的后续部队，却还整整齐齐，这不仅没有可能一气打下去，假如敌人从左翼绕到北面，是很危险的。于是命令停止追击，并立即向北转移。

在五小时内，大队人马在广阔的战场上，打了一个大战，走了三十多里，转了三个大方向，首先由东北向西南出发，再由北向南攻击，由西向东追击，最后又向西北转移，转移的目的地，是在甲石以北十二里的一个小山。小山和横在苏区中心的那条山脉相连，罗霄纵队转移到这里，背靠高山，向来路占领阵地，进可以战，退可以守。

郭楚松和司令部也上了小山。他虽然走得气喘喘的，但没有休息，先看地形。这个小山上，有不久之前军区红军学校指导地方军构筑的野战阵地，很便于他们利用。小山后面，是一重一重的越上越高的大山，东西连绵，到目力所难达的地方。这山脉正横在苏区的中心，是中心区的屏障。小山正是大山的一个小突出部，这突出部因为后面和两翼都有高山依托，也不显得孤立。阵地的前面，是一块长约四五里宽约二里的稀疏的森林，森林的南端，一个小丘突起，虽然没有他们占领的小山那样高，但却和他们南北相对。他觉得这地形有利有弊，可以控制前面——敌人的方向，左右和后面都有依托。但是阵地前面的森林，不便于展望和发挥火力，且利于敌人接近。森林的南端，小丘突起，便于敌人配备机关枪和炮兵，掩护他们进攻。也必然是他的最高指挥位置；如果退却，就是好的掩护阵地。

再看远点，早晨歼灭敌人的山头上，还有黑烟，左前方可以隐隐约约看到老司坳；右前方也隐约看得到驻有两团白军的鲁场，他觉得敌人兵多，虽然消灭了一个旅，但还有充分力量继续进攻。于是迅速布置队伍，把五分之一的兵力展开在第一道战壕里，其余的在后面隐蔽，准备反突击；他还从突击队中抽出一批机关枪加强第一线。

部队的情绪发生了大变化。早晨，是强大的敌人来找自己决战，他们处在这严重关头，不得不背水一战，死中求生，这种决心，是被迫的。但也由于这样，就产生高度的自觉的战斗情绪，要求主动地打击敌人。这种决心，在下定之前及下定之后，都是战战兢兢的。但目前，他们不仅知道敌人损失了四分之一，而且挫伤了其他军队的士气，自己更加提高了胜利的信心。加上在这天战斗中获得了大量的弹药补充，因此对胜利的把握更大了，他们准备放胆再和敌人打一仗。

郭楚松的指挥位置是在第一道壕内。他和参谋们用望远镜轮流观察,边看边口中念念有词:“伙计,财气又来了!”

旁边的人也有点惊奇:“真来了吗?”

“难道还有假!”他把望远镜放下来,用滑稽而紧张的口气说,“快快准备欢迎蒋介石派来的运输队吧。”

果然,敌人由南而北,分成三路纵队由森林中运动过来了。接着,敌人各纵队疏开,构成进攻队形,目标都对着小山。

郭楚松吩咐部队注意隐蔽,每个营只准一两个人伪装起来观察,等敌人进到离工事三四十米,就一齐快放,接着就反突击,黎苏又看了一下地形,觉得郭楚松的指挥位置较暴露,伪装不好,就向他建议,要他向右移动五六十步,说那里是张生泰的机关枪连,伪装很好,他立即同意了。

郭楚松到了张生泰的位置,看到他指挥的三挺机关枪,各相隔十多步,枪身架在胸墙上,有伪装衣,还插了灌木枝。张生泰的位置,是在右边那挺枪的右边五六步处胸墙上面,有伪装网,网的上端稍高于胸墙,可以从网里看到外面的情况。张生泰知道郭楚松要利用他的指挥位置,就到枪的左边去了。郭楚松看见张生泰,笑着说:“张连长,你们今天吃饱了。”

“是,每挺枪有五六箱子弹。”

“今天还要好好来一下。”

“准备好了。”

国民党军队离红军工事里多路,就向山上进行侦察射击,但红军还是一声不响,也不暴露。

等了一下,枪炮声更猛烈了,而且夹着冲锋号音,国民党军队继续前进,但前进不多远,又停止了。红军战士还是沉住气隐伏在战壕里面，他们刺刀上枪，子弹入膛，把手榴弹放在胸墙上，只等敌人上山。

又等了好久，观察的人突然叫道："哎呀！敌人开始退了。"

郭楚松看了一下，马上明白敌人的撤退意图，敌人虽然上午遭到大损失，但余威没倒，一定要来报复，接近他们阵地后，却不见人了，敌人判断红军不是怕他们而溜走，而是隐蔽起来另有图谋，才停止进攻。他认为敌人这种判断和处置，是聪明的；但不应该马上走，而应坚持到黄昏才对。停止进攻，虽然聪明；马上撤退，又是愚蠢。他要再争取一个胜利！

"赶快抓住敌人，"他头一抬，声音很大，"发反突击信号。"

张生泰动作更快，没等郭楚松的攻击信号发完，机关枪就响了。

部队伴随着浓密的枪声，从山上排山倒海地反突击下去。红白两军立即在森林中展开了恶战。郭楚松想乘敌人撤退的时候迅速解决战斗，把仅有的一点预备队都使用了。白军也不示弱，竭尽全力抵抗。

红军分成许多小集团不断地向敌人冲击，白军拼命顽抗，好一场恶杀！可是，红军总是"得寸进尺"，退一步又进两步，直冲到森林南端的小山附近。红军认为只要夺取这个阵地，就可以全部击破敌人。他们向那里冲锋更猛烈了。白军一排排地端着白晃晃的刺刀一阵反冲锋，红军被迫退下来，又一阵冲上去，双方拉锯一样在森林里拉来拉去。

战斗继续到黄昏，南面的小丘还是在白军手里。但红军从森林的北端打到南端，又缴获许多枪弹，捉了一些俘虏。

黄昏后，红军准备利用夜暗进行攻击；他们虽然有些部队已乱了建制，有些人送武器和俘虏到后方去，有的失了联络。但大家都很明白，只要把敌人最后的抵抗阵地冲破，就可以扩张战果。

战士一个跟着一个向前突击，他们不管敌人怎样打枪，也不回枪，只低着头向上爬，离小丘不远了，敌人打得更加剧烈。忽然枪声稀疏起来，代之而起的是无数的洪大的手榴弹声和喊杀声。随着声起，就有巨大的火球在夜幕中闪动，把黑暗的战场照得清清楚楚。红军为了争夺小丘，不断地冲击并向上投手榴弹，白军为阻止红军的冲击，手榴弹无限制地由上投下，于是双方发生了你来我往的手榴弹战。

手榴弹交战了一阵，红军还是没有达到夺取小丘的目的。手榴弹声停止了，代之而起的又是浓密的枪声。

红军后撤了几步，不再打枪。白军以为红军退下去了，也停止射击。于是，昏暗的宇宙，霎时变得死一般沉寂。

郭楚松他们看到小丘打不下来，又没有机动部队，就命令部队除以一部和敌人保持接触外，其余稍向后撤，整顿一下。他觉得小丘正面不宽，又在夜间，不宜使用太多的队伍。命令在前线的两个团长，各以一个较整齐的营分左右两翼同时向小丘攻击。

小丘和它的左右两侧不知有多少火球在闪，红军终于一鼓作气地冲上了小丘。他们大声喊道："敌人垮了！敌人垮了！"

敌人向孙威震将军的防御地带——离山方向撤退了。

第三十五章

孙威震将军在段栋梁中将出发前四天，以两个旅的兵力接了在禾新城及其四周的防御阵地，一个旅归段栋梁直接指挥，他虽然是担任守备，仍是半备战状态。

孙威震在接防前后，从亲信的报告中，知道段栋梁和他部下很多军官、兵士，对于他追击罗霄纵队的行动，非常不满。有的说他并不是追击红军，而是闻闻红军的屎臭；有的说他在某处包围红军，被红军一冲就走了；有的说他的军队，只能担任守碉堡，不能作进攻。他对于这些议论，虽然非常气愤，但因为有不少确是事实，不好申辩，只好忍耐。但心里的不平之气，越积越多，不发泄出来不行。当着段栋梁的军队出发那天早晨，他的高级参议刚刚从街上回来，他随便问道："十五师和我们的部队走了吗？"

"走了。"参议有点得意的样子，"今天清早他们从街上出去集合的时候，一声一声地喊'消灭共匪''打倒朱毛'的口号，看起来队伍整齐，士气很高。"

孙威震将军觉得参议这话里，多少有点讽刺他的味道，一种嫉妒之火从他口里冲了出来："呀！"稍停一下，又说，"走着瞧吧！"

高级参议本来是倾向蒋介石中央军嫡系的，平常对孙威震将军就不大尊重。他很想正面反驳两句，但究竟面子上过不去，只得转弯抹角地说："十五师这次任务很重呀。"

孙威震将军一听到“任务”两个字，有点难忍耐了，粗起喉咙说：“任务！任务！哪个的任务不重！我们一个旅配属他们指挥，不仅任务重，而且比他们辛苦多了。”

参议知道他发火的真正起因，并不是从他说的那句话而来，便不再惹他，带点苦笑地说：“当然，哪个的任务也是很重大的。”

孙威震将军并不因此而住嘴，他更火了，站起来两手倒背着，说：“如果说到任务的话，我们的任务比哪个师也不轻！去年十二月共匪在禾新城的时候，我们参加了围剿；共匪向北突围，我们担任追击；现在窜回禾新老巢来，又要我们主力担任守备；一个旅配合友军担任进攻，明天后天还有什么任务，谁知道！”

他谈到这里，虽然泄了点火，但余怒还没有息。他的秘书长插嘴说：“确实，我们的任务比哪个师也不轻。真正说起来，比他们还重呢。这次共匪回到禾新，过袁水的时候，我想，我们这一次追了两个月，就算没有功劳，也有苦劳嘛！”秘书长突然激昂起来，“也应该休息一下，谁的脚板不是皮肉长的！”

孙威震每字每句都像针刺一样刺在参议的心上，碍着军阶，他不好过分争辩。比他低一级的秘书长，却不知趣，来和他针锋相对，他气不打一处来，话从喉咙里冲了出来：“乐山，大家都是国军，都是在委员长领导下剿共，别的部队的任务就是不重，同样没有功劳也有苦劳，也没有什么休息！”

“没有休息？”秘书长突然睁大两眼，瞪着参议，“我请问你，我们湖南军队比起中央军如何？中央嫡系部队，不管打仗不打仗，有兵先补，有饷先发，外国送来的武器只发他们。我们湖南敌人多，任务重，又地瘠民贫，收入有限；可是，打敌人多少都包下来，用钱却没有人补！我们湖南军队，从民国十九年打退张发奎和桂系之进攻后,又打彭德怀,收复长沙。五年来,哪一天不在炮子底下滚,可是我师除了上一个月从南昌经过,从行营领到二十支德造二十发自来得手枪外,还有什么?去年秋冬,我们进攻梅霞山的时候,十九师是不是在长沙休息?我们向北追击敌人的时候,十九师除临时调到巨溪圩打了一仗以外,其余的时间是不是休息?现在我们又调来守备碉堡,十九师是不是又在没有敌人的地方休息?这又不说了吧,本来规定休整的部队有好多经费不能同出发的部队一样,但偏偏怪得很,不出发的部队,却在待机名义之下比出发的先发!前几天军需处长从长沙回来,想必你听到了吧,你想,天下还哪有这么不公平!"

参议被驳得理屈词穷,只好换成一副笑脸,解释说:"乐山你听我说,那是南昌行营和长沙统帅部的整个计划……"

参议的话还没有说完,秘书长又抢着说:"计划,我知道统帅部的计划!可是这和真正的军事计划还有距离呀!"他眨眨眼,还压低声音,"只是因为有些人走的'黄、浙、陆、一'的运,有些人走桃花运罢了,哎呀!我懒得说下去了……"

参议本来已经理屈词穷,听到"黄、浙、陆、一"四字后,就像每个字都对着他的鼻子骂一样。他是中央派来的,在四个字中,沾了三个字,他挨了这一闷棍,不仅不能还手,而且无地自容。孙威震知道秘书长的话不仅仅是对参议说的,也是对陈诚、胡宗南及其他驸马、舅子说的。他过去对蒋介石嫡系军队、对黄埔学生、对浙江派、陆军大学和第一师派,对何键的驸马的不满和牢骚,一下子被这位知心的秘书长,代他发泄得一干二净!痛快之余,他不禁思索起友军这次进剿的结果来。他素日对于十五师,虽然不大佩服,但也不敢轻视;只是觉得他们乘罗霄纵队主力北上的机会,占领禾新城，这虽然对剿共事业有番贡献，但完全是个机会，算不得什么功绩。可是，上级和社会上很多人士，都把他们捧得很高。这一次段栋梁担负突击任务，他固然不希望他打败仗——因为一来剿共是他们的共同事业，不应该这样想；二来他自己也在苏区中心，如果他们打败了，不免唇亡齿寒。但内心里也不希望他打胜仗，他根据段栋梁指挥军队的数量、质量，估计这次出击大概会和他的愿望差不多。因此，也就安心地坐在乌龟壳里。

早晨过去了，正午也平安过去了。到了下午四点，忽然接到驻在城西门外四里一个团长的电话，说十五师有几个刚从甲石逃跑回来的兵士说，十五师和红军打起来了，损失很大。

他不大相信，觉得从禾新城到甲石有四十五里，天亮才出发的部队，走路要半天，那几个人从甲石跑回来，也得半天，而现在才是下午四点。于是他在电话里追问逃回来的人是哪团哪连的，是前卫还是后卫，打仗的经过怎样。团长虽然一项一项回答他，但他还不相信，就吩咐马上把那几个人带到他这里来。

正在这时候，机要秘书微微喘着气，急遽地走到他面前，一面把电报交给他，一面说："十五师要求支援。"

他脸色开始变了，惶惑地说："怎么？要求支援？"

他的眼睛早就盯着电稿上了，他默读："十万火急。孙师长崇德兄：弟本晨率部西进，十时许，江旅抵甲石，匪伏兵四起，我虽奋勇迎战，惟事出仓促，颇有损失。弟决即亲率本队两旅向北反攻，贵师胡旅仍按原计划控制离山，掩护主力行动。兄部须另派一旅西援，进至离山，以便机动，务灭此匪。段栋梁尾未。"

孙威震看了电报，再也不管那几个逃回来的士兵了。忙叫参谋长赶快通知部队，准备战斗，并限一个小时进入阵地，加紧构筑工事。

他作了新的处置后，才开始考虑增援不增援的问题。他觉得虽然应该增援，但上去也不见得能消灭红军，再说自己还有守备禾新城的任务呢。不增援吧，似乎也说不下去。他左思右想，决定不了，就同参谋长、高级参议、秘书长商量。商量的结果，主张不增援，理由和他前一种想法差不多。

就是平常和他有点别扭的高级参议，这一天也是如此，并且还说："老段带了四个旅出去，如果不能进攻，总可以防御吧？假如那里不好防御，不妨退回禾新来。"

孙威震叫秘书长起草电稿，秘书长在动笔之前，感叹一声："哼！平时不烧香，临时抱佛脚啊！"

等了一下，秘书长写好了电稿，他读给大家听："万万火急。段师长宏宇兄，来电奉悉。兄部与匪激战，至堪敬佩。惟弟部守备禾新城及其四周碉堡，任务甚重，如再派一旅则禾新城兵力薄弱，难保无虑。况禾新城乃兄部苦战所得，为匪区中心，事关大局，不可轻动。弟意兄应率部反攻，此为上策；否则亦可固守离山或退回禾城，兵力集中，凭坚固守，亦万全之策也。"

大家都说很好，正要送到电台去，段栋梁第二次紧急求援电又来了。他吩咐参谋说："刚才那个电报快快发出去。"

第三十六章

枪声越打越密，天色也越打越亮。打了半天没见动静，阵地上的国民党士兵便怀疑起来。他们停止射击，向阵地前面仔细看来看去。有人怀疑地问：

“不是老共吧？你看他们手臂上好像有白袖章……”

“不管，不管，”官长们紧张而坚决地说，“快放！快放！”

天色越来越亮，大家虽然有点怀疑，但谁也不敢停止射击，他们只在加紧射击中观察前面的究竟。忽然有士兵说：“不是！不是！”

“莫胡说。”官长们仍然紧张地说。

“快放！快放！”

于是更打得热闹起来，天色大明了，好多兵都说：“真不是！真不是！”

白军军官也怀疑，对士兵说：“你们下去看看吧！”

看的人很快就回来了，又气又恨地说：“敌人！哪里是敌人！那是我们的弟兄，他们有些穿了百把个窟窿。”

“有多少人？”

“有二三十个人，我看是昨天阵亡的弟兄，准备安葬的。”

“唉！唉！……”许多白军兵士沉痛地感叹起来，“他们真可怜！打死也罢了，为什么自己还糊里糊涂打他几十个窟窿！”

中将很快就知道了这个情况，他把前线的部队痛骂了几句，既无心去痛惜那些穿了几十个窟窿的部下，更不愿去想昨晚浪费了的无数弹药，他见到眼前没有了红旗，才稍微放心。但想到红军已经得到很大的胜利，心里又气又恨，同时也觉得非常侥幸。便在友军的掩护下，加紧构筑工事，收容溃兵和掩埋死亡的人。

这一次失败，在先一天上午看到溃兵之前没有预料到。原来他在先一天从禾新城出发以后，沿途不时听到前面在打冷枪、土炮，他预料到红军主力不敢和他决战，是游击队来扰乱他们行动的，不大在意，到了离山，忽然听到前面枪声剧烈起来，才明白红军还敢和他干一仗。可是他认为胜利总是他的，只要按照预定的计划前进就是的。

枪声只经过三十多分钟就稀疏了，他认为红军已被他的前卫冲破，就叫一个绰号千里马的传令兵去前面传他的命令：拼命追击，不得有误。

“千里马”真像千里马一样的飞奔而前，中将意气轩昂，两眼得意地向着前面，明亮的皮鞭在手上舞上舞下，赶着马走。

到了河岸，转了个弯，忽然见到前面的部队回头乱跑，好像一大群羊被猛虎追逐逃命一样。

退回来的人越来越多，越走越乱，他十分气愤，在马上厉声地连问带骂：“他奶奶的，干什么！”

他派人去阻止退兵，但在他前面正在前进的队伍，也被前面退回来的人挤得七零八落，不仅不再向前，反而向后乱跑，这时候才觉醒到前卫失败了，于是立即下马，跳起脚来大声叫道：

“不要退！不要退！后面的队伍多得很！”

可是，退回的人，只知道向后面跑，中将叫身边的参谋副官马弁等，横在路上阻拦，他自己站在大路中间，一蹦一跳，两手挥动，溃兵向左边跑，就向左拦；从右边跑，就向右拦；看到左右两边都退，左右两只手就各向左右两边拼命地伸，在左右两只手发生严重矛盾的时候，他恨不得把两只手拉长，阻挡整个退潮。这时候，他口里不断地发出虎吼似的声音，和着他那仓皇乱舞的手势：

“他奶奶的，不要走，我是师长！”

溃兵好似黄河决口一样，涌满了路上，又从路的两旁溢出；拦住了两旁，破口就从人堤的两旁左右扩大，等到红军追来的时候，人堤也破了，毫无阻碍地向前泛滥，他指定阻拦溃兵的一大批副官参谋马弁们，也被退潮淹没了，他站在路旁，急得上天无路，入地无门，干跺脚没办法。

他命令跟着的后续部队坚决抵抗追敌和收容溃兵，但他们仍然被溃兵挤散，新的溃兵混合着老的溃兵，又挤散正在陆续来到的部队，中将在这兵荒马乱的场合中，看看自己身边的人，只有两三个马弁、一个参谋了；看看前面，田垄中飘扬着鲜艳的红旗，越来越近，前面退回的溃兵也不多了，他气得乱跳起来，挥着皮鞭奋激地在空中乱打乱叫道：“我愿死在这里！死在这里！”

他的马弁推他走了几步，他又不走了，继续乱跳乱叫：“我愿死在这里！死在这里！”

他身边的人，看到大祸临头，顺手抓住他的皮鞭的前端，拖着他走。

“不好了！不好了！快走！快走！”

他也死死地抓住皮鞭，好像有人要抢他的鞭子似的，他脸色苍白眼睛失神，一步一句地说：

“我……我愿死……”

无数的流弹紧紧追随着他，他觉得每颗弹丸都像从背心穿过胸膛一样，时而身子向下一低，时而头向左右一偏，可是，等他低下或偏开的时候，子弹早已掠过去了，看看胸膛还是完整的，这样反复了多次，他恨不得一口气脱离敌人的追击，就加快脚步，超过拉着他走的人，于是，原来拉他的人反而被他拉着走了，这样走了两三里，后卫旅和归他指挥的友军一个旅已经在离山占领了新阵地，掩护溃兵退却。他也和其他的溃兵一样，缓下脚步。部下见他回来，五心不定地来到他面前，安慰他说："师长，不要紧吧？"

他心乱跳，却装着从容不迫的样子说：

"不要紧，今天前面没有注意。"马鞭又活跃起来，向他们指了一下，"你们好好准备，等部队集结起来再干。"

他见到后续部队源源而来，队伍整齐，又看到友军归他指挥的那个旅正在构筑工事，认为还可以大战一场。雄心为之再振。他再也不去理会溃败下来的人员，他认为前锋的损失，不过是不小心之错；认为当前的红军，无论从哪方面来说，都不是他的对手，即便受了一部分损失也是如此。

他把上级军官集合起来，看了一下，缺了江向柔将军和他的两个团长及参谋长，但他很自信地说：

"今天老江没有注意，被土匪打了个埋伏，并不要紧，我们人多枪多，何况禾新城和鲁场还有强大的友军呢，至于今天的土匪，已经不是两个月以前的土匪了，他们疲劳，人少，没有子弹，我们继续进攻，一定可以胜利，而且一定要胜利，一定要保持我们过去百战百胜的光荣。"

军官们都非常同情。他们觉得几年以来，和敌人大大小小打了好多仗，从来没有大的失利，这一天却在全军还没有展开之前，被所谓“残匪”弄掉了前卫旅，丧失了多年的光荣，都非常气愤，愿为挽救荣誉而决一死战。

段栋梁指挥后续部队向红军反攻，被红军打退之后，乘夜撤退到友军的阵地离山镇，收容溃兵，加强阵地的工事。他的指挥部，设在小镇东侧几座较大的房子里。

这天上午，有人扣了几下门，他刚刚睁开眼睛，参谋处长已经到了他的面前，手里拿着一封信，后面跟着一个青年，他穿灰色线布军装，满身泥泞，腿有绑带，而头无军帽；中将看他很不顺眼，但很面熟。等了一会儿，才想起是江将军的随从副官。参谋处长把信交给了段栋梁，同时说：“江旅长来的。”

中将接着，又看一下副官，用指责的口吻问道：“你们是怎么搞的？……”

副官把失败的经过，特别是江将军和他的参谋长及一个团长被俘的经过，概略说了一遍，他这时候不仅无心而且很讨厌听他叙说失败的经过，他不等副官说完，就问：“他们现在在哪里？”

“在无溪，离这里只三十里。他们叫我带回来。”

中将把信拆开一看——

师座钧鉴：向柔等追随左右，十有余载，教诲谆谆，有逾骨肉，过蒙擢拔，迭膺重任，公情私谊，至深且切。日前甲石之变，事出意外，丧师失械，身为俘囚，上负我公知遇之恩，亦误丈夫生平之志，畴昔勋业，烟消云散，分当引决，以昭庐训；然一死易，而不死难，素不畏难，又何必死。故隐忍苟活，昔人云：“杀身无益，适足增羞耳。”

今事势所迫，念家国之安危，袍泽之祸福，虽系囹圄，未敢缄默。缘红色虎贲，以击楫之志，乘破浪之风，以向柔等揆之，则投鞭足以断流，天堑足以飞渡，一、二、三、四次之围剿，殷鉴不远，日前之失，殆事势使然耳。

钧座常谓我军乃百战劲旅，然今日此论，似须斟酌。三日之前，固人肥马壮，刀枪林立也，何期瞬息之间，丢盔卸甲，望风而北乎；向柔等固钧座之骁兵劲卒也，何期为阶下囚乎？此不特钧座所不及料，即向柔等梦寐亦未及者。夫介公以倾国之众，与彼周旋，数年以来，张、岳授首，胡、刘殒命，李、陈被俘，鲁、何见罪，各级文武官员夫役士卒之殉难者，数十万计。彼无近代兵工建设，又无外援，然器械之犀利，与我相埒。盖彼之补充，赖我之进攻，故我愈进攻则损失愈大，彼之补充亦愈多。

观彼上下，同心同德，虽饷弹颇缺，亦能蹈厉无前。反观我军，上下离心，甚者寡廉鲜耻，以得红军三元路费为荣。虽云百万，殆彼谓“运输队”耳。夫以百万，尚不免于挫败，钧座自忖较百万何如？

抑有进者，九一八后，东北沦亡，泱泱古国，危如累卵。而红军于客岁即以抗日御侮相号召，朱毛二公宣言：一曰立即停止进攻苏区和红军；二曰立即给民众以民主自由——言论、出版、集会、结社、示威等自由；三曰允许民众有组织抗日义勇军和武装的自由。苟能本此，愿与全国任何武装部队订立共同作战的战斗协定。

我公如能洞悉此旨，与彼合作，化仇为友，共济时艰，则国家幸甚，民族幸甚，向柔等亦庶免衅鼓。

窃闻之，识时务者为俊杰，吾公明达，乞三思焉。

来信署名的除了江向柔将军外，还有上校旅参谋长和一个团长。中将看完之后，把信用力撕破，攥成一团，使劲向地下一掷，随即把两肘靠在靠几两旁的臂座上，闭着眼睛，脸上登时现一层土黄色，好像一个囚徒被判死刑后向上帝忏悔一样。参谋处长和随从副官知道他心里非常难过，不敢再搅他，敬个礼就出去了。

中将张开两眼，两手用力拉一下臂座坐起来，心里一酸，眼皮眨了几下，眼眶中不由迸出一脉落魄的英雄泪，滴滴落在点上了土色斑点的秋绒装上。他立即觉得流泪有失大丈夫的本色，很想抑制它。但擦干右眼，左眼又湿了，擦干左眼，右眼又湿了。这时，眼泪不能由他做主，因为一两年来，长沙武汉的权贵们，都为他捧场，也由于倾向中枢的权贵，南京方面对他也有好感。从他占了苏区中心一个县城后，他就听到南京、长沙方面传来的消息，准备晋级，高升军长。罗霄纵队南渡袁水的时候，国民党西路军剿共总司令部又命令他指挥袁水上游直到禾水这一大区域的剿共军队，他以当仁不让的气概，欣然受命。在孙威震师到禾新集中后，立即亲率大军向苏区西部进攻。满望一举功成，可是，不仅没有成功，反而前功尽弃，满腔奢望，烟消云散。特别使他痛心的是，他认为江向柔将军是他在北方一个有名军事学校的同学，又是闽江的同乡，给他的信虽然恳切，实则近乎背叛。他还感到同江将军一起署名写信的人都跟随他很久，是他亲手提拔的。现在刚当了俘虏，就忘记了蒋介石在庐山的“不成功，则成仁”的训词，他想到连他们都不可靠，天下还有什么人可靠呢？这样约莫过了两三分钟，才收住眼泪，忽然一件更刺激他的事涌上心头，就是他和曾士虎的关系。一月前他在占领苏区西面的天然屏障七谷岭之后，曾以功臣自居，用酸辣的口吻隐约讽刺曾士虎将军纸上谈兵，现在为时不过一月，自己打了大败仗，比曾士虎“纸上谈兵”更不光彩。他虽然觉得曾士虎如果处在他的地位，一定会和他一样，也许更不如。他指挥十万大军，不是在仙梅打了败仗吗？共军不是在他防区内纵横驰骋吗？但又认为自己总是打了败仗，别人无论如何也不能原谅他。曾士虎一定会乘机报复，反唇相讥。孙威震如果知道这些内情，不仅也会看不起他，并且会恨他，骂他。蒋介石和何键虽然比他们可能好一点，但也难摸他们心里的底。他从靠几上跳起来，顺手提起瓷花瓶，猛掷一下，哗啦一声，像放炸药一样，接着对办公桌狠狠地蹬一脚，又是哗啦一声，桌倒了，桌子上的茶杯、座钟、墨水瓶一切办公文具，撒得满地。随从副官和马弁进来，看到他两眼血红，正向靠几躺下，也不敢问他，只轻手轻脚地收拾，他厉声叫道：

"滚！"

他们都走了，他也闭上眼睛。

他觉得宇宙空虚，世态炎凉，茫茫荒岛，孤身独影，比什么都可怜。但他又想到在这无情的世界里，还有一个远离千里的夫人是同情他，爱惜他，体贴他的，于是坐起来走到桌前，打开信笺，给夫人写信。

> 素：我的天使呵！你接到我这封信的时候，请不要为我悲伤吧！前天，我们从禾新城出发，向西进剿，前卫很快和土匪打起来了，一连打了一天一夜，许多官长和士兵，死的死了，伤的伤了，失踪的失踪了……这是何等的痛心——也是我有生以来最痛心的一件事呵！
>
> 本来是些残匪，很快就可以消灭的，可是，他们不按正规战法，不等我主力展开，就突然袭击，我虽然老于军务，怎能预料那种鬼头鬼脑的战法呢？我想就是孙膑吴起处在我的这种环境，恐怕也没有多大办法了。"君子可欺以其方，难罔以非

其道”,你想聪明的子产,还被“校人”所愚弄,何况我呢?天使呵!你能原谅我吧!

昨天,我闭目独坐,许多阵亡将士,不时显现在我的眼前,我看见他们峨冠博带,威风凛凛地在繁华的街头上走来走去,但又看见有的人俯首贴耳地站在敌人面前,有的人鲜血淋淋地横陈地上,又看见许多武器弹药委弃于原野……我在这迷离破碎的世界中,灵魂也失了主宰,我不知道饥饿,也不安心休息,脑子里整天整晚地乱想,好像一团乱麻;可是,这三天也有很大收获,我把人世间的一切看透了,我感觉到许多人们趋之若鹜的所谓功名富贵,其实不过是过眼云烟。三天以前,我也曾经在禾新城楼上高唱凯歌,谁知不过一天,敌人却在我们面前高唱凯歌!我刚才躺在靠几上养神,一种不可遏抑的情感,突然涌上心头。

暑往寒来春复秋,
夕阳西下水东流;
将军战马今何在?
野草闲花满地愁!

我觉得板桥老人在百年前做这首诗的时候,完全是预指我和我的将军们的。前天下午在森林里和土匪打仗的时候,不正是夕阳西下吗?甲石南面的禾水,不正是向东流吗?后两句,我实在不忍读下去了。我想到了死者,又可怜我这个世界上最不幸的人。我已无心于军事,想离开军队,去游历名胜;也想出洋;也想到你的面前,挖出我破碎的心换上你那圣洁而完美的心,天使呵!你愿意吧!

不过,我又痛恨板桥老人,我看见他曾经指名讥笑过诸葛亮，说：“孔明枉作英雄汉，”他曾为孔明惋惜，说“早知道茅庐高卧，省多少六出祁山。”你明明白白地笑话他，又为他惋惜，为什么不可以明白地预告我一番呢？唉！假如你早就像笑话孔明一样地指名笑话我，或劝告我，难道我还会在“夕阳西下”的时间和“水向东流”的地点去和土匪打仗吗？咦！板桥老人！薄德的老人啊！

他写到这里，就停笔了，刚刚写上名字，一滴泪水又从眼中迸出，浸渍得满纸糊涂，他想撕毁重写，但觉得一行清泪正想洒在爱神面前，现在洒在信笺上寄给她，不更痛快吗？于是写道：

这封信写完的时候，我的眼泪不觉滴在纸上；我立刻觉得话还没有完，要更详细地告诉你。我在写信之前，接到江将军从土匪那里寄来的信，他们不仅不后悔，反而劝我和土匪妥协，这种卑劣行为，使我比什么都伤心。我痛恨他们。但又可怜他们。我现在觉得一切都无能为力，也不愿为力，明白些说，我是天下最无能的人。我很渺小，渺小得不能和宇宙间任何微小的东西相比拟；也很稚气，和我们四岁的云儿一样。在接到江将军的来信之后，我伤心地流了好多“不堪回首”的眼泪。可是，我的眼泪是白流的，流了又有什么办法呢？

我把心里要说的话通通向你说了，你会悲伤流泪吗？或者责备我吗？但不管怎样，也要向你说。即便你会为我流泪吧，你是我的爱人，为我分流这流不尽的眼泪也是应该的；就算责备我吧！我也甘心情愿。我知道，我的上司们一定会斥责我，甚至处分我，他们是常用这种手段对待打败仗的指挥官的。但我却不甘心。因为他们早就和我一样。他们指挥的位置是在庐山、武汉、长沙，我却在高山峻岭，悬崖峭壁，假如易地而处，也许比我还不如。如果他们责备我，我却要问他们为什么不先责备自己；难道上司打败仗就是可以不负责任而下级打败仗就为国法所不容吗？假如是这样，那么军队中的五等——将、校、尉、士、兵——十八级——特级上将、一级上将、二级上将直到二等兵——从上到下按级责罚下去，那就只有二等兵才能对战争负责了，我想天下是不会有这种道理的。可是，他们是不会这样想的，他们说人道人不如人，他们自己打了败仗，就默不作声，或者用"剿匪已告一段落"，"因……关系，微有损失"，或"消灭之期，当在不远"等等美丽词句来自欺欺人。此外，还有一件最不平的事，就是对嫡系部队，不管打了多大的败仗，也能得到补充的优先权。对他们心中的所谓"非中央化"或杂牌部队，则设法吞并。吞并的步骤很巧妙，第一步，以"剿匪"之名把他们调到别的地区，另以"追击""堵截"的名义派遣嫡系军队到那里去。第二步，对调出的部队派到战争最严重的地区，胜则不加补充，让他自生自灭；败则假手于匪，借刀杀人，或以"剿匪不力"之名，把他缩编，甚至加以遣散。但有时为避免物议，也采用"偷梁换柱"的办法，或则"明升暗降"，或以"受训"的名义调走，目的在插入嫡系干部，于是乎"中央化"了。所以非中央化的部队越剿越少，再剿几下，饭碗也剿掉了。过去我因为这些事和自己没有多大关系，所以不大注意，现在问题到自己的头上，心所谓危，就不能不加考虑。我虽然不能算杂牌，但也不是嫡系。他们虽不一定像处理杂牌一样处理我，但比起嫡系来，却不能怪我愤愤不平。天使呀！你觉得怎样……

他写到这里，头已经疼得抬不起了，心里好像要作呕，于是离开座位，踉跄了几步，就昏昏沉沉地倒到床上去了。

第三十七章

这一天上午，全苏区党政军民祝捷大会开幕了。会场是在禾新城西北三十五华里的森林旁边的野地上。一座临时搭成的舞台，面向南方，舞台的四角顶上，各悬一面红旗，正面是红布横幅，幅上写着几个大字："庆祝红军胜利大会"。

会场上面并排着马克思、列宁的画像。舞台前的两旁挂着长条红布标语，右边是："打倒日本帝国主义!"左边是："粉碎国民党五次'围剿'!"

早饭后，红军、游击队、儿童团、少先队、党政机关工作人员，还有解除了武装的国民党官兵，成连成队地，从四面八方赶来。他们都带一面小红旗，背枪的都把小旗插在枪口上。

红军都穿灰色军装，脚穿草鞋，进会场的时候，枪都背在左肩，用哨音调整步伐。

朱福德和他的炊事班，列入纵队直属供给勤务部队内。他身材高大，是全队第一名。刚进会场，还没有立定，忽然听到右边先到的队列中有人叫道："你看！你看！朱老大……"

他顺声看去，是陈廉。陈廉穿一身较新的军装，显得非常精神。他正拿着一大叠传单在散发。陈廉手指着他，于是好多人的视线都集中到他身上。

"你今天刮了胡子，放下洋铁水桶了?"

朱福德把他从上到下端详了一番,说:“我看你我都一样——你不是也放下洋铁宣传桶了。”

“是,不过这只是暂时放下而已。”

“当然是暂时放下,我知道,你的笔不把蒋介石和帝国主义写倒是不会停的。”

“朱老大,我也知道,你的水桶不把蒋介石和帝国主义淹死,也是不会放下的。”

周围的人都笑起来。

这时张山狗也挤过来插话:“我们罗霄纵队有两个桶,一个是朱大伯的洋铁水桶,一个是小陈的洋铁宣传桶;一个挑着走,一个提起走。朱大伯的水桶,好像两口水井,打胜仗不用说有水,打败仗也有水;小陈的宣传桶,打胜仗不消说写标语,打败仗也写标语,宿营不消说写标语,行军也写标语;白天写标语,晚上就画路标,有时还在月亮下写标语。这两个桶,他们什么时候都用上了。”

“那么你也该有个桶罢?”

“我什么也没有。”

站在不远处的何宗周,快步走过来,眼珠转动几下,眉毛飞扬,抿了一下嘴说:

“我看你穿土豪的长袍大褂去白区侦察,总摆不出土豪的架子来。土豪看到你,也许会笑你是饭桶。”

大家都大笑起来。

忽然西面有人浮动。有两个红军士兵押了个人来,那人头戴飞机帽,身穿国民党的军官衣服,佩着国民党的臂章徽章,胸前有几个大字——“国民党飞机师”。

红军战士把这个囚犯押到会场中间,接着来了两个人,一个站在桌子北面,他的座位上,写着“审判官”三个字;另一个人坐在桌子东面,座位上写着“检察官”三个字。检察官控诉了国民党飞机的罪状后,审判官就严肃地问道:“你当飞机师多久了?”

“四年了。”

“你为什么去当飞机师?”

“我以前觉得开飞机顶有意思,就去学航空。毕业后当了飞机师,就听命令参加进攻苏区和红军。”

“你炸了多少地方?”

“多得很。兴国、东固、富田、宁都、石灰桥、礼田、高桥头、埠前好多地方都炸过,还炸了你们的队伍。”

“你为什么要炸老百姓和老百姓的房子?”

“蒋介石、何键叫我炸的。他们说你们都是土匪,红色区域是匪区,红区的老百姓是匪奴,通通该死,通通该杀。”

审判官停了一下,又问道:“我们打的是土豪劣绅、帝国主义,老百姓自己做自己吃,难道该死该杀吗?”

“我当国民党的飞机师,只听蒋介石的命令。”

审判官忽然眉毛一竖,右手在桌上一拍,大叫道:“混蛋,蒋介石、何键是什么东西,他们是帝国主义和土豪劣绅贪官污吏的走狗!屠杀人民的刽子手!”

人群中忽然钻出一个中年妇女,拿一根棍子,箭步跑到飞机师后面,使劲打了几下。飞机师猝不及防,一面避开一面急速地叫道:“唉!唉!真打!”

许多老百姓都同声喝彩,叫道:“打得好!打得好!”

中年妇女还在赶着打,押飞机师的红军士兵紧急拦住说:

“不要打!不要打!”

“为什么不能打!”

红军士兵一面严密警卫一面急促地说:“他他……是假飞机师,假飞机师!”

中年妇女余怒未息,怀疑地说:“假的?”

“当然是假的。”

“哎呀! ……”

会场的人都哄笑起来,中年妇女在大家的哄笑中,羞愧似的跑回人群中。

忽然左侧又来了一队红军士兵,押了三个戴着三尺高帽的人,向舞台走去。三人都穿国民党军装,头一个高帽上面写着:“国民党少将旅长江向柔”。

第二个左胸前有个布条,上面是:“国民党上校团长朱本成”;第三个左胸前也是布条,上面写着:“国民党上校参谋长刘楚成”。

他们到队伍旁边的时候,队列中的人都掉头去看。他们的视线都随着高帽将军登上舞台而集中到舞台上,高帽将军开始并排站在台中央,随即后退几步,他们眉头紧锁,面如土色,低着头,像失去灵魂的人。

许多人都向前靠,要看清高帽的尊容,但被标兵拦住了,被拦的人大声叫道:“我们要看看白军的旅长,我们……”

整个的会场都轰动起来,会场总指挥高举两手,说:“可以! 可以呀!”

高帽将军依然低着头,不敢向前。这时候他们被千千万万人的威力吓蒙了,不知红军怎样处置他们。

总指挥走到他们面前,多少带一点蔑视的口气说:“江将军,大家要看看你们,请你们向前几步。”

高帽将军心里很害怕,红军不虐待俘虏,老百姓可不管那么多,万一……于是鼓起勇气,向总指挥请求说:“先生,请你们开恩,留下我们的命吧!”

总指挥连忙解释说:“不要怕!不要怕!大家只想看看你们。请!请!请!”

江将军向前站定之后,还是低着头,台下很不满意地叫道:“抬起头来!”

高帽将军把头抬起。

又有人大声地叫道:

“我有个意见,要他们围着会场走个圈子。”

“对!对!”好多人同声赞成。

总指挥答应了,但怕他们下台后挨打,就向大众说:“下去是可以,但不能打。”

“不打!不打!”

“真的不要打。”总指挥用肯定的词句说。

“真不打。”台下也肯定地回答。

高帽将军和两个军官依次走下台阶,正在下台阶的时候,江将军的高帽忽然歪了一下,几乎倒了,好在他的手快,随即扶着帽子,又戴得端端正正,全场又哈哈大笑起来。

高帽将军从会场的西面转向南面的时候,一个老妈子突然像野兔子一样从人海跳出来,向高帽将军脸上就是一巴掌,护送他们的红军士兵赶快伸手去拦,已来不及了。红军把老妈子拉开,老妈子扯起前面的衣襟,高声骂道:“死强盗,我得罪你什么!我没有挖你的祖坟,没有抱你的儿子下河!为什么抢我的东西?为什么捉我的母鸡？打死我的小猪？你们这些强盗！害得我好苦，断根绝宗的东西！”

高帽将军们从南转向东的时候，呼啦围过来一大群人，正是他们的老部下——一大群解除了武装的国民党军队士兵。他们有的刚报名参加了红军，戴上了红军帽，有的刚从红军那里领了三元路费正准备回家。高帽将军们觉得在部下面前，应该没有危险，放心地叹了口气，好像向他们诉苦一样。谁知几个白军士兵拦住去路，护卫他们的人，赶快去拦阻：“不准打！不准打！”

“我们不是打，只向他们算点小账。”

“算什么账？”

“听我说吧！”他们怒视高帽将军，质问道，“江旅长，你为什么扣我们两个月的饷给你老婆开合作社？为什么不发三个月的米贴？为什么你们有洋房子、钢丝床，而我们只有一张硬邦邦的牛毛毡子，一双草鞋？为什么不打日本鬼子来打红军？……”

高帽将军无语可答，白军士兵继续逼迫他们说：“你说，你说！”

高帽将军不回答，士兵更加激愤：“我们丘八的血给你们喝干了，今天要你还账！”

高帽将军依然不做声。

“你们要死狗吗！看看我的厉害，你喝我的血我就吃你的肉！”说完，这个士兵张开大口向高帽将军咬去，好在卫兵紧紧阻拦，他们才脱险。

高帽将军被押走了。领了路费的国民党士兵准备上路时，新参加红军的国民党士兵同他们依依惜别，祝他们一路平安。

还有人连声高喊：“下次再来时，多带子弹少打枪！”

会场东面的远处，来了几个骑马的。许多人都掉头去看，马蹄带着烟尘,很快跑进会场里来了。

“省委书记来了,还有主席,军区首长……”

他们一到会场,祝捷筹备大会主任就连吹三声长哨,全场的人都站了起来。临时编起来的军乐队,整齐地站在台前,精神抖擞,奏起欢迎号,一种雄壮而威武的气氛,立即笼罩了会场。

省委书记一站到台中央,全场人立刻报以热烈的掌声。他等会场稍为平静后,大声说:“红军同志们,少先队、模范队、儿童团、机关工作同志们,妇女同志们,全体同志们,今天我们庆祝红军北上凯旋和甲石的大胜利,我首先宣读中央人民革命军事委员会给你们的贺电。”他从手里展开一张纸高声朗读。当大家听到“军委对于你们的胜利,表示热烈的祝贺。希望你们继续努力,戒骄戒躁,准备连续战斗,彻底粉碎敌人对苏区的进攻!特此贺勉。中央人民革命军事委员会”时,全场欢声雷动。

读了贺电后,他停了一下,又说:“我还要代表省委,向英勇善战的红军指战员致亲爱的敬礼!你们为了配合中央红军,奉中央人民军事委员会的命令向北行动。在北上时期,你们天天都在和优势的敌人作残酷的斗争。当着你们纵横驰骋于袁水、锦水、修水、南浔铁路和幕阜山的时候,蒋介石、何键调动了四十多个团,还有很多飞机,向着你们追击、包围、堵截、袭击。你们发挥了红军英勇善战、机动灵活的光荣传统,打垮了反革命军队几个旅,威胁了南昌和南浔铁路,通过两千里的白色区域,歼灭了许多地主武装,踏平了许多碉堡,克服了许多困难。回到苏区甲石一仗,歼灭了敌人一个旅,打垮了两个旅,活捉了敌人的旅长、团长,缴获了大量的武器,这是我们苏区的大胜利,正如军委贺电说的:对苏区的巩固和从河西战线上配合中央红军粉碎敌人的五次‘围剿’有重大意义。你们之所以能够胜利,最大的原因,是由于有共产党的领导,共产党建立了红军,定政策,出主意,引导你们走向胜利。你们以后要争取更大的胜利,就要更忠实地执行党的政策,执行中央人民革命军事委员会的命令和指示。"

黄晔春这时向前两步,高喊一声:"拥护中国共产党!"

台下千万人跟着齐声吼。

黄晔春又叫道:"拥护中央人民军事革命委员会!"

台下又是巨大的和声。

省委书记继续说:"你们之所以能够胜利,是由于广大群众的拥护,当你们回苏区的时候,全苏区的父老兄弟姐妹们,都拿出粮食、蔬菜、鸡鸭、鱼肉、鞋袜和其他东西来慰劳,使红军吃得饱,穿得暖,很快消除了疲劳。打仗的时候,抬担架,挑东西,做向导,做交通,当侦探,处处帮助红军。你们以后要争取更大的胜利,就要坚决地保卫红色区域,保护工农劳苦群众的利益!"

黄晔春又走到台前叫道:"坚决保卫苏区!"

台下又是巨大的一声。

省委书记继续说:"同志们,我还有两个希望。第一,希望红军同志们,不要因为打了胜仗就骄傲。因为进攻的敌人多,敌人还占着禾新、禾北城,他不会因为打了败仗就不进攻。所以每个同志都要提高警惕性,加强战斗准备,好彻底消灭进攻苏区的敌人!"

黄晔春接着大声地喊道:"彻底消灭进攻苏区的敌人!"

会场中又是巨大的一声。

"第二,希望苏区的老表们,以更大的努力来帮助红军。你们多帮助红军,红军多打胜仗,多消灭敌人,苏区就巩固了,你们家里的谷米猪牛,就保险了!”

有个穿便衣的青年,从人丛中突然咆哮一声:

“拥护红军!”

于是千千万万人都随着大叫了一声。

“消灭进攻苏区的敌人!”

会场中又是巨大的一声。

战斗英雄丁友山上台了。他经过长期的风吹雨打,脸蛋还是圆的,脸色也是红润的,驳壳枪带斜挎在右肩上,黄而发亮的子弹袋围在身上。他上台的时候,挺起胸膛,晶亮的眼睛向全场扫射了一周,大声说:“……我本来是个工人,共产党主张打倒帝国主义,打倒蒋介石,主张工人成立工会,实行八小时工作制,增加工钱,我和家里的人信服了共产党。前年政府号召扩大红军,我报名了。我知道当红军就是当自己的兵,打仗是保卫自己的利益,所以不怕苦,不怕死!推选我为战斗英雄,我觉得非常光荣。政治委员刚才叫我们不要骄傲,提高警惕性,我们全体战士,就要经常把武器擦好,草鞋多打几双,只要上面有命令,什么时候都可以行军打仗。放哨要小心,火线上要沉着,冲锋的时候要猛,追击敌人要快,坚决响应司令常喊的一个口号:‘勇敢!勇敢!再勇敢!’”

黄晔春又从台上大叫一声:“勇敢!勇敢!再勇敢!”

会场中又是一阵山呼海啸。

最后讲话的是郭楚松。他要上台的时候,飞马一样跑来的译电员送给他一份电报,使他在上台后,有点不大自然,几乎说不出话来,但他已经上台,简要说了几句后就提高嗓门说:“同志们,我接到了这份电报,是要我马上赶回司令部去,接受新的任务。散会以后，请部队的同志们立即返回驻地，做好战斗准备。”郭楚松说完，急步走下主席台，跨上战马，飞奔而去。

一九三七年夏在甘肃镇原开始起草

一九三九年秋在河北宛平马栏村完成初稿

一九八八年春改定于武汉东湖

“新中国70年70部长篇小说典藏”书目

书　名	作　者
风云初记	孙犁
铁道游击队	知侠
保卫延安	杜鹏程
三里湾	赵树理
红日	吴强
红旗谱	梁斌
我们播种爱情	徐怀中
山乡巨变	周立波
林海雪原	曲波
青春之歌	杨沫
苦菜花	冯德英
野火春风斗古城	李英儒
上海的早晨	周而复
三家巷	欧阳山
创业史	柳青
红岩	罗广斌　杨益言
艳阳天	浩然
大刀记	郭澄清
万山红遍	黎汝清
东方	魏巍

书　名	作　者
青春万岁	王蒙
许茂和他的女儿们	周克芹
冬天里的春天	李国文
沉重的翅膀	张洁
黄河东流去	李凖
蹉跎岁月	叶辛
新星	柯云路
钟鼓楼	刘心武
平凡的世界	路遥
第二个太阳	刘白羽
红高粱家族	莫言
雪城	梁晓声
浴血罗霄	萧克
穆斯林的葬礼	霍达
九月寓言	张炜
白鹿原	陈忠实
长恨歌	王安忆
马桥词典	韩少功
抉择	张平
草房子	曹文轩
中国制造	周梅森
尘埃落定	阿来
突出重围	柳建伟
李自成	姚雪垠
历史的天空	徐贵祥
亮剑	都梁

书　名	作　者
茶人三部曲	王旭烽
东藏记	宗璞
雍正皇帝	二月河
日出东方	黄亚洲
省委书记	陆天明
水乳大地	范稳
狼图腾	姜戎
秦腔	贾平凹
额尔古纳河右岸	迟子建
藏獒	杨志军
暗算	麦家
笨花	铁凝
我的丁一之旅	史铁生
我是我的神	邓一光
三体	刘慈欣
推拿	毕飞宇
湖光山色	周大新
大江东去	阿耐
天行者	刘醒龙
焦裕禄	何香久
生命册	李佩甫
繁花	金宇澄
黄雀记	苏童
装台	陈彦

新中国 70 年 70 部
长篇小说典藏